ANDREAS DUTTER

Camp der drei Gaben

Juwelenglanz

im.press

Andreas Dutter, geboren 1992, lebt in Österreich und hat Kultur- und Sozialanthropologie an der Universität Wien studiert. Er arbeitet im Social Media Bereich und unterhält mit seinem Bücher-YouTube-Kanal (Brividolibro) seine ZuschauerInnen. Außerdem hat er immer wieder Auftritte im Fernsehen, Radio sowie in der Presse. LovelyBooks wählte Ihn zum »Besten deutschsprachigen Debütautor 2015«.

Für *die* L.I.S.A!

Prolog

Ein Gespür für Ärger, ein animalischer Reflex oder eben nur ein bloßer Überlebensinstinkt rissen ihn aus seinem tranceähnlichen Zustand und brachen den Bann. Hier fiel es ihm schwer, die Kühle des Nebels zu genießen. Denn der Geruch von Wald bedeutete für ihn nicht Ruhe, sondern Gefahr. Doch das war nichts Neues. Sein Zuhause glich schon immer einem Kampfring. Dort, wo er lebte, drohte man ihm jeden Tag mit dem Tod.

Aufmerksam lauerte er am oberen Rand eines weitläufigen Tales, das von gigantischen Bergen gesäumt war. Das jenseitige Ende verschwand in senffarbenem Dunst. Hie und da hörte er das Rascheln eines Astes. Ein Zeichen für ihre Unachtsamkeit.

Sachte machte er kehrt. Sein Herz raste und für einen kurzen Moment hatte er Angst, seine Feinde könnten jeden Pulsschlag wahrnehmen. Nervös schluckte er und fragte sich: *War das nun zu laut gewesen?*

Die Panik gewann langsam die Oberhand, weshalb er die Augen schloss, um tief ein- und auszuatmen. In dieser Lage half ihm Besonnenheit mehr als Hektik. Eine der *wichtigsten* Regeln, um an diesem Ort länger zu verweilen als ein paar Jahre: *Die Fassung bewahren!*

Sie kamen näher. Noch näher. Mit zitternden Knien verließ der Junge sich auf seine Sinne und drückte sich gegen den Baumstamm. Die jahrzehntealte Schwere des Holzes im Rücken verlieh ihm ein Gefühl von Sicherheit.

Sollte so sein Leben aussehen? Erstickt von einem Kissen aus Erwartungen. Gebettet in eine Zukunft, ohne Spielraum für seine Träume. Die Stille, die ihn umgab, trug dazu bei, dass seine Gedanken in hellem Aufruhr waren. Bis ihm etwas bewusst wurde.

Wo waren die Geräusche hin verschwunden? Wann war der Duft von Wald dem Geruch von gekochtem, salzigem Fleisch gewichen?

Ohne zu zögern, öffnete er die Augen wieder. Noch ehe er verstand, was er sah, war ihm ein weit aufgerissenes Maul entgegengesprungen. Gefolgt von einem ohrenbetäubenden Brüllen. Diesen Schrei hätte er unter Tausenden wiedererkannt.

Sie hatte ihn abermals überlistet.

Schnell hechtete er zur Seite, landete auf abschüssigem Boden. Er griff nach einer Wurzel und hielt sich fest. Sie schoss auf ihn zu. Der Junge rollte zur Seite, doch das Mädchen kriegte ihn zu fassen und schlug ihre todbringenden Klauen in seine Schultern. Sie blickten sich in die wie im Wahnsinn flackernden Augen des anderen. Immer fester drückte sie sich auf ihn.

Was mache ich hier eigentlich?

Die Luft entwich ihrem Mund. Die Schmerzen steigerten sich ins Unermessliche. Knochen knackten wie Eierschalen. Kalter Schweiß bildete sich auf seinem erhitzten Körper. Seine Hände, die sich in die Erde gebohrt hatten, wurden schlaff. Erst spürte er, wie seine Finger taub wurden und knisterten. Dann merkte er, wie sein Geist sich von ihm löste.

Wo führt das alles hin?

Soll das alles gewesen sein?

Ihr rechtes Lid zuckte. Allmählich verblasste das Rot in ihren Pupillen. Färbte sich zurück in das scheue Rehbraun, das er kannte.

Ständig die gleichen Spiele. Immer wieder diese Machtkämpfe. Er hatte es satt. Und genau in diesem Moment, hier unter ihr – seiner Schwester –, beschloss er, dass er so nicht weiterleben wollte.

Jubel, Trubel, Traurigkeit

Als letzte Barriere stieß ich mit Schwung die Eingangstür bis zum Anschlag auf. Meine besten Freunde Greta, Josh und sein Freund Dean folgten mir in die Freiheit.

Ich badete mein Gesicht im Sonnenlicht und fühlte die Hitze überall auf meinem Körper. Gretas zuckersüßes Parfüm, das sie jedes Jahr an diesem besonderen Tag trug, schlich sich in meine Nase.

Wie eine Ballerina drehte ich mich um meine eigene Achse und begutachtete Josh, der schüchtern Deans Hand hielt. Hinter ihnen drängelten sich die anderen aus dem Gebäude. Genauso froh wie wir.

»Leute«, ich streckte meine Arme weit aus, »wir haben es geschafft! Es sind ...«

»Sommerferien!«, grölte Josh mit seiner rauen Stimme, die immer klang, als müsste er sich räuspern.

Gespielt enttäuscht legte ich den Kopf schief und musterte ihn.

»Musst du mir die Show stehlen? Rasier dich lieber!« Ganz ehrlich, wer hatte mit siebzehn so viel Bart?

»Ich mag ihn aber!«, nuschelte Dean neben ihm.

Schüchtern blickte er zu Boden. Als neues Mitglied unserer Dreierclique fiel es dem Blondschopf schwer, sich als Vierter einzubringen.

»Gut, dann ist er akzeptiert«, antwortete Greta statt mir.

Zufrieden kratzte Dean sich am Hinterkopf und lächelte.

»Kommst du noch mit ins Café, Fleur? Meine Schwester hat Dienst und würde uns Alkohol geben«, wollte Josh von mir wissen, obwohl er die Antwort kannte.

»Würde ich gern, aber geht natürlich nicht.« Diese Frage dämpfte meine Freude.

»Warum nicht?«

Stimmt, Dean ahnte nichts. Beschämt zupfte ich an meinem Shirt. Es war mir unangenehm. Ich seufzte tief und riss mich zusammen.

»Meine Eltern lassen mich nicht gerne mit den öffentlichen Verkehrsmitteln fahren. Sie holen mich bestimmt gleich ab, damit ich nicht von alkoholisierten Schulabgängern umgebracht werde«, erklärte ich.

Zunächst sagte Dean nichts. Ob er dachte, dass es nur ein Scherz war?

»Oh«, erwiderte er lediglich. Seitdem er neu in unsere Klasse gekommen war, hatte er von meinem Elterndrama nichts mitbekommen, aber irgendwann musste er es herausfinden. Zwar holten meine Eltern mich zwei Straßen weiter ab und erst zehn Minuten nach Schulschluss – so weit hatte ich sie überredet –, aber dennoch bekam jeder über die Jahre Wind davon.

»Aber wir sehen uns später bei mir, okay?«, wechselte ich rasch das Thema.

Gleichzeitig mit dem Kopfnicken meiner Freunde ertönte die Hupe des Grauens hinter mir. Ein langes, qualvolles Geräusch. Ich reckte das Kinn vor.

»Sag mir, dass das nicht meine Eltern sind!«, zischte ich Greta zu.

Ihre mitleidige Mimik verriet alles. Ich kaute auf der Oberlippe, warf ein Tuch der Verdrängung über das Gekicher der Schüler, die ebenfalls noch vor der Schule standen, und drehte mich um. Zwei Straßen weiter! So war es vereinbart gewesen.

»Wir sehen uns«, verabschiedete ich mich knapp und lief zu meiner Mutter in ihrem riesigen Auto.

Dass alle Scheiben schwarz getönt waren, damit niemand hineinsehen konnte, verstand sich von selbst.

»Hallo, mein …«

»Fahr!«, unterbrach ich sie harsch.

Es roch stark nach Autopolitur. Ich verteufelte meine Hotpants. Das aufgeheizte Leder verbrannte mir beinahe die Oberschenkel.

»Was? Aber wie sieht denn dein Zeug …«

»Fahr, bitte!«, flehte ich. Es fehlte nur noch ein *Daddys Little Girl*-Aufkleber, um die Peinlichkeit perfekt zu machen.

Wütend ließ sie die Reifen durchdrehen und sauste los. Ohne zu blinken. Hinter uns bremste jemand. Im Rückspiegel sah ich wildes Gestikulieren.

Klar war ich einerseits dankbar, dass sie sich die Arbeit antat, mich jeden Tag abzuholen. Trotzdem wäre ich ab und an gern noch mit Freunden ein Eis essen gegangen. Oder alleine nach Hause gefahren, einfach nur, damit ich die Gewissheit hatte, dass meine Eltern es mir zutrauten.

»Wann kommen deine Freunde?« Der Griff um das Lenkrad lockerte sich. Die Atmosphäre entspannte sich. Ich beschloss, die Sache ruhen zu lassen. Es änderte nichts. Das hatte ich über die Jahre gelernt.

»In«, ich gucke auf die Uhr.

»Fünf Stunden«, antwortete ich gespielt gelassen. Meine Kiefermuskeln spannten sich sofort wieder an. Es ließ mich nicht kalt. So gerne wäre ich bei meinen Freunden gewesen.

»Wir haben schon alles für die Party vorbereitet. Du musst nichts mehr machen. Kannst dich noch hinlegen, bevor alle kommen«, fügte meine Mutter hinzu.

Selbstverständlich musste ich mich um nichts mehr kümmern. Ein Blick nach links genügte, um ihre Perfektion zu sehen. Jedes ihrer dunkelbraunen Haare saß, wo es sitzen sollte. Die Bluse war ohne eine Falte. Es fehlte nur noch, dass sie in Desinfektionsmittel badete.

»Kann ich vom Laden um die Ecke noch eine Flasche Sekt holen? Nur zum Anstoßen?« Es kostete mich viel Überwindung, diese Frage zu stellen.

Der Griff wurde wieder fester. Verkrampfte sich. Der plüschige Bezug, den sie über das Lenkrad gestülpt hatte, drehte sich.

»Können wir machen, Fleurchen.«

Aber?

»Wir bleiben stehen, *ich* laufe schnell hinein und hole ihn.« Sie versuchte es krampfhaft beiläufig klingen zu lassen.

Doch meine Mutter konnte mich nicht täuschen. Diskutieren brachte nichts mehr. Wie oft ich den Supermarkt von innen gesehen hatte, konnte ich an einer Hand abzählen. Gut, das mag übertrieben sein, aber alleine war ich da drin selten gewesen. Als wäre die automatisch aufgehende Tür der Schlund des Teufels, der mich verschlingen und nie wieder freigeben würde.

Statt mit einem *Warum kann ich nicht alleine hineingehen?* antwortete ich: »Okay.«

Heute war ein zu schöner Tag, um zu streiten. Dafür gab es noch genug andere Tage.

Mom entspannte sich. Die Atmosphäre wurde wieder erträglicher. Endlich wich die Anspannung und ich konnte wieder frei durchatmen. Als sänke der Wasserspiegel eines gefluteten Raumes wieder, in dem wir kurz vor dem Ertrinken gewesen waren.

Um mich abzulenken, drehte ich die Musik lauter. Lauschte *Better Off* von *Arden Cho,* lehnte meine Stirn gegen die aufgeheizte Scheibe und starrte hinaus. Die Gebäude sausten an mir vorbei. Bald gewöhnte ich mich an das Verschwimmen meiner Umwelt, bis ich mir einbildete, zwei leuchtende Augenpaare zu sehen.

Ich schreckte zurück und blinzelte. Zwar fing ich mich rasch wieder, was aber nur daran lag, dass ich seit einigen Wochen das Gefühl hatte, beobachtet zu werden. Dass dieses Gefühl mir vertraut vorkam, war merkwürdig.

»Alles in Ordnung?«, wollte meine Mom wissen.

Reiß dich zusammen. Wenn ich ihr das erzähle, sperrt sie mich in einen Bunker ein. Für immer. Und ewig.

»Jup. Das Glas wurde zu heiß«, log ich und schaute ihr in die gleichen dunkelblauen Augen, die auch ich hatte.

»Falls du Probleme in der Schule hast, mein Schatz, dann habe ich einen Rat für dich: *Lass die Leute glauben, du bist naiv, dann hast du immer die besseren Karten, weil sie dich unterschätzen.*«

Diesen Rat aus dem Munde meiner Mutter hätte ich niemals erwartet.

Vermutlich sprach der Stress aus mir und spielte meinem Verstand Streiche. Die letzten Wochen vor den Sommerferien waren mühsamer als gedacht gewesen. Nicht unbedingt für mich – meine Eltern drillten mich, wenn es um Schule ging –, sondern für meinen besten Freund Josh. Wir hatten Nächte miteinander verbracht, damit er seine Tests bestand und sich in die nächste Schulstufe rettete.

Der Grund für Joshs Bedarf nach Hilfe?

Seine Beziehung zu Dean hatte ihn dieses Semester vollkommen eingenommen. Genau wie sein Outing vor seinen Eltern.

Also hatte ich ihm geholfen. Natürlich hatte ich ihm geholfen. Wofür hatte man schließlich beste Freunde?

Jetzt konnten wir uns auf unseren Sommer freuen. Fehlten nur ein paar Jungs für Greta und mich. Für mich musste ein imaginärer Freund reichen, da meine Eltern mir ein striktes Liebesverbot erteilt hatten.

Zum Glück konzentrierte sich meine Mutter wieder auf den stressigen Verkehr, somit widmete ich mich erneut meiner Umwelt außerhalb des Autos.

Als sie wieder aufblitzten.

Diese Augen.

Beute

»*Jetzt darfst du in dein Zimmer gehen, mein Schatz*«, las ich laut vor. Aufgeregt wackelte ich am Stuhl hin und her. Meine Eltern grinsten verschwörerisch. Sofort ließ ich die Karte fallen und trommelte auf den Tisch.

»Darf ich jetzt wirklich hochgehen?«, wollte ich wissen und klatschte voller Freude in die Hände.

Während sie nickten, stand ich bereits auf und warf meinen hellblond gefärbten Flechtzopf über die linke Schulter. Der Stuhl kippte und die Lehne stieß gegen die Glasvitrine.

»Sorry!«, rief ich beim Loslaufen.

An dem massiv gewobenen Seil, das mit goldenen Ringen an der Wand befestigt war, zog ich mich hoch und nahm zwei Stufen auf einmal.

Mom und Dad waren bekannt dafür, mir megatolle Geschenke zu machen, sofern mein Zeugnis ihnen zusagte.

Was es immer tat.

Als ich die Tür aufriss, verschwand der Duft von Pizzabrötchen und Salatdressing für meine Abschlussparty und eine Wolke meines blumigen Lieblingsparfüms empfing mich. Das beirrte mich nicht. Das Etwas mitten in meinem Zimmer, umhüllt von einem weißen Tuch, jedoch schon.

Hastig sauste ich zu meinem mutmaßlichen Geschenk. Spürte den kuscheligen Teppichboden und umkreiste das Objekt meiner Begierde wie ein Tier seine Beute.

O Gott! Was ist da drinnen? Ahhh!

Das Tuch, das mich von der Erkenntnis trennte, entfernte ich schneller als das Ende von *How I Met Your Mother* aus meinem Kopf.

»Waaaaass?!«

Wenige Sekunden später standen meine Eltern zufrieden in meinem Zimmer. Dad legte seinen Arm um Mom.

Ich konnte kaum glauben, was sich da auf dem Boden befand.

»Die muss doch ultrateuer gewesen sein!« Ich kniete mich davor und berührte sie. Sie war real!

»Dafür hast du doch hart gearbeitet dieses Schuljahr«, kommentierte mein Vater mit seiner tiefen, aber liebevollen Stimme.

Mit offenem Mund schaute ich die beiden an. Er hob fragend seine braunen, buschigen Augenbrauen. Mir blieb die Spucke weg. Ich konnte nichts sagen.

Endlich kamen Laute über meine Lippen. »D-danke!«

»Jetzt bist du uns hoffentlich nicht mehr böse und verstehst, weswegen wir deine alte Nähmaschine nicht zur Reparatur bringen wollten«, kam es von meiner Mutter.

Natürlich! Ich bin so dumm gewesen, argh!

»Absolut. Tut mir leid!«

Diese Nähmaschine war so etwas wie der *Nimbus 2000* in *Harry Potter.*

Manche meiner Freunde – Greta, um genau zu sein – meinten, meine Eltern würden sich meine Gefangenschaft erkaufen. Sodass ich nicht wütend sein durfte, weil ich kaum Freiheiten hatte. Womöglich entsprach das auch der Wahrheit, aber in diesem Moment störte es mich nicht.

Und so war es eigentlich immer.

Wenn ich sah, wie liebevoll und ausgeglichen meine Eltern zu Hause waren, fiel es mir umso schwerer, ihnen ihre Strenge zu verzeihen.

Doch damit konnte ich in diesem Augenblick sehr gut leben.

Andächtig hob ich das Wertvollste, was ich besaß – zumindest an materiellen Gütern –, auf und platzierte es auf dem Nähtisch meiner Großmutter.

Dann schaffte ich es, zu meinen Eltern zu laufen und ihnen in die Arme zu fallen.

»Danke, danke, danke!«

Statt einer Antwort streichelte meine Mutter mir über den Rücken. Sie liebten mein Hobby, Klamotten zu entwerfen. Vor allem seitdem ich ihnen versichert hatte, dass ich nicht Mode studieren und eine arbeitslose Designerin werden würde. Es sollte ein Traum bleiben. Ein Traum, aus dem ein Hobby wurde.

Viel mehr interessierte mich Psychologie. Vielleicht auch, um zu verstehen, warum meine Eltern so übervorsichtig waren. Mithilfe von Google hatte ich einige Dinge ausgeschlossen. Wie zum Beispiel die Tatsache, dass sie vor mir noch kein anderes Kind hatten, das gestorben war.

»So, Fleurchen, wir lassen dich jetzt alleine. Dann kannst du dich mit deiner neuen Freundin bekannt machen«, sagte mein Vater.

»Oder dich für die Party fertig machen. Wir erledigen den Rest«, fügte Mom hinzu.

Ehrlich gesagt, war es manchmal nicht schlecht, alles abgenommen zu bekommen. Nicht immer! Aber manchmal schon.

»Danke. Für alles!«

Sie zogen meine Zimmertür hinter sich zu und ich sprang mit dem Rücken voraus in mein Bett. Langsam sank ich in die Matratze und schaute hoch zur Decke.

Das ist der Beginn meiner wochenlangen Ferien. Ich hätte keine Woche länger durchgehalten.

Gerade als mein Unterbewusstsein mich dazu überredet hatte, ein paar Minuten zu schlafen, hörte ich einen lauten Schrei von unten.

Meine Sinne waren binnen Sekunden geschärft. Blitzschnell stand ich auf dem Teppich. Die Augen weit geöffnet. Was war passiert?

»Mom?! Dad!?«

Rowan Hills Garden Party

Nachdem niemand geantwortet hatte, rannte ich hinunter und stolperte in die Küche. Wenige Gesten reichten und die beiden kommunizierten ohne Worte miteinander.

In Windeseile riss Dad an Moms Unterarm. Sie sah ihn an. Seine Augen verengten sich. Sofort danach erhellte sich ihre Mimik wieder. Binnen Sekunden strahlten beide mich an und lachten laut auf. Waren sie nun vollkommen verrückt geworden?

Während des Lachflashs drehte meine Mom den Zeigefinger neben ihrer Schläfe und bedeutete mir, verrückt zu sein. Mein Dad machte einen auf *Ach, was deine Mutter wieder abgezogen hat!* und schüttelte gespielt tadelnd den Kopf.

»Ich habe deinem Dad …«, sie hatte tief Luft geholt und wieder losgeprustet, ehe sie sich fing. »Ich habe tatsächlich geglaubt, er hat sich einen Teil vom Finger abgeschnitten.«

Mein Dad zeigte belustigt auf ein Würstchen auf der Arbeitsplatte. Komische Gedanken sausten in meinem Kopf umher und ich kratzte selbigen, als könnte ich sie so aus meinem Verstand verbannen.

Irgendwas stimmt doch nicht. Das wirkt gespielt, wie aus einer billigen Komödie. Sind meine Eltern Agenten, die mich nur adoptiert haben, weil meine richtigen Erzeuger russische Spione sind?

Was in unserer Kleinstadt Rowan Hills in Amerika ziemlich doof gewesen wäre. Sollte ich das glauben?

Mit verschränkten Armen leckte ich mir über die Oberlippe.

»Ihr wollt mich …«

In diesem Augenblick klingelte es und ich beschloss, es einfach hinzunehmen. Was sollte sonst Großartiges passiert sein? Elternzeug eben. Schlimmstenfalls waren wir pleite. Mein Unikonto musste aufgelöst werden.

Ich beließ es dabei und ging zur Tür. Dabei behielt ich meine Eltern jedoch im Blickwinkel, bis sich die erstbeste Wand dazwischenschob.

Mit den Gedanken noch bei Mom und Dad öffnete ich die Tür.

Herzinfarkt.

Das war das Erste, an das ich dachte, als der nächste Schrei mich überrollte.

»Überraschung!«, riefen Josh, Dean und Greta.

Reflexartig schoss meine Hand zu meinem Herzen und ich schreckte zurück. Das war zu viel Gebrüll für einen Tag.

Nachdem ich tief ein- und ausgeatmet hatte, empfing ich meine Freunde mit einem breiten Grinsen.

»Ihr habt mich zu Tode erschreckt. Was macht ihr schon hier?«

Die pinken Haare meiner besten Freundin wirkten neben Joshs schwarzen noch greller.

»Das ist ja der Sinn einer Überraschung: Man kommt, wenn man nicht erwartet wird«, klärte Greta mich überflüssigerweise auf, während sie mit den beiden Turteltauben an mir vorbeischritt.

»Mom, die Ungeheuer sind da!«, warnte ich die Frau in der Küche vor.

Hinter mir stieß ich die Tür mit dem Fuß zu und folgte meinen Freunden. Glücklicherweise hatten meine Eltern nichts gegen sie, solange ich mit den dreien etwas bei mir Zuhause unternahm.

»Schön, dass ihr da seid!« Die Stimme meiner Mutter war glockenhell, als hätte sie nicht gerade eben noch wie eine Irre herumgeschrien.

»Es riecht nach Essen. Nach sehr gutem Essen«, stellte Josh fest und schnüffelte mit geschlossenen Augen.

»Du und Essen. Da könnte man eifersüchtig werden.« Es war schön zu sehen, dass Dean auftaute und öfter das Wort ergriff.

Josh küsste ihn auf die Wange. »Du riechst auch ganz gut.«

»Vielleicht sollten wir es auch miteinander versuchen?«, zischelte Greta mir so laut zu, dass es jeder hörte und sogar mein Vater aus der Küche kicherte.

»Ihr würdet euch die Schädel einschlagen«, kommentierte Josh.

»Und danach würden wir uns lieben und Zöpfe flechten!« Greta schüttelte ihre nicht vorhandene Mähne und stöckelte mit ihrer Kurzhaarfrisur in den Garten. Sie kannte mein Haus auswendig. Blind. Ohne Gehstock.

***

Ich liebte unseren verwachsenen Garten. Riesige Büsche, die uns abschotteten, und mein Lieblingsort: der übergroße Metallpavillon, überwuchert mit Pflanzen. Darunter fläzten sich meine Freunde in die Kissen auf den Liegen. Wie ein kleines Paradies mitten in Rowan Hills.

Mit einem Tablett voller Trinkgläser und einem Krug mit dem leckeren Fruchtsaft meines Vaters torkelte ich auf sie zu. Memo an mich: *Niemals Aushilfskellnerin werden.*

Ein Stich an der rechten Schläfe brachte mich noch mehr zum Wanken wie ein Schiff auf hoher See. Meine Augen zuckten vom Schmerz zusammen.

Greta, Josh und Dean merkten nichts. Dabei sollte es auch bleiben. Ich brauchte nicht noch mehr Leute, die sich ständig um mich sorgten. Diese Kopfschmerzen kamen seit einigen Wochen immer häufiger. Mit meinem Blick wandte ich mich ab, damit sie mein Gesicht nicht sahen.

Da war es wieder. Dieses gierige Augenpaar. Beim nächsten Blinzeln war es verschwunden.

Eine Halluzination von dem Stechen an der Schläfe? Hatte ich das heute im Auto auch schon gehabt?

Ich wusste es nicht mehr.

Schritt für Schritt kämpfte ich mich zum Tisch und stellte alles ab. Langsam begann ich, mir selbst Sorgen um mich zu machen. Hoffentlich brachten mich ein paar Tage mit vierzehn Stunden Schlaf pro Nacht wieder ins Gleichgewicht.

Jetzt schwebten meine Eltern mit den letzten Tellern aus dem Haus. Wie immer gab es Unmengen an Essen, das für zwanzig Leute reichen würde, aber das liebte ich an ihnen.

»Das Buffet ist eröffnet«, verkündete mein Dad mit großer Geste und schnappte sich einen kleinen Becher mit Mozzarella-Salat.

»Mwie gmfllt mdia eigblich gein Bebenk?« Selbstverständlich verstand ich nichts.

Greta merkte das rasch, schlang den Bissen ihres Pizzabrötchens hinunter und wiederholte.

»Wie gefällt dir eigentlich dein Geschenk?«

»Du wusstest davon?«

»Natürlich. Wir alle.« Dean exte das Glas mit dem Fruchtsaft. »Was ist da drinnen, Mr Bailey?«

»Etwas Rote Bete, Apfel, Orange und Ingwer«, beantwortete er seine Frage mit stolz geschwellter Brust.

»Ja, ja. Toll, Dad. Ihr wusstet alle davon?«, lenkte ich wieder auf das eigentliche Thema zurück.

»Mom?«

»Ganz genau. Wir haben alle gemeinsam entschieden, was das beste Geschenk für dich wäre.«

»Hast du uns echt geglaubt, dass wir drei zufällig am selben Tag krank waren nach dem Wochenende?«, fragte Josh und kicherte.

Ich hatte es geglaubt. Woher sollte ich auch wissen, wie man sich nach einem durchzechten Wochenende fühlte? Apropos *durchzecht*!

»Dad, kannst du den Sekt holen?«

Er nickte und verschwand. Ich war immer noch sprachlos darüber, dass meine Freunde und meine Eltern keine Mühen gescheut hatten. Und das, obwohl Greta, Dean und Josh ebenfalls gerade ihren Abschluss in der Tasche hatten.

Außerdem war es nicht mal mein Geburtstag. Meine Eltern waren fabelhaft – bis auf wenige Ausnahmen.

Die Blicke von Freunden und Mom wanderten zögerlich hinter mich.

Ehe ich mich umdrehen konnte, hatte es geknallt. Hastig drehte ich mich um. Dreimal erschreckt werden war genug für einen Tag. Es war nur mein Dad, der den Sektkorken in die Luft geschossen hatte.

»So schreckhaft heute?« Unschuldig zwinkerte der Übeltäter mir zu, was ich mit einem Töterblick beantwortete. Meine Freunde starrten mich belustigt an.

»Das gefällt euch wieder«, bemerkte ich und lachte, woraufhin alle einstimmten.

Mit den Sektgläsern in der Hand stießen wir gleichzeitig an und reckten die Arme in die Höhe.

»Auf einen tollen Sommer!«, sprach ich feierlich.

»Auf einen Sommer voller Liebe!« Den hatte Josh bestimmt.

»Auf einen Sommer zusammen mit den besten Freunden!« Ein ziemlich schöner Gedanke von Dean. Er passte allmählich perfekt zu uns.

»Auf einen Sommer ohne Mathe!« Greta hatte auf jeden Fall das beste Argument.

Wir tranken. Die Kohlensäure prickelte in meinem Hals. Es war ein perfekter Start in die heißen Monate und alle waren offensichtlich sehr, sehr ausgelassen.

Doch meine Eltern wirkten abgelenkt. Versteckt hinter ihren Sektgläsern warfen sie sich besorgte Blicke zu.

Wenn die Realität platzt

»Wir sehen uns übermorgen!«, rief ich Josh und Dean nach. Mein bester Freund hatte mir einen Blick über die Schulter zugeworfen und mich dabei angelächelt, ehe er um die Ecke bog.

»Und wann kann ich mit dir rechnen?« Meine Frage kam bei Greta gar nicht an. Sehnsüchtig schmachtete sie unserem Pärchen nach.

»Ich will auch.« Aus großen, eisblauen Augen schaute sie mich an und klimperte mit ihren falschen Wimpern. Ihre mitleiderregende Unterlippe tat ihr Übriges.

»Bekommst du schon noch früh genug«, tröstete ich sie. »Du solltest mal ein paar Jungs ansprechen, dann klappt es auch.«

»Ich spreche doch im Zeitalter der Smartphones niemanden an. Ich bin doch keine Amish!«, sagte sie gespielt entsetzt und kicherte dann.

Ich schüttelte lächelnd den Kopf und klopfte mit dem Zeigefinger auf ihre Uhr.

»Also? Wann kommst du jetzt morgen?«

»Ah, ja. Ich werde so am Vormittag kommen. Sag deiner Mom, sie darf für mich mit decken.« Das war nichts Neues. Greta frühstückte oft bei uns. »Dann schaffen wir die siebte Staffel *Shameless* bestimmt. Vielleicht können wir sogar noch *Misfits* rewatchen.« Im Pläneschmieden war Greta die Queen.

»Klingt nach einem Plan«, fasste ich zusammen, woraufhin sie nickte. »Dann«, ich verbeugte mich theatralisch, »haben wir ein Date, kleine Lady.«

Sie vollführte einen Knicks, der so anmutig war wie ein sterbender Schwan, dann machte sie sich auf den Weg. Auf halber Strecke drehte sie sich zu mir um.

»Was würde ich diesen Sommer nur ohne dich machen!«

»Unter Menschen gehen!«

»Stimmt!«

»Furchtbar, oder?«, witzelte ich.

»Auf jeden ...!«

Dann war auch sie aus meinem Blickfeld verschwunden. Immer, wenn wir Zeit miteinander verbracht hatten, fühlte ich mich leer, nachdem sie gegangen waren. Auch, wenn es nur für ein paar Stunden sein würde.

Greta und Josh waren meine Verbindung zum realen Leben. Für Tage wie diese liebte ich meine Eltern und ihre allmächtige Liebe zu mir. Doch immer dann, wenn es um meine Freiheit ging und ich mich dafür mit ihnen stritt, verwandelten sie sich in hysterische Vögel. Genau deshalb waren meine Freunde so wichtig für mich.

Wieder in das Haus zurückgekehrt, beobachtete ich meine Eltern beim Abwasch. Diese aufrichtige Liebe, ohne Spielchen und ohne sich zu verstellen, war pures Glück für eine Tochter. Ich hoffte, das irgendwann auch für mich zu finden.

Hier wirkten sie unendlich ausgeglichen. Nichts war mehr von den beunruhigten Blicken zu erkennen.

»Ihr seid ja fleißig!«, neckte ich die beiden und sprang auf die saubere Kochinsel. »Soll ich euch helfen?«

»Und dann fasst du ...«, ich unterbrach meine Mom.

»In ein Messer, das mit der Spitze nach oben zeigt, und schneide mir meine Pulsadern der Länge nach auf und sterbe.«

Sie seufzte. Immer wieder das Gleiche.

Aber das Tablett mit Sektgläsern durfte ich tragen? Egal. Ich wollte den heutigen Tag nicht mit einem Streit beenden.

»Weiß ich doch, Mom. Keine Sorge«, erwiderte ich stattdessen, sprang von der Kochinsel und ging zu meinen Eltern.

»Schlaft gut.« Ich küsste beide auf die Wange. Zuerst meine Mutter und dann meinen Vater mit seinem stoppeligen Bart.

»Du auch«, kam es von beiden, leicht zeitversetzt.

Als ich auf der Treppe war, offenbarte ich ihnen Gretas Pläne.

»Greta kommt zum Frühstück!«

Sie antworteten nicht, also ging ich weiter und verschwand im Badezimmer.

Mit meinen Fingern zog ich die goldenen Linien in den Marmorfliesen an der Wand nach. Seitdem die Kanzlei meiner Eltern florierte, renovierten sie oft. Insgeheim glaubte ich, sie machten es für mich, damit ich mich Zuhause wohlfühlte.

Ich machte das Radio an, das auf dem Fensterbrett stand, und tanzte mich aus meinen Klamotten. Mit dem neuen Lied von *Ansel Elgort* begab ich mich unter die Dusche und genoss die Wasserstrahlen auf meinem Körper.

Nicht nur das heiße Nass kribbelte auf mir, sondern auch das Verlangen, meine neue Nähmaschine zu benutzen. Auf jeden Fall würde das ein modischer Sommer werden. Zusammen mit dem Wassermelonengeruch meines Shampoos in der Nase hörte ich das Klackern der Maschine auf den Stoffen. Beschleunigte den Motor, biss Fäden durch und piekte mich. Ein Konzert aus verschiedenen Klängen, die zum Arbeiten dazugehörten und für mich wie Musik waren.

Das würde mein Sommer werden. Die Glücksgefühle in mir brachten mich fast zum Platzen. Ich brauchte diese Zeit für mich dringend. Nichts und niemand würde mich davon abhalten. Und diese Abschlussfeier, die einer Geburtstagsfeier glich, war der perfekte Start gewesen.

***

Ich gähnte mit weit geöffnetem Mund und schlenderte zurück in mein Zimmer. Vor dem Schlafengehen drei Tassen Grüntee trinken – keine gute Idee. Kurz bevor ich bei meiner Tür ankam, hatte ich unten Licht brennen sehen.

Meine Eltern sind noch wach? Ich habe doch gehört, dass sie ins Bett gegangen sind.

Um herauszufinden, was da vor sich ging, lehnte ich mich an das Treppengeländer. Der Fernseher war nicht an. Mein Kopf huschte nach links. Ihre Schlafzimmertür stand offen. Waren da Stimmen?

»Auf keinen Fall!«, knurrte mein Vater.

»Shhht!« Mom. Mit wem redete er?

Etwas schepperte auf dem Fliesenboden der Küche. Angsterfüllt klammerte ich mich an das Holz. Klar wollte ich den Schleier der Ahnungslosigkeit lüften, doch ich war starr vor Angst. Meine Eltern hielten mich stets von allem fern. Natürlich war ich nicht mutig. Mich wunderte es, dass ich nicht auf alles in der Welt phobisch reagierte.

Ein Schlag. Haut traf auf Haut. Es klatschte. Doch ich hörte keine Schreie.

»Du wolltest es so.« Meine Mom klang wütend. Hatte sie meinen Vater geschlagen? Nein, da musste noch jemand sein.

Und dann platzte die Blase, in der ich lebte. Es passierte zu rasch.

Irgendetwas flog gegen die Küchenschränke. Jemand räumte die Arbeitsplatte ab und all die Dinge darauf schepperten auf den Boden. Etwas kreiste um die eigene Achse, bis es zum Stillstand kam und der Laut abrupt stoppte.

Mein Vater murmelte etwas. Ich verstand ihn nicht. Sekunden später wieder diese Geräusche. Ein weiterer Knall. Meine Mutter brüllte wie eine Löwin auf.

Mir wurde schlecht. Meine Hände, Arme, Füße und Beine wurden taub. Die Finger knisterten, als wären sie eingeschlafen. Todesangst schwoll in meiner Brust, ließ keine Luft mehr hindurch. Ich atmete und es passierte nichts. Mein Herzschlag hallte in meinem Kopf wider. Geräusche der Zerstörung drangen zu mir hoch.

Sofort bemerkte ich, wie meine Beine nachgaben. Meine Angst lähmte sie, was den Griff um das Geländer nur verstärkte.

An dem Fenster über der Treppe, gegenüber von mir, sah ich nicht nur meine Nachttischlampe, die sich im Glas widerspiegelte, sondern auch das Licht unserer Nachbarn.

Meine Kehle schnürte sich zu. Das Wort *Hilfe* schaffte es nicht, aus meinem Mund zu springen.

Ach du Scheiße! Was sollte ich nur machen? Ein Surren in meinen Ohren übertönte alle anderen Laute.

»Mom, Dad«, flüsterte ich. Ich schaffte es nicht, meine Stimme zu erheben. Es war nur ein Wispern.

»Mom, Dad«, winselte ich.

Tränen trübten meine Sicht. Was ging hier vor sich? Ich wollte aufstehen und hinter dem Geländer hervortreten, doch meine Beine machten nicht mit.

Verdammte Scheiße! Meine Eltern werden anscheinend angegriffen und ich bin dank ihrer Erziehung unfähig, wenigstens die Polizei zu rufen!

Die jahrelange und sorgfältig gesäte Angstmacherei meiner Eltern trug Früchte. Die Furcht vor dem, was unten auf mich wartete, erschütterte mich bis aufs Mark.

Als ich abermals einen Blick über die Brüstung wagte, schlug mein Vater an den untersten Stufen auf. Sein Gesicht war schmerzverzerrt. Glücklicherweise war es ihm gelungen, sich abzustützen, ehe er seine Augen öffnete.

»Fleur! Verschwinde, Fl...« Mein Dad wurde unterbrochen, als ihn irgendwas am Bein von der Treppe wegzog.

»Fleur!«

Mom!

In Gedanken schrie ich aus vollem Halse. In der Realität brachte ich keinen Mucks hervor.

»Wehrt euch nicht. Wir gehören doch zusammen. Ihr wisst, dass es sein muss. Es ist Gesetz!« Schon wieder diese fremde Männerstimme.

Die Wärme meiner Tränen drang durch das Taubheitsgefühl auf meinem Gesicht. Wie konnte dieser Sommerstart sich nur so drastisch ändern? Was hatte meine Familie nur verbrochen? Warum ich? Warum wir? Tausend Fragen kamen mir durch den Sinn, aber alle Antworten darauf blieben mir verwehrt.

Ich schaute nervös aus dem Fenster. Hoffte Blaulicht zu sehen. Die Nachbarn mussten doch die Polizei gerufen haben. Doch dann erkannte ich sie. Zwischen dem Licht meiner Nachbarn und dem meiner Lampe waren sie.

Die Augen. Jene Augen, die mich seit Wochen verfolgten. Von denen ich gedacht hatte, sie wären nur Einbildung. Ein Streich meiner Gedanken.

»Guck, guck«, sagte eine tiefe Stimme hinter mir.

Ehe ich mich umdrehen konnte, war eine Hand auf meinem Mund gelandet.

Jetzt, zu spät, drangen meine Urinstinkte aus mir und ich schrie zwischen seinen Fingern hindurch.

»Fleur!«

Mom! Dad!

Ein stechender Geruch stieg mir in die Nase. Jeder weitere Gedanke wurde in Watte gepackt und verpuffte. Und mein Geist verschwand mit ihm.

Wach auf!

Meine Zunge fühlte sich pelzig an und mein Mund ausgetrocknet. Mehr nahm ich noch nicht wahr. Nach und nach schlichen sich die anderen Sinne hinzu. Mein Nacken schmerzte, als hätte ich ein Jahr schlecht gelegen, und der Kopf dröhnte.

Ich öffnete das rechte Auge einen Spalt breit. Sofort musste ich es wieder schließen. Es war zu hell und ich erkannte gar nichts. War ich tot? Alleine? Ich spürte, wie Panik in mir aufstieg.

Gott sei Dank erzählten mir meine Ohren eine andere Geschichte. Nach und nach hörte ich, wie Menschen sich wandten und bewegten.

Tief sog ich Luft ein. Sobald sie mich verlassen hatte, riss ich mich zusammen und blinzelte mindestens zehnmal hintereinander.

Allmählich schwammen Farben und Konturen ineinander und ergaben ein Bild. Eine Holzdecke begrüßte mich.

Ich lebe.

Angespornt von dieser Erkenntnis, richtete ich mich auf. Was ich sah, erschreckte mich. Jugendliche in meinem Alter lagen nebeneinander in zwei Reihen auf kleinen Liegen. So auch ich.

Kein Wunder, dass ich Schmerzen habe.

Das war zu viel für mich. Egal, wo ich hinblickte, ich schaffte es nicht, die Situation zu fassen. Gab es Tote unter ihnen? Schliefen alle?

»Na, auch schon wach?«

Erneut sog ich tief Luft ein.

»Hier.«

Hektisch schaute ich um mich. Bis ich zwei Liegen weiter links von mir ein Mädchen mit offenen Augen erspähte.

»Wie kannst du so gelassen sein?«, wunderte ich mich und klang ziemlich hysterisch.

»Wieso nicht? Wir haben doch Stunden oder Tage geschlafen«, gab sie zurück und zog verwirrt die Augenbrauen zusammen.

»Ich bin in einer Holzhütte mit unzähligen Liegen und schlafenden Jugendlichen. Das finde ich schon merkwürdig.«

Nervös geworden, fragte ich mich: Wo sind meine Eltern? Wie soll ich hier alleine wegkommen?

»Ich glaube, die Betäubung hat dein Gehirn geschädigt«, meinte sie.

Drehte ich am Rad? War hier tatsächlich ich die Verrückte?

»Hör zu. Ich habe keine Ahnung, was hier vor sich geht. Klärst du mich bitte auf, wenn du so allwissend bist? Und wie kann es dir so scheißegal sein, betäubt worden zu sein?« Ich drosch mit Fragen auf sie ein und hatte noch mehr auf Lager.

Sie kratzte sich an der Nase. Wog sie gerade ab, ob ich sie verarschte?

»Bist du eine Waise?« Gegenfragen brachten mir gar nichts.

»Nei…« Ich hielt inne. War ich mittlerweile eine Waise? Was war mit meinen Eltern passiert nach dem Kampf?

Der Kampf! Genau!

Schreckliche Bilder taten sich auf. Ich presste meine Hände an die Ohren und schloss meine Lider. Das durfte alles nicht wahr sein. Wo war mein Traumsommer geblieben, auf den ich mich gefreut hatte? Meine Eltern? Greta, Josh, Dean?

Meine Atmung wurde schneller. So schnell, dass mir schwindelig wurde. Eine Hand fand meinen Unterarm. Ich nahm sie herunter.

»Beruhige dich, Mädchen. Was ist denn?«

»Was mit mir ist?« Meine Stimme wurde laut. Die anderen wurden unruhig.

»Nicht so laut. Jeder soll von alleine aufwachen, damit wir ausgeruht sind«, sagte sie leichtfertig.

»*Ausgeruht*, wofür denn?«, zischte ich. Mein Kiefer spannte sich an.

»Für das Camp. Herrgott, Mädchen. Du hast doch gar keine Ahnung«, kapierte sie endlich meinen Zustand.

Ein Krater voller weiterer Fragen öffnete sich. Ich räusperte mich. So kam ich nicht voran.

»Wie heißt du eigentlich?«, wollte ich wissen.

»Fabienne Roux aus Paris. Du?«

»Fleur Bailey aus Rowan Hills, Amerika. Du sprichst aber gut Englisch. Vor allem akzentfrei.«

Die Französin riss ihre braunen Augen auf. Sichtlich schockiert, löste sie die Spange von ihren Haaren, die die gleiche Farbe hatten wie ihre Augen. Lang und glatt flossen sie um ihren perfekt trainierten Körper.

»Scheiße, Fleur – übrigens ein schöner französischer Name –, du weißt tatsächlich nicht Bescheid, oder?«

Stirnrunzelnd warf ich ihr einen *Ehrlich-jetzt?-Ernsthaft?*-Blick zu.

»Wie kannst du nicht wissen, dass wir alle kurz vor unserem achtzehnten Geburtstag hierherkommen?«, wollte Fabienne wissen.

»Was ist das denn für ein besonderes Camp?«

Ich war überfordert. Dieses Frage-Frage-Spiel, ohne Antworten, brachte mich um den Verstand.

»Wir sind hier im *Agony Grove Camp*. Für Jugendliche mit magischen Fähigkeiten«, sagte sie und ich schmunzelte.

»Mein Englisch ist auch nicht gut, aber sobald wir hier sind, versteht jeder den anderen in seiner Sprache. Nach dem Ritual auch außerhalb.«

Ich schürzte die Lippen und wartete auf die Wahrheit. Und wartete. Und wartete.

»Alles klar, Leute.« Genervt stand ich auf und wankte. Meine Beine waren Stehen nicht mehr gewohnt. Vorsichtig taumelte ich Richtung Ausgang.

Der werde ich schon mal gar nicht vertrauen! Komisches Mädchen.

»Wo willst du hin?«, zischte sie leise, um niemanden aufzuwecken.

Zuerst öffnete ich den Mund, beschloss aber, nichts zu erwidern. Mir war das alles zu blöd. Umgeben von Holz behielt ich mein Ziel im Auge: die Türklinke.

»Ähhhh, ich würd das nicht machen, Bailey.«

War mir egal, was die französische Trulla sagte. Umgehend zeigte mir das Leben, was es von mir hielt.

Nachdem ich die Klinke in die Hand genommen hatte, warf mich ein Stromschlag zurück, den ich zunächst für eine Ohrfeige hielt. Ich flog meterweit nach hinten.

»Ich bin wach!«, schrie ein Junge, der sich aufsetzte. Immer mehr folgten.

»Gut gemacht, Bailey«, kam es von Fabienne.

Am Holzboden zwischen den Liegen setzte ich mich auf und pustete mir eine Strähne aus dem Gesicht. Über meinen Ellbogen erstreckte sich eine Schürfwunde. Meine Lippen bebten. Selbst meine Atemtechniken halfen nicht. Tränen füllten meine Augen. Was ging hier nur vor sich? Wo waren meine Eltern? Ich war schlicht und ergreifend überfordert.

»Heulst du jetzt?« In meiner Fantasie sprang ich Fabienne mit einem Karatekick voraus ins Gesicht.

»Sie muss wohl sehr ergriffen sein«, sagte ein anderer Junge hinter mir.

Hatten meine Eltern mich nach dem Einbruch in unser Haus in eine Irrenanstalt eingeliefert, die als Camp getarnt wurde? Das hätten die doch nie getan. Ich durfte doch nicht mal zur Nachbarin, ohne dass meine Mutter vom Fenster aus zusah.

»Was ist bloß los mit euch allen?«, schluchzte ich fassungslos.

Ehe jemand etwas entgegnen konnte, hatte sich die Tür geöffnet, die mich nach hinten geworfen hatte, und ein Mann betrat die Hütte.

»Seid ihr bereit für das Ritual?«

Guillotine

Wie gewohnt folgte ich den Anweisungen, die man mir erteilte. Deshalb marschierte ich inmitten der anderen Jugendlichen geradeaus und verließ die Hütte. Ausdruckslos fokussierte ich das Ying-Yang-Symbol auf dem T-Shirt von Fabienne. Ihre Haare hatte sie nun zu einem hohen Zopf gebunden. Allmählich gewöhnte ich mich an die Helligkeit. Bäume, die uns einkesselten, standen wie Wächter um uns herum. Ihre Blätter raschelten.

Alle anderen unterhielten sich freudig und scherzten. Als wären wir tatsächlich in einem Sommercamp. Sollte ich aus der Reihe laufen? In den Wald? Lieber nicht. Sonst stieß ich noch auf einen unter Strom gesetzten Zaun, der mich wie ein wildes Tier von sich stieß.

In Gedanken versunken, stieß ich gegen die Französin. Verstört schreckte ich zurück und rempelte jemanden anderen an.

»S-Sorry!« Meine Stimme brach. Er bedeutete mir, dass alles okay war.

Zum ersten Mal bemerkte ich, wie hilflos ich alleine war. Genau deshalb hatte ich meine Eltern ständig darum gebeten, mehr Verantwortung zu bekommen.

»Hey, Bailey. Du musst doch keine Angst haben. Wir sind sicher. Wir sind die Guten.«

Was meinte Fabienne damit? *Die Guten?* Und wer waren dann die Bösen?

»Ich versteh nicht, wie du von all dem nichts wissen konntest. Wie bist du denn hierhergekommen?«, hakte sie nach.

»Ich denke, ich wurde entführt. Meine Eltern haben gegen irgendjemanden gekämpft«, schlussfolgerte ich.

Sie runzelte die Stirn und schaute sich um.

»Keine Ahnung, wovon du sprichst, aber behalt das lieber für dich«, riet mir die Französin.

»Heißt das, du weißt nichts von deinen magischen Genen?«, fragte Fabienne mich eindringlich, aber so, dass es niemand bemerkte. Es waren ohnehin alle zu sehr beschäftigt mit ihrer Euphorie.

»*Magische Gene?* Wovon redest du? O Gott! Ich bin hier in irgendeiner Sekte gelandet und meine Eltern wollten mich beschützen. Deswegen das Ying-Yang-Symbol oder wie?«

Während ich wild mit Thesen um mich schmiss, verschränkte Fabienne die Arme und zog eine Augenbraue hoch.

»Ying-Yang-Shirts in Tie-Dye-Optik sind gerade wieder echt im Kommen!« Darauf beharrte sie jedenfalls.

Kopfschmerzen plagten mich und ich massierte die Stelle zwischen meinen Augen mit Zeigefinger und Daumen.

»Ruhe!« Die Stimme kam von dem Mann von vorhin.

»Hör am besten zu. Dann wird dir einiges klarer.«

Irgendwie hatte ich das Gefühl, als würde ich nach dieser Rede nur noch konfuser sein, aber okay. Ich zuckte mit den Schultern und Fabienne antwortete mit einer sorgenvollen Miene.

»Ich bin froh, euch endlich begrüßen zu dürfen. Ihr habt auf diesen Tag bestimmt ebenso hingefiebert wie ich. Mein Name ist Seth.«

Na, auf jeden Fall.

Applaus kam von allen Seiten. Ich nutzte die Zeit und blickte um mich. Versammelt vor einem großen Podest aus Holz, sah ich weit und breit nur Wald. Dahinter einige Berge, die weit in der Ferne lagen. Das Gras unter meinen Füßen war noch nass und färbte meine Zehen grün.

Vielleicht rufen sie mich gleich auf das Podest und köpfen mich?

»Nach der Begrüßung gehen wir über zum Ritual und finden heraus, welche Kräfte in euch schlummern. Seid ihr Curas, Spellmaker oder Spirits? Das liegt ganz bei euch und hat nichts damit zu tun, was eure Vorfahren waren«, erklärte er.

Meine Vorfahren? Meine Eltern waren Klammeraffen und der Rest meiner Familie hatte auch niemals in einem Camp gewohnt. Hier lief ein falscher Film ab.

»Die drei N-Regeln: Niemand geht ohne jemanden von der Campleitung außerhalb der Barriere.

Niemand kämpft gegeneinander, solange es nicht Teil einer Übung ist.

Und! Niemand erzählt einem Menschen etwas von dem, was ihr hier lernt.«

So wie er sprach und Anweisungen gab, gehörte er zur Leitung. Dabei wirkte er höchstens wie fünfundzwanzig. Seine hellroten Haare und Sommersprossen ließen ihn noch jünger wirken.

Ein wohltuender Wind umspielte mein Gesicht und kühlte mich ab, nachdem es in der Hütte unsäglich schwül gewesen war. Vereinzelt nahm ich weitere Hütten wahr, die ich nicht merklich voneinander unterscheiden konnte.

»Aber diese Regeln kennt ihr bestimmt. Weitere Anweisungen, um das Zusammenleben hier friedlicher zu gestalten, erhaltet ihr im Laufe eures Trainings.«

Auf einem Fahnenmast hinter Seth entdeckte ich eine Flagge. Das Komische daran war, dass ich sie erkannte. Meine Mutter hatte sie auf einem ihrer selbst gebastelten Lesezeichen.

Auf dem orangenen Untergrund war ein grasgrünes Wappen abgebildet. Zwei Wellen parallel untereinander, von einem Kreis eingesperrt, und eine senkrechte Linie mitten hindurch. Darüber stand: *Agony Grove Camp.*

»Du siehst aus, als hättest du zwanzig Fragezeichen im Gesicht«, nuschelte Fabienne.

»Mein Gesicht ist ein Fragezeichen«, antwortete ich kühl. Sie kicherte hinter vorgehaltener Hand.

»Dann geh doch einfach zu Seth und rede unter vier Augen mit ihm «, schlug sie vor.

Davor versperrte sich mein Kopf. Ich sollte alleine hingehen? Mit ihm sprechen? Ohne Schutz? Die behutsame Seifenblase, die meine Eltern über sechstausendfünfhundert Tage aufgebaut hatten, platzte so plötzlich, dass es mir zu schnell ging.

»Soll ich mitkommen?«

»Ja!« Okay, das war zu sehr aus der Pistole geschossen, aber das nahm ich gerne an.

»Da wir dieses Jahr mehr sind als im vergangenen, gehen wir gleich zum Ritual über. Dazu geht in das Zelt.«

Was? Nein! Ich hatte noch eine Million und vierhundertvierundsechzig Fragen! Apropos: Welches Zelt?

Gemurmel aus jeder Richtung. Verstohlene Blicke. Anscheinend war ich zum ersten Mal nicht die Einzige, die ahnungslos dastand. Seth hingegen wirkte belustigt.

»Kleiner Spellmaker-Scherz für die Neuen. Hinter euch«, offenbarte er und alle machten auf der Stelle kehrt.

»Das Zelt, das für euch, war verborgen, tauche auf jetzt und nicht erst morgen«, reimte Seth, was alles nur noch abstruser machte.

Plötzlich flimmerte die Luft. Farben flackerten auf. Blinzelte ich zu hastig? Ich zwang mich, meine Augen offen zu halten. Vor mir rauschte die Welt, wie bei einem alten Fernseher. Und dann war es da. Einfach so. Ein gigantisches Zirkuszelt mit roten und blauen Streifen.

Ein »Wow!« tanzte durch die Reihen.

Außer mir vor Furcht ging ich automatisch rückwärts. Weg von diesem Albtraum. Dieses Mal war es mir egal, dass ich andere Jugendliche anrempelte oder ihnen auf die Füße stieg.

»Bailey!«, rief Fabienne durch zusammengebissene Zähne und packte mich an der Hand.

»Nicht so auffällig. Sei froh, dass alle abgelenkt sind vom Zelt.«

Schlotternd nickte ich und stellte mich neben sie. Seth war vor uns getreten und stolzierte voran. Wir hinter ihm. Hinein in das Zelt.

»Das Zelt verschwindet wieder. Die lassen sich jedes Jahr etwas Neues einfallen. Hier machen wir nur das Ritual«, plapperte Fabienne übereilt, um mich zu beruhigen.

Scheinwerfer gingen an. Die Manege erleuchtete sich. Seth stand in der Mitte. Auf einem riesigen Ball hockte eine ältere Frau. Im Alter meiner Mutter, aber dennoch komplett ergraut. An einem Seil, das quer durch das Zelt reichte, hing ein rundlicher Mann mit Glatze an einem roten Ring.

»Und was ist das für ein Ritual, was muss ich machen?« Ich boxte Fabienne ungeduldig in die Seite. Sie war selbst abgelenkt bei diesem Anblick.

»Ähm.« Die Frau unterbrach sie.

»Da wir alle hungrig sind, beginnen wir gleich mit den Tests. Ich bin Piper.«

Tests?

Mit einer Handbewegung nach oben, öffnete sich der Sand und ein Altar trat an die Oberfläche. Piper wartete ab. Alle Jugendlichen waren ruhig. Wie ein Presslufthammer bibberten meine Beine.

»Fabienne!«

»Äh, genau. Also, du musst beim Altar die drei Prüfungen machen, um zu sehen ...«

Der Glatzkopf sauste plötzlich von ganz oben herunter auf den Boden. Wie ein Stein. Viele schrien auf. Meine Hand sauste zu meinem Mund. Beinahe hätte ich mich selbst geschlagen. Breitbeinig wie in einem Western landete dieses Haupt ohne ein einziges Haar auf seinen Füßen und lachte laut. Eine Hand lag auf seinem Bauch. Bebte der Boden oder kam es mir nur so vor?

»Seth, fang an, bevor Harry noch mehr Unsinn anstellt. Und vergiss nicht: Ladys first!«, wies Piper ihn an. Bei ihr ahnte ich nicht, ob sie streng war oder ob es ihre Art war.

»Sehr gut, mache ich.« Er rieb sich die Hände. »Der Scheinwerfer wähle aus, wer kommen muss zur Prüfung raus.« Seine Finger verhakten sich und knackten nach dem Spruch.

Der Lichtbringer bewegte sich. Wahnsinn! Wie konnte das sein? Eine Mysteryshow, gepaart mit versteckter Kamera? Wollte Greta mich verarschen?

»Sag, Fabienne, was muss ich machen?«, drängte ich.

Selbstverständlich kam es, wie es kommen musste. Binnen Sekunden stand ich im Licht. Im Mittelpunkt von allen. Die Blicke auf mich gerichtet.

Danke! Was für eine Scheiße! Das darf doch nicht wahr sein!

»Scheiße«, hörte ich Fabienne leise fluchen.

Ich seufzte. Jemand klatschte. Die anderen stimmten ein.

»Komm zu uns, sag uns deinen Namen«, sprach Piper.

Ohne Umwege bewegte ich mich zur Manege. Ich musste mich zu jedem Schritt zwingen. Zwischen Piper und Seth verharrte ich.

»Fleur«, wisperte ich.

»Wie bitte, Liebes?«, fragte Piper nach.

Ich räusperte mich.

»Fleur Bailey aus Rowan Hills«, wiederholte ich.

Harry trat aus der Reihe und wirkte nervös, als er den Blick von Piper suchte. Mein Name löste etwas bei ihm aus. Oder war es mein Wohnort?

»Womit willst du beginnen?«

Piper zog mich sanft, aber bestimmt mit sich hinter den Altar, sodass die anderen Jugendlichen freien Blick auf uns hatten.

Ach du heilige ... Wo sind meine Eltern, wenn ich sie brauche?

»Nicht so schüchtern«, munterte mich Seth auf, der noch vor dem Altar stand, den Kopf aber zu mir drehte.

Okay, jetzt oder nie.

»Ich habe keine Ahnung, was ich hier eigentlich mache.«

Alle lachten.

»Nein, ich mein es ernst. Meine Familie wurde nachts angegriffen. Jemand hat mich betäubt und hierhergebracht. Ich habe keine Ahnung, was das für ein Camp ist, und diese Magiernummer lässt mich echt ausrasten«, faselte ich drauflos ohne Punkt und Komma. Es fühlte sich gut an, es ausgesprochen zu haben. Meinem Unmut Luft gemacht zu haben.

Die Konsequenzen hatte ich dabei nicht bedacht. Es war mucksmäuschenstill. Mein Mund trocknete aus. Das Schlucken fiel mir schwer. Hatte ich gerade den größten Fehler meines Lebens begangen? Brachten sie mich um? Ab auf den Scheiterhaufen. Ich war die Hochstaplerin unter ihnen, die ihr Geheimnis ausplaudern könnte.

Obwohl ich es nicht wagte, Piper anzusehen, spürte ich ihre Angespanntheit. Sie räusperte sich qualvoll.

»Das macht doch nichts. Da gab es wohl ein Missverständnis, was ich dir aber mit Sicherheit sagen kann: Du gehörst in das Camp, meine Liebe. Ich fühle die Magie in deinen Adern, außerdem kämst du ohne jegliche Übernatürlichkeit nicht durch die Barriere.«

Die Stimmung schien sich zu lockern.

»Aber ...« Es gab kein *Aber.* Piper stieg mir harsch auf den Fuß und ich musste die Zähne zusammenbeißen, um nicht aufzuschreien.

Okay, meine Portion Mut war bis auf den letzten Tropfen aufgebraucht. Wie die passivsten Protagonisten eines Romans, die es je gab, ließ ich mit mir spielen.

»Natürlich erkläre ich dir die Regeln, jetzt, wo du vom Camp überzeugt bist«, sagte sie, um die anderen zu beruhigen, und lächelte breit. Von Nahem schien sie doch älter zu sein. »Du liest den Zauberspruch auf dem Pergament vor. Der einzige Spruch, der allgemein gültig ist. Funktioniert er, bist du eine Spellmaker«, erklärte sie mir.

Verstanden hatte ich nichts davon, aber gut. Ich tat, wie mir befohlen. Das Papier war rau und bröselte.

»Blutfisch, Harzaugen, Pflanzenstil und Wasserstein, ein bisschen Feuer, das wär fein.«

Es geschah nichts.

»Gut, dann nimm eine Motte mit verletztem Flügel aus der Schale, leg sie auf die Handfläche und stell dir vor, dass sie wieder fliegen kann.«

Lieber hätte ich jetzt einen starken Whiskey Shot in meiner Hand, der mich runterbrachte. Auch, wenn ich Whiskey erst ein Mal bei Dean probiert hatte. Die nächstbeste Motte, die ich in der Schale erreichen konnte, packte ich blitzschnell für dieses grausame Experiment. Sie tat mir leid.

Andächtig schloss ich die Augen, stellte mir vor, dass ihre Flügel zuckten, sich bewegten und dann ... dann hob sie ab.

Tja, leider nur in meiner Vorstellung. Das Tier lag da, als würde es ihm sehr schlecht gehen.

Piper winkte Harry her. Er wischte mit seiner Hand über die Luft neben der Motte und sofort sauste sie los. Putzmunter. Wow! Danach berührte er meinen Ellbogen und heilte die Schramme von vorhin.

Ich formte meinen Mund zu einem *Danke*. Er senkte sein Haupt und ging zurück. Dennoch verstörte es mich gleichermaßen. Wie konnte das alles der Wahrheit entsprechen? Er hatte mich geheilt. Und die Motte.

»Dann wissen wir was du bist: eine Spirit!«, offenbarte mir Piper. »Aber die Tradition will, dass du es uns zeigst. Versuch mit deinen Augen oder Händen den goldenen Ball zu bewegen, aber ohne ihn zu berühren.« Sie klang angespannt.

Es musste klappen. Wenn es nicht funktionierte, würden sie mich bestimmt töten. Ich kannte ihre Welt nicht. Aber ich wusste, es konnte unmöglich gut gehen. Schließlich besaß ich keine Magie.

Oder?

Ich hatte mehrmals hintereinander geseufzt, ehe ich mit den Fingern meine Haare zurückstrich. Dunkelblond hatte ich sie gefärbt, um nicht mehr braunhaarig zu sein wie meine Eltern. Ich wollte mich auch auf diese Weise von ihnen abnabeln.

Aber in diesem Augenblick wünschte ich mir nichts sehnlicher, als ein Teil von ihnen und bei ihnen zu sein.

Wenigstens hatte ich noch die dunkelblauen Augen meiner Mutter. Sie waren ebenso eindringlich wie das Meer bei Nacht. Diese verzog ich nun zu Schlitzen und fokussierte den Ball. Er entschied über Leben und Tod.

Sachte schwang ich die Hand, als würde ich den Ball anstupsen, kam aber nicht mit ihm in Kontakt. Die neugierigen Blicke aller brannten auf mir und der letzten Aufgabe.

Und dann geschah es: Nichts!

»Streng dich an!« Sie wollte, dass es klappte. Nicht meinetwillen, sondern um die anderen zu beruhigen.

Beweg dich! Beweg dich!

Beim nächsten Versuch nahm ich beide Hände und tat so, als würde ich den Ball erschrecken oder mit Wasser bespritzen.

Wieder nichts. Piper atmete schwer.

»Versuch es nochmals, mein Liebes«, sagte sie sanft. »Schließlich hattest du ein schweres Los, ohne Wissen von Magie und dem Camp. Da braucht man länger.«

»Ich kann es aber nicht!«, keifte ich.

»Dieser scheiß Ball bewegt sich«, ich deutete auf ihn, »niemals!«

Genau in diesem Moment rollte der goldene Ball auf seinem Sockel, rollte und flog vom Altar.

Das ... Das ist doch unmöglich. War ich das?

»Anscheinend steckt mehr in dir, als du gedacht hast«, sagte Seth aus heiterem Himmel.

»Eine Spirit!«, jubelte Harry den Jugendlichen zu, die einstimmten.

»Eine Spirit!«, schrien sie ebenfalls.

Piper seufzte erleichtert auf.

»Sehr gut, Fleur. Geh hinten hinaus und warte, bis wir mit allen durch sind«, erklärte sie mir.

Ich nickte perplex.

Ich war eine Spirit. Ein magisches Wesen mit Telekinesefähigkeiten. Und meine Eltern? Wie würde das alles weitergehen?

Verbrenne deine Vergangenheit

Das Feuer flackerte vor den Augen und heizte mein Gesicht auf. Ich saß zu nah dran, doch es störte mich nicht. Wann hatte ich zuletzt geblinzelt? Diese und Unmengen anderer Fragen sausten mir durch den Kopf wie Fliegen. Ich konnte sie nicht greifen. Dafür war die Verwirrung, die das Camp in mir anrichtete, zu groß.

Das Lagerfeuer glich einem Scheiterhaufen, so breit und gigantisch war es. Trotzdem war es das Vertrauteste, das ich hier entdeckte. Orange, rot und gelb loderte es vor mir und ich erinnerte mich an all die Situationen in meinem Leben, in denen ich bisher ins Feuer geschaut hatte. Und das alles nur, damit ich mir vorstellen konnte, in diesem Moment in meiner Vergangenheit zu sein und bloß nicht hier.

Mitten im Hogwarts für Arme wollte ich die Zeit eine Sekunde lang anhalten, um mich nicht verloren und verstört zu fühlen. Durfte das der Wahrheit entsprechen? Ich hatte magische Gene? War eine *Spirit*? Anscheinend jemand, der durch Telekinese Dinge und Lebewesen bewegen konnte. Mehr hatte ich nicht mitbekommen.

Nach dem Initiationsritual hatten sie das Zelt verschwinden lassen und dieses Lagerfeuer aufgebaut. Seitdem hockte ich hier.

Fabienne hatte sich ebenfalls aus dem Staub gemacht. Ebenso wie der glühende Aschefunken, der vor mir umhergeflogen und dann vom Wind ins Unbekannte getragen worden war.

Ich folgte ihm und dadurch riss ich mich selbst aus meinen Gedanken. Zuerst drang mir der Duft von leicht verkohltem Mais in die Nase.

Danach registrierte ich die anderen Jugendlichen. Es waren mehr, als ich in Erinnerung hatte. Diese Situation bedrückte mich. Deshalb fiel es mir schwer, mich damit anzufreunden. Selbst in der Schule hasste ich Versammlungen.

Als mein Magen sich meldete, sah ich ein, dass ich mich auf Futtersuche begeben musste. Kurz nachdem ich mich umgedreht hatte, bemerkte ich, dass das keine schwierige Aufgabe war.

In einer langen Linie reihten sich Tische nebeneinander mit Hunderten von Gerichten und Getränken. Gut, wenn es Essen gab, konnte der Ort nicht allzu schlimm sein.

Schulterzuckend schlich ich zu einem Tisch und bemühte mich, nicht aufzufallen. In der Masse unterzugehen.

Mein Bauch konnte sich nicht entscheiden, ob er gerade hungrig war oder doch noch verstört. Trotzdem nahm ich einen Teller und griff nach einer Zange, um mir ein Hähnchen zu nehmen. Sofort bereute ich es.

Mit einem lauten Knall ließ ich die Zange auf das Tablett fallen. Sie war brennend heiß!

»Au!«

Eine Gruppe von Mädchen kicherte vor mir. Das waren sie gewesen!

»Hey! Euer scheiß Mobbing könnt ihr euch für die Schule nach dem Camp aufsparen!«, schrie ein Junge. Als ich zu ihm blickte, musterte ich zunächst seine Frisur. An den Seiten ein Undercut, oben ein hellbrauner Man Bun. Der passende Bart dazu fehlte.

Die Mädchen rollten die Augen und hauten ab. Er hingegen blieb und nahm meine Hand. Ich wollte wegzucken, doch er hielt sie fest. Mein Herz klopfte. Ich erwartete meine Mutter, die ihm ein Beil in den Rücken rammte.

Spoiler Alert, Fleur: Wird sie nicht machen.

Nur eine Sekunde leuchtete seine Hand auf. Ich fand die Kraft, um ihm meine zu entreißen.

»Was …?«

»Hab deine Verbrennung geheilt, mehr kann ich selbst noch nicht«, witzelte er. Beim Lächeln zogen sich seine Augen zusammen und man sah nichts mehr von seinen eisblauen Pupillen.

»Ich bin übrigens Hunter Locklear aus Maine«, stellte er sich vor und reichte mir wiederum die Hand.

Ich zögerte.

»Keine Angst, ich habe deine Hand geheilt.« Hunter zwinkerte mir zu.

»Fleur Bailey. Rowan Hills.« Kurz und knapp, aber mehr brachte ich nicht über die Lippen.

»Weißt du, in welcher Hüt...« Ein anderer Junge griff Hunter an die Schulter. Als er mich entdeckte, unterbrach er seine Frage.

»Was?«, hakte Hunter nach.

»Oh, das ist übrigens Fleur. Fleur, das ist Theo, auch ein Cura.«

»Hallo.«

Seine Stimme war rau und kratzig. Als wäre er kein Jugendlicher, sondern ein vierzigjähriger Alkoholiker und Kettenraucher. Zumindest war er so wortkarg wie ich.

»Hi!«, gab ich zurück.

Theo nickte mir unbemerkt zu, ließ dann aber mit seinen schwarzen Augen von mir ab.

»Wo ist unsere Hütte?« Endlich stellte Theo seine Frage zu Ende.

»Willst du schon schlafen gehen? Deine Haare sehen doch aus, als wärst du gerade erst aufgestanden.«

Habe ich das gerade laut ausgesprochen?

Beeindruckt musterte mich Hunter. Theo schien perplex und griff sich an den Kopf.

»Nicht schlecht, Fleur. Du hast wohl eine Weile gebraucht, um aufzutauen«, feixte Hunter.

Ich lächelte beschämt. Dennoch hatte ich recht. Theos schwarzes Haar stand ungestylt kreuz und quer.

Dafür sind seine Muskeln im dunklen Tanktop perfekt in Szene gesetzt. Wo ist Greta, wenn man sie braucht?

Der Gedanke an Greta rief mir auch Josh und Dean ins Gedächtnis und meine Stimmung schlug um – ins Negative. Sofern das möglich war. Schließlich war ich bereits schlecht drauf.

Na, wenigstens erinnerte Theo mich ein bisschen an Josh. Zumindest was die Gesichtsbehaarung betraf, wenngleich Theo einen Dreitagebart hatte.

»Wenn das nicht unser Camphighlight ist.« Da ich nur wenige Stimmen bisher gehört hatte, erkannte ich sie.

Fabienne.

»Da tust du auf Schüchternheit in Person und dann finde ich dich mit zwei Typen wieder. Respekt, Bailey.« Sie schnappte sich einen Hotdog.

Eigentlich wirkt Fabienne ganz nett, trotzdem vertraue ich ihr lieber nicht. Sie soll es nicht merken, aber irgendwie ist sie mir suspekt.

Theo und Hunter schauten gleichzeitig auf Fabiennes vom Shirt nicht verhüllten Bauch.

Typisch Männer!, wie meine Mutter immer gesagt hatte. Theos Gesicht veränderte sich. Seine Mimik wirkte schlagartig gequält.

»Hey, Fabienne«, begrüßte ich sie.

»Deine Figur ist der Hammer! Da kannst du dir noch einen Hotdog leisten?«, sprach ein Mädchen völlig verblüfft, das hinter Fabienne auftauchte.

»Sport ist das Zauberwort!«, posaunte die Gelobte stolz.

Das Mädchen nickte anerkennend und zog weiter.

»Mir wird das zu bunt. Also? Hütte?« Theo deutete hinter sich.

»Wo?«, fragte ich ihn, der jetzt wieder normal aussah.

Komischer Kauz.

»Ähm, die da.« Während Hunter sich zur Hütte drehte und Theo erklärte, welche er meinte, knuffte mir Fabienne in die Seite.

»Sorry, dass ich dich nicht vorbereiten konnte. Ich war selbst etwas ... freudig erregt darüber, hier zu sein«, entschuldigte sie sich.

»Macht nichts. Vielleicht war es ganz gut. Jetzt ist die Sache raus.«

»Welche *Sache?*«, erkundigte sich der einzige Junge in unserer Runde. Theo war bereits verschwunden.

Ich sah ihn an. »Ich bin die Erste vom Ritual.« Die Antwort genügte.

»Oh, du bist die, die keine Ahnung hat.« Erstaunt warf er sich ein Kartoffelstück vom Buffet in den Mund.

Ich bin jetzt also die Keine Ahnung.

»Wie kann das eigentlich sein? Du bist ja keine Waise, oder?« Diese Frage quälte Fabienne wohl schon länger.

»Nein, bin ich nicht. Ich weiß auch gar nicht, ob meine Eltern überhaupt Bescheid wissen. Eigentlich weiß ich null«, jammerte ich.

So kannte ich mich gar nicht. Ich machte normalerweise das Beste aus meiner Lage. Aber das hier war zu abgedreht und es brauchte seine Zeit, bis ich damit einigermaßen klarkommen würde.

»Krass«, kommentierte Hunter. »Habe ich noch nie gehört. Eigentlich wächst man damit auf und jeder freut sich auf das Camp. Wie eine geheime Superheldenorganisation«, schwärmte er und wirkte mit seinem olivgrünen Shirt, das im Sommerwind wehte, wie ein Soldat. Patriotisch waren hier wohl alle.

»Warum *Superhelden?*«, wollte ich wissen.

»Na, weil wir die Menschen vor den Gestaltwandlern beschützen«, sagte Fabienne, als wäre es das Normalste auf der Welt.

Gestaltwandler? Menschen beschützen? What the fuck?

»Das wusstest du wohl auch noch nicht, richtig?«, vermutete Hunter und sah mich mit hochgezogenen Augenbrauen an.

»Nicht?« Fabienne besaß alles andere als die Superkraft, aus der Mimik anderer zu lesen. Mein Gesicht musste doch Bände sprechen.

Ich schüttelte den Kopf.

»Was reimt sich auf Becher?«, wechselte Fabienne das Thema.

»Verbrecher!«, kam es von Hunter.

Was ging denn jetzt ab?

Fabienne seufzte. »Ach, egal. Ich hole mir den Becher einfach. Warum muss ich eine Spellmaker sein?« Stöhnend holte sie, was sie wollte, und füllte ihn mit Bowle. »Ganz ehrlich. Ich kann nicht mal einen Tweet schreiben ohne Fehler. Wie soll ich dann Zaubersprüche erfinden, die sich reimen?« Für mich sprach Fabienne in Rätseln.

»Gibt es kein Zauberbuch?«, lautete mein Ratschlag.

Die beiden unterdrückten ein Lachen und warfen sich belustigte Blicke zu.

»Was?«

»Es gibt keine allgemeingültigen Sprüche«, erklärte mir Fabienne. »Jeder muss sie aus der Situation heraus erfinden und dann entscheidet die eigene magische Kraft, was man schafft und was nicht. Jeder Körper ist unterschiedlich und hält nicht alles aus.«

Mein Kopf rauchte.

»Bei den Curas und Spirits ist es genauso«, sagte Hunter. »Unsere Magie ist nur so stark wie unser Körper und unser Wille. Wenn ich zum Beispiel jemanden heile, verliere ich selbst Energie«, offenbarte er mir.

Das war mir eindeutig zu viel an Info für einen Tag.

»Könnt ihr Tote wiederbeleben?«, wollte ich dann doch noch wissen.

»Nein, so was klappt nicht«, erklärte mir Fabienne. »Auch keine Geistesbeeinflussung, wie etwa jemanden dazu zu bringen, dich zu lieben.« Sie war anscheinend selbst nicht sehr erfreut darüber, dass ihr das verwehrt blieb.

»Aber hör dir einfach an«, schaltete sich Hunter wieder ein, »was die Trainer in den Ausbildungsstunden erklären, und stell dort Fragen. Wir wissen auch nicht alles.«

Da hatte er bestimmt recht.

»Aber jetzt komm mit mir mit!« Fabienne grinste verschmitzt und kreiste den Kopf.

»Warum?«

Zu spät, sie zog mich mit sich. Hunter folgte uns. Vor dem Feuer blieben wir stehen. Wollte sie mich verbrennen?

»Schmeiß deine Vergangenheit in das Lagerfeuer«, forderte sie mich auf. »Verbrenne deine Unwissenheit und Angst und lass dich einfach auf all das hier ein!«

»Eine tolle Idee! Und dann trinken wir darauf! Jemand hat vorhin Wasser in Bier verwandelt«, schwärmte Hunter und fügte hinzu: »Ich kann so was Tolles nicht. Unfair!«

Ich grinste. Es war schön, Leute gefunden zu haben. Vielleicht sagte Fabienne die Wahrheit. Es war, wie es war. Es blieb mir nichts anderes übrig, als damit klarzukommen. Und eventuell konnte ich mich so von meinen mich überbehütenden Eltern lossagen und endlich erwachsen werden. Verantwortung übernehmen!

»Okay, ich mach es!«, verkündete ich entschlossen.

»Leute! Die Unwissende schließt sich uns an«, brüllte Fabienne und sie hatte ein enorm lautes Organ.

Abermals war mir innerhalb kurzer Zeit die Aufmerksamkeit aller gewiss. Bisher hatte ich mich in meinem Leben nicht darum gerissen, im Mittelpunkt zu stehen. Das Problem lag daran, dass ich hier quasi der personifizierte Mittelpunkt war.

»Nimm das«, sagte Hunter, zog sein T-Shirt aus und reichte es mir. Unwillkürlich musterte ich seinen Oberkörper. Zwar war er nicht so muskulös wie Theo, aber diesen Anspruch hatte ich auch nicht.

Meine Augen, immer noch dunkelblau wie der Nachthimmel über uns, starrten in das Feuer. Der Mond, mein Begleiter. Ich atmete tief ein und aus. Dann warf ich es ins Feuer. Dankend nahm es das Shirt an und löschte es gierig aus. Mit ihm auch hoffentlich ein paar meiner Ängste.

»Sehr gut!«, johlte Hunter.

Alle klatschten und jubelten. Fabienne und Hunter legten jeweils einen Arm um mich. Den anderen reckten sie hoch zum Mond.

»Wuhuuuu!«, schrie Fabienne.

Ich lachte laut mit und fühlte mich angekommen.

Vorerst.

Handball ohne Hand

Mein gesamter Körper klebte. Die Hitze, die über dem Camp hing, machte mir zu schaffen. Mir kam es so vor, als herrschten hier ganz eigene Wetterbedingungen. Nachdem ich auf den gestrigen Schock literweise Bier – genau gesagt, waren es zwei Becher gewesen – getrunken hatte, tat der Kater davon sein Übriges.

»Bailey, du siehst furchtbar aus. Ein bisschen hättest du deine Augenringe überdecken können.« Wie konnte Fabienne so wach sein?

»Ich wurde entführt! Hätte ich dem lieben Einbrecher sagen sollen: *Nimm doch bitte noch meine Schminktasche mit?*«, entgegnete ich gereizt.

»Außerdem habe ich verschlafen«, fügte ich hinzu.

Generell wirkten die anderen Mitcamper um einiges fitter als ich. Mit meinem linken Arm schirmte ich die Sonne ab, als würde ich damit auch die Wärme von mir fernhalten.

Spoiler Alert: Es klappte nicht.

Dafür entdeckte ich etwas anderes. Am Himmel neben der Sonne glitzerten türkisfarbene Punkte um die Wette.

»Siehst du das?« Mit meiner anderen Hand zeigte ich gen Himmel.

»Das ist die Barriere. Sie schützt uns vor der Außenwelt und vor den Gest…« Ein bekannter Rotschopf unterbrach die Französin.

Verfälscht die Barriere vielleicht wirklich das Wetter? Faszinierend nur, dass dann der Wind rein- und rauskann.

»Freut mich, dass ihr es alle geschafft habt zu kommen.« Seine gut gelaunte Stimme reaktivierte meinen Würgereiz.

Als hätte ich eine Wahl gehabt.

Die Sirenen schrillten ja auch so lange, bis jeder hier gewesen war. Den Weg hatte ich nur gefunden, weil ich den anderen gefolgt war.

Wo wir genau waren, ahnte ich nicht. Es wirkte wie ein gigantisches Fußballfeld hinter den Hütten. Eher wie zwei nebeneinanderliegende Felder. Einen grünen Daumen hatten sie, musste ich ihnen lassen. Das Gras tat sich vor uns auf und leuchtete im sattesten Grünton, den ich jemals erlebt hatte.

»Ihr habt bestimmt ...« Seth sah mich an. »Die meisten von euch haben bestimmt von dem Handballspiel gehört. Ohne Hände.«

Applaus. Für mich war es verstörend zu sehen, wie vergnügt die anderen waren. Ich dachte nur an meine Eltern, die außer sich vor Sorgen sein mussten. Sofern sie noch lebten. An Josh, Dean und Greta, die hundertprozentig einen theatralischen Altar mir zu Ehren in Rowan Hills aufgebaut hatten.

Nach diesem Spiel musste ich die Leitung aufsuchen und mit ihnen reden. Zwar hatte ich das bereits für vorhin geplant, doch Piper – sie hatte die Aufsicht inne –, hatte wütend auf mein Vorhaben reagiert, die Schlange zum Feld zu verlassen. Also hatte ich es auf später verschoben.

»Für alle, die es nicht kennen ...«, begann Seth zu erklären und natürlich drehten sich alle unauffällig auffällig zu mir um. »Hier die Regeln: Handball ohne Hand funktioniert mit euren Gaben. Der Ball wird von Piper gesteuert. Ihr müsst ihn weiterleiten. Berührt er euch, seid ihr draußen. Schafft ihr das, habt ihr einen Punkt für euer Lager und ihr dürft das Feld ebenfalls verlassen.«

Verzweifelt lachte ich auf und band meine Haare zu einem hohen Zopf.

»Na, wenns weiter nichts ist«, nuschelte ich und spielte mit meinen hellblonden Spitzen. Als ich sie anstarrte, musste ich an Greta denken, die mir die Spitzen nachfärben wollte, da sie ausgewaschen und beinah dunkelblond geworden waren, so wie der Rest meiner Haare.

»Damit wir euch auseinanderhalten können«, Seth räusperte sich und rieb die Handflächen aneinander, »seid ihr getrennt durch Farben eurer Gaben«, tönte er und wackelte mit den Fingern, als spielte er auf einem imaginären Klavier.

»Was zum ...?«, kam es von Fabienne.

Die Konturen meines Körpers begannen gelb zu glimmen. Fabienne erstrahlte in Rot und ein Junge vor uns in Violett. Ganz sanft wie eine Fata

Morgana. Kaum wahrnehmbar, aber dennoch präsent. Als hätte jemand mit einer Farbdose gesprüht und man könnte noch ganz leicht den bunten Staub im Wind sehen, bevor er in alle Richtungen verstreut wurde.

»Habe ich euch gefunden!« Die strenge Stimme kam mir bekannt vor.

Ruckartig machten Fabienne und ich kehrt.

»Hunter, ey. Erschreck uns doch nicht so.« Fabienne schlug ihm sanft auf den Hinterkopf.

»Wo ist dein Freund?«, wollte ich wissen.

»Krankenstation. Vermutlich hat er sich deshalb gestern so früh aufs Ohr gehauen.«

Nickend begutachtete ich seinen violetten Schimmer.

»Ich hab die Mädchenkraft und dann noch diese Farbe. Danke, Schicksal.« Ich konnte nicht beurteilen, ob Hunter das ernst meinte oder scherzte.

Hunter macht widersprüchliche Aussagen. Nachdem mein ganzes Leben irgendwie eine Lüge gewesen ist, gehe ich bei ihm lieber auf Abstand.

»Mädchenkraft?«

Seth überschrie meine Frage. »Vergesst nicht!« Alle waren Ohr. »Dies ist eine Art Einstufungstest. Piper, Harry und ich überblicken das Feld mit Argusaugen, teilen euch in Leistungsgruppen ein und diese entscheiden über euer Trainingsniveau.«

Das berührte mich kaum. Schließlich wollte ich nach Hause und kein Kampfbulle werden. Oder Kampfkuh.

Von irgendwoher erklang ein Gong. Alle rannten durcheinander.

»Fabienne, was …?« Sie war auch weg.

Bei solchen Freunden brauche ich mir keine Feinde suchen.

Planlos hechtete ich aufgescheucht umher. Meine Augen brannten, doch ich unterdrückte die Tränen. Nicht jetzt. Nach dem Spiel konnte ich die Leiter zur Rede stellen.

Konzentriere dich!

Wie vom Blitz getroffen, wurde alles um mich herum schwarz. Nur eine Sekunde. Aber in dieser Sekunde platzten sie in meine Wirklichkeit: diese Augen!

Gleich danach war alles wieder wie vorhin.

Ohne nachzugrübeln, erkannte ich den Ball, der umhersauste. Hastig flüchtete ich in die Menge. Alles passierte rasend schnell. Einige Jugendliche wurden getroffen und schieden aus. Andere hielten den Ball mit ihren Fähigkeiten auf.

Die weiße Kugel huschte weiter. Suchte das nächste Opfer. Fand es. Visierte es an. Es war Hunter.

»Hunter!«, rief ich viel zu laut.

Verwirrte Blicke trafen mich. Durfte man hier niemandem helfen? Wie wehrten Curas überhaupt Bälle ab?

Hunter hüpfte geistesgegenwärtig nach links. Genau in die falsche Richtung. Er drehte sich. Der Ball kurz vor ihm. Dann war er weg. Nicht der Ball, sondern Hunter. Nur um einen Augenaufschlag später wiederaufzutauchen.

Abrupt blieb ich stehen. Zwei, drei Mädchen rempelten mich genervt an. Konnte er sich teleportieren? Im Boden versinken? Eins mit dem Wind werden? Was es auch war, mir war es zu hoch. Hunter wirkte komischerweise ebenso erstaunt über dieses Phänomen.

Der Ball flog über mich hinweg, traf ein riesiges, dünnes Mädchen. Weinend kreischte sie, wie unfair das Spiel wäre, und verließ das Feld.

Ist das jetzt Handball oder Völkerball?

Irgendwas in mir brachte mich dazu, Piper anzusehen. Gerade erwischte ich sie noch dabei, wie sie rasch wegguckte. Verschonte sie mich absichtlich?

Die brütende Hitze machte mich fertig. Vielleicht fantasierte ich lediglich. Zum Glück mussten wir den Ball nicht fangen, so konnte ich jedem den Anblick meiner Schweißflecke ersparen.

Schwerfällig lief ich dorthin, wo sich wenige Grüppchen gebildet hatten. Meine Beine hassten mich für den wenigen Schlaf und den Alkohol. Das würde ein langer Tag werden.

***

Fabienne, die sich als noch bessere Drückebergerin herauskristallisierte, mauserte sich nun doch zu Pipers nächster Zielscheibe. Hektisch blickte sie um sich. Wusste nicht, wie ihr geschah.

»Ähhh, Ball geh weg mit Anker und Pizza in Paris«, stotterte sie verängstigt. Selbstverständlich war das nicht mal in einem Paralleluniversum ein Zauberspruch gewesen.

Der Ball traf sie. Mitten ins Gesicht.

Sofort presste ich beide Hände an meinen Mund, um nicht zu lachen. Die wenigen Freiheiten und mein Neid auf all die Menschen, die sie besaßen, hatten mich zu einem schadenfrohen Menschen gemacht.

Wild fluchend, stampfte sie aus dem Feld. Es gab nur noch wenige, die hier waren. Der Rest schaute vom Rand aus zu. Unter einem schattigen Baum.

Es gab nur noch einen Curas-Jungen, ein Spellmaker-Mädchen und mich. Wir standen im Dreieck. Den Ball in der Mitte. Piper fixierte mich. Meine Zeit war gekommen. Wie von einem unsichtbaren Queue getroffen, stürmte er auf mich zu.

Ich tat es den anderen Spirits gleich, fokussierte das Lederding und wünschte mir nichts sehnlicher, als es wegzuschleudern.

Immer näher kam es. Ich brauchte den richtigen Zeitpunkt. Und Magie. Hauptsächlich brauchte ich verdammt viel Magie, die mir in diesem Moment helfen würde.

Selbstbewusst hob ich den rechten Arm. Die Handfläche befand sich über meiner linken Schulter. *Jetzt!*

Ich schlug aus, als wollte ich den Ball mit dem Handrücken ohrfeigen. Die Furcht saß mir in den Adern. Mit geschlossenen Augen hoffte ich, es geschafft zu haben. Wie das Leben es so wollte, ohrfeigte der Ball stattdessen mich und prallte an meiner Stirn ab. Der Kopf fiel mir in den Nacken.

»Aaaaaauuuu!«, jammerte ich und rieb die Stelle, an der ich getroffen worden war.

Mit brummendem Schädel trottete ich aus dem Feld. Was für ein Mist. Ich musste hier weg. Schleunigst!

»Willkommen im Klub und glaube nicht, ich habe dein Lachen vorhin nicht bemerkt«, sagte Fabienne belustigt. Das geschah mir recht.

»Du bist zumindest gut im Ausweichen«, kam es von Hunter, woraufhin ich ihm einen Töterblick schenkte, mich ins Gras setzte und mich an einen Baum lehnte.

Die letzte Aktion gegen das Spellmaker-Mädchen beobachtete ich als Einzige nicht mehr. Das war mir herzlich egal. Stattdessen erspähte ich etwas anderes. Die Augen. Nur dieses Mal erkannte ich den dazugehörenden Körper im Fenster einer Hütte.

Neben der Spur, aber auf dem Abgrund

Für wenige Augenblicke zögerte ich, da ich Angst vor einem erneuten Stromstoß hatte, bis Wut und Neugier mich vorantrieben. Zuerst drückte ich die Klinke, dann schlug ich die Tür geräuschvoll auf.

»Wo bist du?«, brüllte ich mit geschlossenen Augen.

Die Furcht saß mir immer noch in den Knochen. Zögerlich öffnete ich das eine, dann das andere Lid. Selbst mit klarem Blick fand ich niemanden.

»Zeig dich! Hast du mich entführt? Hast du meinen Eltern etwas angetan?«

Bei dem Gedanken an meine Eltern verflüchtigte sich meine Zaghaftigkeit. Sie verpuffte und formte sich neu zu einem Tier, das in mir rebellierte. Wenn mir nicht schleunigst jemand sagte, wie es meinen Eltern ging, würde ich durchdrehen.

»Hallo?« Wieder nichts.

Frustriert wegen all meiner unbeantworteten Fragen, legte ich das Gesicht in die Hände. Am liebsten hätte ich mich auf eines der Betten dieser Schlafhütte gelegt, aber dafür war ich viel zu angespannt.

Stattdessen massierte ich mir Stirn und Schläfen, gefolgt von den Wangen und endete am Kinn. Mir wuchs dieses Camp über den Kopf.

Okay, beruhige dich. Jammern bringt dich nicht weiter. Suche nach Lösungen.

Nur, wo sollte ich beginnen? Ich fühlte mich, als wäre ich in ein Labyrinth geworfen worden und müsste von hier aus den Weg nach draußen finden. Leider hatte dieses Labyrinth Hunderte von Wegen, mit denen ich starten könnte.

»Fleur?«, hauchte eine Stimme hinter mir.

Ruckartig bewegte ich mich zur sprechenden Person. Sie? Ich knetete mein Shirt mit den Händen.

»Ich wollte nicht einfach hier hereinkommen. Ich dachte, …« Meine Ausflüchte wurden unterbrochen.

»Shht.« Sie legte einen Finger auf ihre schmalen Lippen.

Aus welchem Reflex heraus auch immer tat ich es ihr gleich und legte den Zeigefinder ebenfalls auf meinen Mund.

»Mir ist durchaus bewusst, dass du Fragen hast. Unmengen an Fragen.« Achtsam wie eine Katze trat sie ein, schloss die Tür und bedeutete mir näherzukommen.

Dachte ich zumindest. Doch diese Bewegung galt nicht mir. Stattdessen zog sie an der Schnur, mit der sie das Licht anmachte. Ich hatte noch einiges zu lernen.

Schmunzelnd setzte ich mich auf eine Metalltruhe. Doch warum das Licht? Die Sonne schien in die Hütte.

Meine unausgesprochene Frage beantwortete sie mit einer Handbewegung, die die Fensterläden schloss. Die stickige Luft machte meine Nervosität nicht besser.

»Keine Angst. Dir geschieht nichts. Ich hieße nicht Piper Nygard, würde ich Spirits töten. Mein Ziel sind die Gestaltwandler.« Irgendetwas in ihrem Blick änderte sich. Wurde gierig. Piper lächelte verschmitzt. »Nun? Deine Frage.« Sie setzte sich ebenfalls und beugte sich zu mir. Kleine Härchen zierten den Platz über ihrer Oberlippe.

»Leben meine Eltern noch? Und ich meine kein: *Ja, sie leben noch, aber liegen im Koma und werden gefangen gehalten.* Sondern ein: *Sie sind putzmunter und zu Hause.*« Ich quasselte zu schnell auf sie ein, aber es tat so gut, meine Gedanken zu lüften. Als platzte ein Staudamm, der gegen seinen Schutzwall gedrückt hatte und dessen dahinterliegender See viel zu voll gewesen war.

»Sie sind am Leben. Zu Hause, in Freiheit und über alles informiert.« Kurz und knapp, aber es reichte, um mich besser zu fühlen.

Der nächste Staudamm brach. Meine Tränen kamen unvorbereitet. Ohne Ankündigung. Die Erleichterung darüber, dass meine Eltern wohlauf waren, explodierte in meiner Seele.

»Warum muss das alles so still und heimlich geschehen?« Ich deutete auf das geschlossene Fenster. Komischerweise registrierte ich jetzt erst, dass dies hier anscheinend eine Art Krankenstation sein sollte.

»Wir wollen keine Unruhen hier«, verkündete Piper.

Geräusche näherten sich.

»Du solltest zu den anderen zurückgehen. Ich habe hier noch einen Brief von deinen Eltern.« Ohne Erklärung überreichte sie ihn mir.

Schnell schnappte ich zu, damit sie es sich nicht anders überlegte und ihn mir wieder wegnahm.

»Deine weiteren Fragen werden sich während deines Aufenthaltes klären. Aber merke dir: Wir sind nicht gegen dich. Wir sind die Guten«, sagte sie eindrücklich.

So sehr wie Camper und Campleitung patriotische Gefühle für die magische Welt hegten, musste sogar Scientology eifersüchtig sein. Dennoch nickte ich. Ärger brauchte ich am allerwenigsten.

Ich hatte längst durchschaut, dass mit diesem Camp und seiner Führung etwas nicht stimmte. Dennoch machte ich gute Miene zum bösen Spiel. Noch war ich nicht informiert und stark genug, um mein Ding durchzuziehen.

Im Aufstehen öffnete sie mit einem Wink die Tür und das Fenster. Das Licht zu löschen, folgte danach und dann verschwand sie. Krampfhaft hielt ich das Stück Papier mit beiden Händen umklammert. Ein Lebenszeichen von meinen Eltern. Trotzdem tanzte mein Magen Tango. Mein Unterbewusstsein fühlte, dass der Inhalt des Briefes nur noch mehr Fragen aufwerfen würde.

»Na dann. Mom, Dad. Ich bin gespannt«, sprach ich laut aus und öffnete den zerknitterten Brief.

~~Liebe~~ Hallo, mein Schatz,

Du bist bestimmt verwirrt und wir würden es nachvollziehen können, wenn Du sauer auf uns bist. Dich dort alleine zu wissen, bringt uns um. Wie Du Dir bestimmt vorstellen kannst, da wir stets versucht haben, Dich zu behüten. Du fehlst uns jetzt schon. Aber vielleicht ergibt nun alles mehr Sinn für Dich. Wir wussten von dem Camp, Deinen magischen Genen, aber auch von den Gefahren, die Gestaltwandler betreffend.

Der Bruder Deines Vaters starb bei einem Ausflug im Camp. Ein großer Skandal. Auch ich wäre beinahe bei dem Versuch, ihn zu retten, gestorben. Dort haben Dein Vater und ich uns kennen- und lieben gelernt. Wir haben uns geschworen, dass wir Dich dort niemals hingehen lassen. Wir dachten, wir könnten Dich davor bewahren. Und wollten auch Dein Interesse daran nicht schüren, indem wir dir davon erzählen. Vergib uns. Jetzt ist alles viel schlimmer als gedacht. Du bist dort. Völlig unvorbereitet. Aber wir glauben an Dich. Du bist stark genug. Du bist eine mutige junge Frau! In Gedanken sind wir für immer und ewig bei Dir. Jede Sekunde. Wir lieben Dich.

Mom, Dad

Die Tränen waren mittlerweile zu einem warmen Fluss auf meiner Haut geworden. Sie hatten es gewusst. In mir toste ein Sturm aus Unwissenheit. Nicht nur, weil sich die Fragezeichen in mir vermehrten wie die Ratten. Sondern auch, weil ich meine Gefühle nicht sortieren konnte.

Einerseits hüpfte mein Herz vor Freude, weil sie lebten. Andererseits zerbrach es vor Wut, weil sie ständig mit der Gefahr gelebt hatten, dass passieren würde, was dann tatsächlich passiert war. Ich war hier, unvorbereitet.

Und sie haben es gewusst!

Es blieb mir ein Rätsel. Mein ganzes Leben lang hatte ich neben Menschen gelebt, die magische Gene in sich trugen und die sie mir vererbt hatten. Das musste ich verdauen, ganz gleich, welch gute Absichten sie gehegt hatten.

Völlig neben der Spur, mitten im Abgrund, begab ich mich hinaus. Die Sonne empfing mich.

»Bailey!«, rief Fabienne, anscheinend froh, mich zu sehen. Sie winkte mich zu sich. »Es gibt Frühstück! Hunter hält uns einen Platz frei!«, brüllte sie viel zu laut über den erdigen Mittelpunkt des Camps, um den sich die Hütten reihten.

Sie wackelte verführerisch mit den Augenbrauen.

»Komme!«, grölte ich zurück.

Fabienne ging voraus und ich wartete noch auf der Veranda. Schaute mich misstrauisch um. Überall schlenderten kleine Grüppchen nebeneinander her. Der Himmel war wolkenleer. Es beruhigte mich zu wissen, dass meine Eltern unter demselben Himmel an mich glaubten, unter dem ich an sie dachte.

Tief atmete ich die frische Luft der Natur ein und eine essenzielle Frage – eine von Millionen – drängelte sich vor und wurde präsenter als alle anderen.

Konnte ich hier eventuell doch eine schöne Zeit verbringen?

Das würde sich zeigen. Vorerst lief ich Fabienne nach. Schließlich gab es Essen und wenn es etwas gab, das mich glücklich stimmte, dann auf jeden Fall Essen.

Panzerglasschwer

Vor der größten Hütte des Camps, die einer Villa aus Holz glich, warteten Bänke und Tische voller Leckereien auf mich. Wahnsinn! Ob die jemand gekocht hatte oder sie hergezaubert worden waren? In freudiger Erwartung auf mein Frühstück verspürte ich auch Wehmut. Heute hätte ich sonst wahrscheinlich mit Greta und meinen Eltern am Tisch gesessen und Müsli gegessen. Konnte das alles tatsächlich der Wahrheit entsprechen? Außerdem hätte ich gerne in der Haupthütte gefrühstückt, nur um zu wissen, wie es da drinnen aussah.

»Bailey!« Mittlerweile ahnte ich, dass das nur Fabienne sein konnte.

»Komm her zu mir. Die Gruppeneinteilung ist da«, verkündete sie.

Schon?

Ich stellte mich hinter sie und schaute auf die Liste hinab.

»Wir sind in einer Gruppe?«, flüsterte ich ihr ins Ohr.

»Na ja. Wir waren beide keine Heldinnen auf dem Feld.« Verwirrt über meine Verwunderung, schielte sie zurück zu mir.

Ich rollte mit den Augen. »Mir geht es nicht darum, dass ich dachte, besser zu sein. Ich habe nur erwartet, dass wir mit denen in einer Gruppe sind, die dieselbe Fähigkeit haben«, erklärte ich ihr.

Sie runzelte die Stirn.

»Da hast du wohl falsch gedacht. Wir Enchanter trainieren gemischt.«

Die anderen am Tisch verkniffen sich ein Lachen und schwiegen. Rücksichtnahme war nicht Fabiennes Stärke.

»Was sind denn jetzt Enchanter. Bin ich doch keine Spirit?« Wenn ich schon die Lachnummer war, konnte ich auch weiterhin doofe Fragen stellen.

»Enchanter ist generell der Oberbegriff für uns ... magische Wesen«, klärte mich ein Junge neben Fabienne auf.

»Oh, danke«, gab ich zurück.

Ich musste mir einen Ordner anlegen für diese ganzen Informationen. Bedient von diesen neuen Erkenntnissen, schwang ich mich über die Holzbank auf den Platz, den Fabienne für mich freigehalten hatte.

»Theo ist auch bei uns«, stellte ich fest, als ich noch mal auf das Blatt Papier linste.

Darüber freue ich mich viel zu sehr, dabei kenne ich ihn kaum, will aber mehr über ihn erfahren.

»Wahrscheinlich weil er gar keine Möglichkeit hatte, sich zu beweisen, aber …«, sie zerknüllte die Liste und schmiss sie hinter sich, »… jetzt wird gefuttert!«

»Nicht so hastig!«, tönte eine Männerstimme. Ein Mädchen vor mir hustete. »Harry«, stellte die Stimme den dazugehörigen Jungen wispernd vor. »Wir schmeißen keine Zettel durch die Gegend«, klärte er Fabienne auf.

Ich konnte mir seinen bulligen Körper, der sich hinter uns aufbaute, bildlich vorstellen. Nur, dass er in meiner Vorstellung wie ein Sumoringer gekleidet war. Scheu lugte ich zu ihm.

Tatsächlich aber trug er eine graue, weite Stoffhose, die von einem orangenen Stoffgürtel festgehalten wurde. Darüber hing ein loses Tanktop, das eher wie ein zu kurzes Kleid wirkte. Neben seiner Achsel begrüßte mich eine Warze, deren Anblick ich wohl niemals vergessen würde. Eine Schweißperle lief von seiner Glatze hin zu seinen hellgrünen Augen.

»Sorry, Harry! Kommt nicht wieder vor«, antwortete Fabienne kleinlaut. Als seine Pranke auf ihrer Schulter neben mir Platz fand, zuckte ich gemeinsam mit ihr zusammen.

»Das glaube ich auch, da du jetzt den Mülldienst übernehmen wirst.« Seine Stimme klang angespannt.

»Ernsthaft? Es tut mir doch leid«, verteidigte sich Fabienne.

Er antwortete nicht.

»Okay, okay. Ich esse …«, kam es abermals kleinlaut aus Fabiennes Mund.

»Ohne Frühstück. Jetzt!« Wut schwang unterschwellig mit.

Endlich drehte sie ihren Oberkörper zu ihm. Ihr entrüsteter Blick erweichte ihn nicht.

Er nahm seine Hand von ihrer Schulter und stemmte sie gegen seine Hüfte. Mit verfinsterter Miene schaute er auf sie hinab. Seine Mimik zeigte eindeutig, dass mit ihm nicht zu spaßen war. Der hervorstehende Bauch, wenige Zentimeter von ihr entfernt. Als er merkte, dass ich darauf schaute, bestrafte er mich mit einem bösen Blick aus seinen hellen Augen.

Verständnislos sah sie mich an. Hilflos zuckte ich mit den Schultern.

»Fein«, zischte sie, sprang hoch und stampfte wütend zur großen Hütte.

»Guten Appetit euch noch!«, wünschte uns Harry und zog sich, anscheinend immer noch erzürnt über Fabiennes Vergehen, zurück. Dennoch vermutete ich, dass er innerlich darüber lachte, ihr eine Strafe aufgedrückt zu haben.

Eingeschüchtert schaute ich mich um. Was würde es auf meinen Teller schaffen? Zuerst entdeckte ich Brötchen.

Sehr gut! Zumindest essen wir magischen Viecher normales Zeug.

Bevor ich es jedoch schaffte, nach dem Gebäck zu greifen, stoppte mich jemand.

»Versuch es doch mit deiner Gabe.« Irgendetwas in meinem Kopf sagte mir, dass in diesem Satz Belustigung mitschwang. Ein Blick nach rechts genügte und ich sah Theo.

»Ähm.« Wurde das mein neues Lieblingswort?

»Darf ich?« Er zeigte auf den nun freien Platz neben mir.

Ich nickte. Als er über die Bank stieg, nahm ich seinen Geruch wahr. Er roch nach Tannenbaum und Erde.

»Versuch es doch. So lernst du es.«

Warum war ihm das so wichtig?

Die Lücke, die Fabienne hinterließ, war für ihren Körper gedacht. Deshalb musste Theo sich hineinzwängen. Sein Arm berührte meinen. Wärme durchströmte mich von diesem Punkt aus bis in den kleinsten Winkel meines Körpers.

Ohne Umschweife schaute ich ihm direkt in die Augen, die einer tiefschwarzen Nacht ähnelten. Sofort rückte ich weiter nach links.

»Dafür haben wir doch die Gruppen, oder?«, hakte ich nach.

Die anderen am Tisch widmeten sich ihren Gesprächen oder hielten sich raus. Wahrscheinlich war ich ihnen nicht geheuer.

»Stimmt schon. Ach, wenn du nicht willst, lass es bleiben. War einfach so dahingesagt«, erwiderte er.

Okaaaay? Dann nicht. Vielleicht ist er doch einfach nur unsympathisch.

»Will ich jetzt auch nicht«, sagte ich ebenso gleichgültig wie er.

Wollte ich auch nicht. Aber vor allem hatte ich kein Bedürfnis, mich wieder zu blamieren.

»Ich liebe Essen«, sagte Theo plötzlich und himmelte die Speisen vor sich auf dem Tisch an.

Im Handumdrehen wirkte er wie ein kleines Kind mit strahlenden, unschuldigen Augen.

»Ich auch«, bemerkte ich und lächelte.

»Na, dann sollten wir mal zusammen essen, Fleur Bailey!«, verkündete er, zwinkerte mir zu und schnappte sich ein Brötchen.

»Tun wir doch gerade, oder?« Ich forderte ihn heraus. Falls er meinte: *Nur wir beide. Alleine zu zweit.* Dann musste er jetzt mit der Sprache herausrücken.

»Du stellst viel zu gute Fragen, Fleur.« Mehr kam nicht mehr, trotzdem freute ich mich. Bis eine Paprika an mir vorbeiflog.

Die anderen lernten zügig, mit ihrer Kraft umzugehen. Soweit ich mitbekommen hatte, konnten wir sie alle erst ab dem Ritual einsetzen. Aber irgendwie schien es, als hätten sie ein besseres Gespür für ihre magischen Gene. Und Eltern, die ihnen wahrscheinlich Tipps gegeben hatten.

Danke, Mom und Dad.

Im Gegensatz zu mir setzten die anderen ihre Magie ein. Spirits ließen – wenn auch einige mehr schlecht als recht – Paprikastücke zu sich schweben. Spellmaker zauberten sich eine Prise Salz auf eine Tomate. Ein Mädchen mit Glatze wollte ihr Glas nachfüllen, schaffte aber nur zwei, drei Tropfen. Hunter am hinteren Ende des Tisches heilte einen Jungen, der sich in den Finger geschnitten hatte. Er hatte jetzt bestimmt coolere Leute gefunden und würde sich eher nicht mehr mit dem unwissenden Mädchen abgeben. Hierarchien wie in der Highschool herrschten wohl überall.

»Geht es dir besser?« Ich richtete die Frage an Theo, während ich schüchtern nach der Butter und den Gurkenstückchen griff. Irgendwie war es mir unangenehm, neben all diesen Fremden zu sitzen. Dieses Auf-mich-gestellt-Sein überforderte mich immer noch. Auch, wenn genau das mein Wunsch und Ziel gewesen war.

»*Besser?*«, lautete seine Reaktion.

»Du hast dich doch nach dem Ritual nicht so gut gefühlt und beim Handball warst du auch nicht da, weil es dir nicht gut gegangen ist, oder?«

»Ah. Ja, also eigentlich hatte ich gehofft, dass das nicht hinausposaunt werden würde, dass ich mich nicht gut gefühlt habe.« Theo stopfte sich ein Dutzend Speckstreifen in den Mund. »Maber macht doff nipf. Fepft bebts mia bebba.« Ich warf ihm einen fragenden Blick zu. Er schluckte laut. »Sorry. Aber macht doch nichts. Jetzt gehts mir besser«, wiederholte er.

»Das freut mich«, sagte ich und lächelte ihn an.

Darüber wirkte er überrascht und musterte mich mit weiteren Speckstreifen, die ihm aus dem Mund hingen. Er stopfte sie sich rasch hinein und grinste mit vollem Mund zurück.

Diese Geste machte ihn plötzlich jünger und verlieh ihm weichere Züge. Alter und Ernsthaftigkeit hatten ihn distanziert erscheinen lassen.

Das war nun vorbei.

Als er sich wieder seinem Fleisch widmete, schaute ich unverzüglich auf meinen Teller und spannte die Wangen zu einem Grinsen an.

Hör auf so dämlich zu schmunzeln!

In der Schule kam mir kaum ein Typ näher, da ich nur das Mädchen in der Seifenblase war. In meiner freien Zeit hielten meine Eltern ihre Hände über mich. Dass ich jetzt mit Theo flirtete ... Moment mal! Flirteten wir überhaupt? Konnte ich das einschätzen? Jedenfalls fühlte es sich schön an. Selbst, wenn es nur von kurzer Dauer sein würde.

Es fiel mir schwer aufzuzählen, was mich an ihm reizte. Ich kannte ihn kaum. Vielleicht mochte ich seine gefährliche Ausstrahlung, nachdem ich stets behütet worden war. Oder lediglich die Tatsache, einem Jungen unbeobachtet von den Eltern nahe zu sein beziehungsweise näherzukommen. Abgesehen von den anderen Jugendlichen. Soweit ich mitbekommen hatte, ging dieses Camp drei Monate, also hatte ich noch genug Zeit, ihn kennenzulernen.

Dass ich das unbedingt wollte, merkte ich spätestens dann, als das Bild von Theo – wie er mich angestrahlt hatte –, schwer wie Panzerglas auf mir lastete.

Ruhig, Braune. Hier gibt es noch andere Jungs. Theo wirkt trotz seines Äußeren nicht so, als würdet ihr euch auch vom Charakter her verstehen.

»Du willst doch bestimmt etwas von dem Rote-Bete-Salat, stimmts?« Theo wedelte mit der Gabel vor der Schüssel herum.

»Ähm, ja, aber … Woher weißt du, dass ich Rote-Bete-Fan bin? So was errät man nicht einfach so«, wollte ich erstaunt wissen.

Er reichte mir die Schüssel und während er antwortete, verteilte ich den Salat auf meinem Teller.

»Irgendwie hatte ich das im Gefühl.«

Ich linste vorsichtig zu Theo. Er hielt seine Hand an sein Herz. Oder bildete ich mir das nur ein? Vielleicht hatte er sein Essen zu rasch hinuntergeschlungen und es steckte jetzt irgendwo in ihm fest? Ich hatte keine Zeit mehr, es herauszufinden.

Sirenen schrillten und ich wurde früher, als mir lieb war, aus meinen Gedanken gerissen. Was war jetzt los?

Das Feuer in dir

Die Sirenen hatten sich als eine Art Schulklingel herausgestellt. Heraufbeschworen von unserem Spellmaker Seth. Danach hatte er uns dazu aufgefordert, uns in einer der drei Gruppen laut Liste zusammenzufinden.

Meine Gruppe leitete der stets gut gelaunte Sonnyboy Seth. Mittlerweile warteten wir allerdings schon eine gefühlte Ewigkeit auf ihn.

»Wie lang braucht der denn noch?«, jammerte ich zu Fabienne hinüber, die verschwitzt auf dem Grasboden lag. Unser Team hatte sich auf dem sportfeldähnlichen Rasen niedergelassen. Direkt neben uns sah ich die Begrenzung des Feldes. Die Barriere. »Sind wir hier gefangen?« Ich gab nicht auf, an Infos heranzukommen.

Sie schwieg. Obwohl sie mich gehört haben musste, schließlich lag ich neben ihrem Ohr, mit meinem Körper spiegelverkehrt zu ihrem. Sanft fühlte ich die Halme auf meiner Haut. Sie waren ein wenig nass.

»Fabienne?«

Schnaubend knackte sie mit den Fingern.

»Nein, Bailey, sind wir nicht. Das dient zu unserem Schutz. Jeder kann hinaus in den Wald gehen, wenn er das will. Aber die Teilnahme hier ist verpflichtend. Zum Wohl aller. Du musst deine magischen Kräfte einsetzen können«, antwortete sie mir genervt.

Ich glaubte nicht, dass ihre schlechte Laune mir galt. Vielmehr träumte sie wahrscheinlich davon, Harry den Kopf wegzuzaubern. Ich beließ es dabei.

Was wohl dieses Mal auf mich zukam? Ich hasste es, alles, was man mir vorkaute, dumm hinzunehmen. Niemand wollte mir Fragen beantworten. Immer wieder servierten die Leitung und die Schüler mir nur Häppchen, als wollten sie mich sachte an etwas heranführen. Verstand denn niemand, dass mich diese magische Parallelwelt verdammt noch mal verstörte?

Ich schloss die Augen und atmete tief ein. Genoss den Geruch von Gras wie ein natürliches Parfüm in meiner Nase und badete mein Gesicht in den Sonnenstrahlen.

Dann, als hätte jemand einen Schalter umgelegt, spürte ich etwas völlig Neues in mir. Mein Bewusstsein, meine Seele, einfach meine bloße Existenz ruhte seit meiner Geburt in mir und war die einzige Konstante in meinem Leben. Bis jetzt. Irgendwas änderte sich in diesem Moment. Es fühlte sich an wie eine neue Abzweigung in meinem Inneren und mein Blut bekam nach langer Zeit einen neuen Pfad, um sich auszubreiten. Eine neue Energie, die mich aus heiterem Himmel erfüllte.

Die Sonne, die ich durch meine geschlossenen Augen wahrnahm, verschwand. In dieser Sekunde schreckte ich hoch. Die neue Kraft in mir zwang mich dazu. Und dann schlug ich direkt auf irgendetwas. Oder irgendjemanden.

»Scheiße!«, brüllte jemand.

Ich rieb meine Stirn. »Au!«

»Was ist denn in dich gefahren?« Es war Theo.

Sein zu großes Tanktop hing lose herunter und erlaubte mir einen Blick auf seinen Oberkörper.

Er spuckte lautstark seinen Speichel aus. Ein wenig Blut hatte sich daruntergemischt. Dann richtete Theo sich wieder auf.

»Tut mir leid!«, sagte ich völlig perplex.

Fabienne saß immer noch an derselben Stelle im Gras und kicherte hinter uns.

Na schön, dass ich sie wieder aufgeheitert hatte!

»Ich ... Ich weiß gar nicht, wie ich das beschreiben soll.« Ich rang nach Worten. »Es ist etwas Neues in mir entstanden. So komisch es klingt, aber ...« Fabienne fiel mir ins Wort. »Das ist die Magie in dir, Bailey. Jetzt, da du Bescheid weißt, fühlst du sie.«

Die Magie in mir.

Dabei hatte es eher etwas von einem Feuer, das in der dunklen, kalten Nacht entbrannt war. Die Schatten verdrängte und die Kühle verbannte.

***

»So, meine Lieben«, startete Seth übermotiviert und hampelte von einem Fuß auf den anderen.

Woher will er wissen, dass wir alle lieb sind? Vielleicht ist hier jemand die totale Bitch.

»Wo sind die Curas unter euch?«, fuhr er fort.

Meine Lippen vibrierten beim Ausatmen, da ich furchtbar erleichtert war, nicht vortreten zu müssen.

Wir standen am hinteren Ende des Campsportplatzes. Zumindest nannte ich ihn so. Neben mir tat sich eine kleine Tribüne auf, hinter mir lag der ach so gefährliche Wald.

Drei aus unserer neunköpfigen Gruppe – in den drei Gruppen befanden sich insgesamt siebenundzwanzig Jugendliche und drei Leiter – traten vor.

Einer von den Campern war Theo. Ungeniert betrachtete ich ihn von hinten. Seine leicht gewellten Haare. Die breiten Schultern und das Tanktop, das oben mehr Platz für Haut ließ. Und sein ...

»Bailey?« Fabienne reckte leicht genervt das Kinn vor und ihr Gesicht in mein Blickfeld.

Mehrmals blinzelnd, achtete ich wieder auf sie.

»Ja?«

»Wo bist du denn mit deinen ...« Während sie sprach, verfolgte sie meinen Blick. »Oh! Da hat sich ja jemand schnell eingewöhnt!«

Ich hätte ihr jetzt einen Vortrag über meine Eltern halten können und wie selten ich mit fast achtzehn die Möglichkeit gehabt hatte, das männliche Geschlecht genauer unter die Lupe zu nehmen. Aber genauso gut hätte ich mir auch eine Axt in den Schädel rammen können, denn für den Augenblick machte das keinen Unterschied.

Also beließ ich es bei einem: »Bullshit. Ich bin nur gespannt, was Curas so machen.« Schließlich war das nicht ganz gelogen.

»Aaaa-ha!« Fabienne wackelte mit dem Kopf von links nach rechts wie in einem billigen Film.

Fabienne schleicht sich echt langsam in mein Herz, auch wenn ich mich bemühe, misstrauisch zu sein, um nicht verletzt zu werden.

Meine Mundwinkel sausten nach unten, um mein Grinsen zu verbergen. Dann sprach Seth endlich weiter und Fabienne verstummte. Jedoch nicht ohne einen Knuff von ihr mit dem Ellbogen.

»Wenn ihr in dieser Gruppe seid, könnt ihr nicht zu einem Geist werden«, sagte Seth.

»*Geist?*«, quietschte ich zu laut.

Alle drehten sich zu mir. Entschuldigend hob ich meine Arme.

»Ah, du bist Fiona. Soll ich es dir erklären oder fragst du jemanden von deinen Freunden?«

Fiona? Alles klar, Seth! Lasset die Spiele beginnen.

»Nein, ich bin Fleur. Bitte erkläre es mir, Sam.«

Was er konnte, beherrschte ich schon lange.

Belustigt leckte er sich über die Oberlippe.

»Curas werden nicht wirklich zu Geistern«, erklärte Seth. »Sie verpuffen eher zu Energiepartikeln, aber die besten weltweit schaffen das höchstens fünf bis zehn Sekunden.«

Wow! Unsichtbar werden. Aber ...

»Was hat das mit Heilen zu tun? Das ist doch die Fähigkeit der Curas.« Ich erwartete, dass meine Gegenfrage auf genervtes Augenrollen stieß, doch ich wurde eines Besseren belehrt.

»Curas setzen beim Heilen ihre eigene Energie ein. Deswegen auch die Einschränkungen in ihrer Wirksamkeit. Je nachdem, wie stark der Einzelne ist. Insofern ist es eher die Gabe des Energiefreisetzens«, antwortete ein Junge anstelle von Seth aka Sam. Soweit ich es vorhin richtig verstanden hatte, hieß er James. Danach richtete er sich die Brille und wandte sich wieder unserem Gruppenleiter zu.

»Sehr gut, James«, lobte ihn dieser.

Da hätten wir den Quoten-Schleimer des Camps.

»Noch Fragen?«

Ja! Wo soll ich anfangen? Was ist die große Gefahr des Camps? Was ist die Geschichte der Enchanter?

»Nope.«

»Also, Curas. Zeigt mir, ob ihr es jetzt schafft. Hört auf den Strom eurer Magie. Setzt eure Energie frei wie beim Ritual, um die Motte zu heilen. Doch behaltet sie in euch und fühlt, wie ihr selbst zu Energie werdet«, wies er die drei an.

James schaffte es auf Anhieb. Wieso zum Teufel war der dann überhaupt in der Losergruppe? Er schaffte es sogar zwei Sekunden lang.

Das Mädchen in der Mitte der beiden Jungs verschwand, während ich zwinkerte, weshalb ich nur mitbekam, wie ihr Körper gerade wiederauftauchte.

»Sehr gut für den Anfang! Theo, zeig dein Bestes.«

Nicht nur Seth auch die Blicke der anderen waren ihm gewiss. Theo wirkte nicht wie jemand, der dies nicht schaffen würde. Seine Arme hingen locker nach unten. Sein Stand wurde breiter. Und dann geschah es: nichts.

»Streng dich an! Wir sind keine Schule. Du hast nur die Sommerferien über Zeit, deine Kräfte zu beherrschen.« Ob Seth ihn damit nicht zu sehr unter Druck setzte?

Abermals konnte Theo die Aufgabe nicht erfüllen. Er wirkte enttäuscht, aber irgendwie nicht überrascht. Zumindest hatte ich diesen Anschein.

»Okay, dann übe alleine weiter. Nächstes Mal werde ich dich noch mal prüfen.« Seth ließ ihm gar keine neue Chance. Sofort wandte er sich von den dreien ab. Von der Seite erkannte ich einen kleinen Knick, den er oben am linken Ohr hatte.

»Jetzt die Spellmaker«, riss Seth mich aus meinen Gedanken und ich wandte meinen Blick von Theo ab.

Allmählich verstand ich, wie Seth sich so jung zum Leiter hochgearbeitet hatte. Seine Anforderungen waren hoch und seine Disziplin nahezu unzerstörbar. Fabienne zog eine Schnute und runzelte die Stirn.

»Töte mich«, flüsterte sie mir zu und schritt nach vorne.

Auch hier waren sie wieder zu dritt. Die beiden Mädchen neben ihr kannte ich vom Frühstück. Zwillinge. Leyla und Dilara. Sie hatten erzählt, dass sie ihre Familie in der Türkei vermissten, weshalb sie mir sympathisch waren. Endlich zwei Leute, die hier nicht alles supertoll fanden.

»Eure Aufgabe habe ich euch vor Beginn der Stunde bereits erklärt. Zeigt mir eure Sprüche.« Erwartungsvoll verschränkte Seth die Arme und wartete ab.

Der Wind zog um meine Beine und es fühlte sich an, als veränderte sich die Atmosphäre. Nicht nur das Wetter. Die sonnigen Farben wichen einem sanften Grauton.

»Die Hitze im Camp ist unerträglich, drum bin ich jetzt ganz verwegen und wünsch mir Regen«, sprach Dilara.

Die Köpfe aller reckten sich hoch zum Himmel. Trotz des Wetterumschwungs von gerade eben erbarmte sich uns kein einziger Regentropfen.

»Ganz nett, aber bis du kurzfristig das Wetter ändern kannst, braucht es mindestens fünfzig Jahre Training.« Was mich annehmen ließ, dass auch Seth dazu nicht fähig war.

Layla hatte es nach ihrer Schwester wesentlich leichter mit dem Herzaubern einer Zitrone, was aber Seth nicht begeisterte.

»Fabienne«

Sie strich sich die braunen Haare hinters Ohr, schüttelte und räusperte sich.

»Ich muss irgendwas herzaubern, ohne Frustration. Keine Ahnung, was sich darauf reimt: Explosion«, zauberte sie mehr schlecht als recht.

Als nichts passierte, wollte Seth zur Ermahnung ansetzen, doch dann verpuffte eine Rauchwolke laut vor Fabienne.

Sie schrie auf und knallte auf ihren Hintern. Theo eilte zu ihr und half ihr auf. Benommen hielt sie sich an ihm fest, was mich zugegebenermaßen für einen Moment störte, bis ich voller Sorge zu ihr rannte.

»Alles okay?«, wollte ich wissen.

»Warum zum Teufel muss ich eine Spellmakerin sein?«

»Nimm diese Sache hier nicht auf die leichte Schulter, Madam! Pariser Models haben vielleicht in Frankreich einen VIP-Platz, aber nicht hier«, rügte Seth sie.

Irgendwas in Fabiennes Miene veränderte sich, aber ich konnte nicht sagen, was es war. Theo ging mit ihr zurück.

»Du kannst gleich bleiben, Fanny. Und die anderen beiden Spirits treten hervor.«

Fanny? Ernsthaft? Bald mussten ihm doch die Namen mit F ausgehen. Die beiden anderen waren mir völlig fremd. Ein Junge und ein Mädchen. Sie trug ein Kleid mit verschiedenfarbigen Chucks darauf und er wirkte ebenso verstört wie ich.

»Also, Fawn. Zeig uns, was du kannst.« Hatte Seth ein Namenswörterbuch gefressen?

»Schleuder mir«, er holte etwas aus seiner Hosentasche, »diese Feder aus der Hand.«

Eine *Feder*? Damit die Peinlichkeit noch größer war, wenn ich es nicht schaffte? Nein! So durfte ich nicht denken.

Du packst das, Fleur!

Ich schloss die Augen. Nahm Kontakt zu dem neuen Etwas in mir auf. Der Magie in mir. Suchte sie im Dunkeln meines Innersten. Reiste an den mir bekannten Knochen, Adern und DNA-Strängen vorbei, hin zum Strom meiner neu gewonnenen Magie.

Schlagartig riss ich die Augen auf. Ich fokussierte sofort die Feder. Und als hätte mein Augenaufschlag alleine gereicht, sauste die Feder mit rasender Geschwindigkeit mindestens zehn Meter hinter Seth her.

»O mein Gott!«, jubelte ich und riss die Arme hoch. »Ich bin *verdammt noch mal* Prue Halliwell aus *Charmed*!«

Dieses Gefühl, Magie angewandt zu haben, überforderte mich im positiven Sinne. Und positive Empfindungen konnte ich gut gebrauchen.

»Toll, Freya. Du hast eine Feder bewegt. Aber da *du* es bist: Sehr gut gemacht! Davon können sich einige, die heute gar nichts geleistet haben, eine Scheibe abschneiden.« Ich ahnte, dass er zumindest Fabienne und Theo damit meinte.

Auch wenn ich nicht wusste, wie ich mit seinem überheblichen Kommentar umgehen sollte, entschied ich mich dazu, es als Kompliment anzunehmen. Und verdammt! Das war es auch. Ich hatte es geschafft, meine Kraft einzusetzen.

Sollen er und all die anderen ruhig denken, ich bin naiv, vertraue jedem und glaube, ich bin eine tolle Spirit. So habe ich immerhin die Fäden in der Hand und nicht er oder irgendjemand anders.

Bei dem Gedanken an meine Eltern verflog die Freude. Ich vermisste sie. Jeden Erfolg, den ich nicht mit ihnen oder meinen Freunden feiern konnte, war ein Erfolg mit bitterem Nachgeschmack.

Was meine Eltern wohl Greta und Josh erzählt hatten, weswegen ich, ohne ein Wort zu sagen, verschwunden war?

Trotzdem brauchte ich dieses Erlebnis. Wenngleich es nur ein Beiseiteschieben meiner Ängste, Fragen und Trauer war. Da war auch kein Seth in der Lage, mir das zu nehmen.

Stolz drehte ich mich um. Fabienne tanzte mir entgegen. Ihr knalliger gelber Lippenstift strahlte mich an. Dadurch verteufelte ich es wieder, hierher verschleppt worden zu sein, weil ich keine Zeit gehabt hatte, banale Dinge wie Lippenstifte mitzunehmen. Abgesehen davon, dass es Besseres gab, als entführt zu werden, kam noch folgenschwer hinzu, dass ich keine eigenen Sachen mitnehmen konnte.

»Sehr gut, mein Mädchen!«

Auf dem Weg zu ihr sah ich Theo hinter die Tribüne verschwinden, die Hand in die Stelle über seinem Herzen gekrallt.

Ich zog die Brauen weit nach unten. Da stimmte doch irgendetwas nicht. Sollte ich ihm folgen?

»Ihr könnt jetzt Pause machen. Wir sehen uns nach dem Essen wieder. Dann zusammen mit den anderen.«

Seths Worte nahm ich nur unterbewusst wahr.

»Kommst du, Bailey?«

»Geh schon mal vor. Ich trainiere noch ein bisschen«, sagte ich, ohne sie anzusehen.

»Streber. Pass auf, dass James sich nicht in dich verknallt«, kommentierte mich Seth mal wieder auf seine ganz persönliche Weise.

Ich traute mich nicht, zu ihm zu gehen. Mir fehlte es eindeutig an Mut, meine Vorhaben alleine umzusetzen. Wo blieb meine Mutter, die mir sagte, sie würde für mich nachsehen, ob es Theo gut ging?

Für jeden Schritt, den ich in seine Richtung machte, musste ich mich aufs Neue motivieren.

Du schaffst das, Fleur!

In mir kamen ähnliche Gefühle hoch wie in der Nacht meiner Entführung. Was, wenn ihm etwas passierte? Wie meinen Eltern. Und ich war starr vor Angst und konnte niemandem helfen. Nein! Das würde nicht wieder passieren.

Jetzt warf ich doch einen Blick zurück. Keiner interessierte sich mehr für mich. Schritt für Schritt setzte ich einen Fuß vor den anderen und näherte mich der Tribüne.

Ich griff an den Rand des Holzes und zog mich dahinter.

»Theo? Alles in O…« Meine Stimme brach.

»Theo!«

Was ich sah verschlug mir den Atem.

Das ganze Leben ist eine Highschool

In einem Moment wiegte ich mich noch in Sicherheit und hoffte endlich anzukommen. Im anderen hockte ich mit dem halbnackten Theo hinter der Tribüne. Leider ohne jegliche Romantik.

»Was ist los?«, fragte ich zum zehnten Mal.

Paralysiert nahm ich sein Shirt entgegen, das er eben ausgezogen hatte, und warf es auf den Rasen. Er drückte die Haut über seinem Herzen zusammen. Daran klammerte er sich krampfhaft.

»Ich hole Hilfe!« Endlich zündete auch in mir ein hilfreicher Gedanke.

Noch bevor ich es schaffte loszulaufen, hatte er mich mit der freien Hand gepackt. Er atmete hastig ein und aus, wobei er schrille Pfeifgeräusche machte. Im nächsten Augenblick presste er seine Lippen zusammen und atmete wütend durch die Nase.

»Geh nicht, bitte.« Diese Worte hatte er sich mühevoll abgerungen.

Er bebte. Überall quoll Schweiß aus gefühlt jeder Pore seiner Haut. Zusammen mit ihm setzte ich mich. Das feuchte Gras kühlte ihn hoffentlich. Wobei es den Anschein hatte, als hätte er Schüttelfrost und wüsste selbst nicht, ob ihm warm oder kalt war.

Sanft drückte ich ihn gegen die Schräge der Tribüne. Zu spät erkannte ich den Holzsplitter, der hervorragte. Ich wischte ihn weg und hatte ihn im Finger.

»Scheiße!«, fluchte ich, so gar nicht ladylike.

Er nahm meine Hand und schaute auf den Blutstropfen, der sich bildete.

O nein! Er ist ein Vampir. Ich bin Bella und in einem Klischee gefangen.

Die Gesamtsituation verängstigte mich. Hier alleine mit einem Jungen in einem Camp ohne Vertraute. Was tat ich hier? Sollte ich nicht lieber Hilfe holen?

»Du hast dich meinetwegen verletzt.« Es wirkte, als würde er sich allmählich beruhigen.

Vorsichtig entriss ich ihm meine Hand. »Ach, das ist gar nichts. Hauptsache, dir geht es gut«, quasselte ich drauflos, ohne nachzudenken.

Wie das klingen musste.

»Also, klar ist es mir auch wichtig, wie es mir geht, aber ... Na ja. Du schienst gerade mehr in Gefahr zu sein als ich. Nicht, dass ich mir jetzt doch wichtiger bin. Ich ...« Schnell versiegelte ich meine Lippen und deutete eine Reißverschlussbewegung an. »... werde jetzt lieber den Mund halten.«

Seine Vitalfunktionen regulierten sich, so sah es zumindest für mich aus. Alles wirkte ruhiger. Grinsend schloss er die Augen und griff nach meiner Hand. Berührte auf der Suche nach ihr meinen Oberschenkel. Dort fand er sie und nahm sie sich. In mir tickte eine Zeitbombe. Oder war das mein Herz?

Anmutig wie eine Gazelle beugte ich mich vor und strich die verschwitzten Strähnen aus seiner Stirn.

»Alles wieder okay?«, fragte ich ihn.

»Bestens.«

»Was war das eben? Du kommst nicht verstört rüber, nachdem du fast verreckt wärst«, bohrte ich nach.

»Ich habe einen angeborenen Herzfehler. Das klingt schlimmer, als es ist. Aber vermutlich verträgt sich mein Herz noch nicht mit der erweckten Magie in mir«, beichtete er mir.

Das klang logisch. Sofern ich Magie als logisch ansehen konnte, aber nach all den Vorkommnissen konnte alles möglich sein.

»Willst du dich nicht trotzdem untersuchen lassen? Ich kann jemanden holen, wenn ...«

»Nein! Das ist meine Sache, okay? Ich will keinen Mitleidsbonus wie die ersten zwei Tage hier«, fiel er mir ins Wort.

Ich nickte. Nun gut. Es war sein Bier, nicht meines. Etwas, das meine Eltern mich gelehrt hatten: Mische dich nicht in Dinge ein, die dich nichts angehen, dann entgehst du einer Menge Gefahren.

»Darf ich dich etwas fragen?«, lenkte ich ab.

»Du fragst mich doch sowieso.« Wo er recht hatte.

»Wie kommt es, dass du mich als eine von wenigen nicht meidest?« Ich wandte den Kopf Richtung Wald und starrte tief hinein. »Niemand weiß, wie er mit mir umgehen soll. Alle sind skeptisch, weil ich nicht jubelnd durch das Camp laufe und alle Feiern mitmache.«

Sollte ich meine Hand bei ihm lassen? Es fühlte sich komisch an. Noch nie war ich einem Jungen derart nahegekommen.

Ich war nicht das hässlichste Mädchen der Welt. Meine Eltern hatten deshalb umso mehr darauf geachtet, dass dies auch ja nie passierte.

Aber zu Hause eingesperrt zu sein, hatte zumindest den Vorteil, dass ich genug Zeit hatte, mich um mein Aussehen und meine selbst geschneiderten Klamotten zu kümmern. YouTube-Tutorials sei Dank!

»Deshalb. Du bildest dir deine eigene Meinung über all das hier. Vielleicht wird dir das noch bald nützlich sein. Würde ich mir wünschen.« Mysteriöse Antwort.

»Ich hatte die Hoffnung, hier würde man irgendwie mehr zusammenhalten. Aber hier läuft alles ab wie auf der Highschool. Wahrscheinlich entkommt man dem nie. Das ganze Leben ist eine einzige Highschool«, philosophierte ich vor mich hin.

Als ich wieder zu ihm guckte, bemerkte ich, dass er mich die ganze Zeit über angesehen hatte.

Hitze stieg in mir hoch. Ich registrierte, dass meine Hand schwitziger wurde.

»Du steckst voller Überraschungen, Fleur«, stellte Theo fest.

O Mann. Wie er meinen Namen aussprach fühlte sich fabelhaft an. Jetzt war eindeutig die Zeit gekommen, meine Hand wegzuziehen. Übertrieben rasch sprang ich hoch.

»Wir sollten …«, schlug ich vor.

Meine Schläfe stach. Panisch schaute ich zum Wald. Meine Haare flogen mit.

O nein!

Sie hatten mich erneut gefunden. Die Augen!

Theo sprang so schnell auf die Füße, dass ich kurz zu ihm sah. Das reichte, um zu erkennen, dass er seine Augen aufgerissen hatte.

»Moment! Du siehst sie auch? Diese Augen? Niemand sieht sie sonst!«, kreischte ich.

Es fiel mir schwer zu sagen, ob ich darüber froh oder schockiert war.

»Gehen wir«, hauchte er.

»Aber, wie kann es sein, dass du sie auch siehst?«

»Geh!«

Durch dick und dünn

Mein Verstand brauchte definitiv eine Pause von all den Zwischenfällen. Noch verwirrt von dem Aufeinandertreffen mit Theo und unserer merkwürdigen Vertrautheit, taumelte ich zur Lagerfeuerstelle.

»Dilara! Hast du Fabienne gesehen?«

Ich keuchte und stützte mich dabei an meinen Oberschenkeln ab.

»Sorry«, verneinte sie.

»Was ist denn los?«

Ich drehte mich um.

»Hunter! Es tut gut, dich zu sehen.« Erleichtert wandte ich mich an ihn. »Hast du Fabienne gesehen?«

Er überlegte. Sein Bandana war ganz nass. Was hatte er als Cura so Schweißtreibendes getan?

»Ja«, antwortete er mir. »Sie war bei einer kleinen Gruppe. Sie haben etwas gegessen, aber als ich vorbeigekommen bin, wollte sie kurz in die Hütte«, erklärte er mir und zeigte hinter sich.

»Danke!«

Für diesen Sprint sammelte ich nochmals meine Kräfte und rannte los.

»Was ist denn los?«, rief er mir hinterher, doch ich verweigerte ihm eine Antwort.

Ohne Umschweife riss ich die Tür schwungvoll auf und stürmte zum Badezimmer.

»Fabienne! Theo, er hat sie gesehen!«, schrie ich unzusammenhängend.

Zwischen Tür und Angel hielt ich mich mit einer Hand an der Türklinke, mit der anderen am Türrahmen fest. Ertappt zuckte sie wild am Boden herum, ohne eine Ahnung zu haben, was sie machen sollte.

»Fabienne, was ... was ist mit dir los?«, stotterte ich.

Tränen liefen ihr über die Wangen. In der Kloschüssel sammelte sich Erbrochenes. Auf dem kleinen Schrank daneben stand ihr Kulturbeutel und davor eine Packung Abführmittel.

»Du hast keinen Magendarmvirus, oder? Bitte sag, du hast einen Magendarmvirus.«

Wie eine alte Freundin bettete sie ihren Kopf auf die Kloschüssel und weinte bitterlich. Jegliche Maske fiel von Fabienne.

»Hey! Hey! Nicht doch«, sagte ich, setzte mich neben sie auf den Boden und nahm sie in den Arm.

Dankbar lehnte sie sich an meine Schulter. Laut schluchzend, stieß sie die Tür zu, damit nicht noch jemand hinzukam.

»Wie lang geht das denn schon?«, wollte ich wissen. Fragte man so etwas? Ich hatte keine Ahnung. Vielleicht verhielt ich mich wie das unsensibelste Rindvieh auf Erden, aber in mir vermischten sich Gefühle, die ich selbst nicht ordnen konnte. Dafür war zu viel vorgefallen in den letzten Minuten.

»Nicht lange. Vor dem Camp bekam ich die Zusage von einer Modelagentur. Sie meinten, ich müsste abnehmen. Das war jetzt mein ... was weiß ich. Zehntes Mal? Meine erste Packung Abführmittel.« Es kam mir vor, als wäre sie glücklich darüber, erwischt worden zu sein. Sie konnte mir nichts mehr vormachen und war brutal ehrlich. Das hatte ich nicht erwartet.

»Du hast das doch nicht nötig.« Arbeitete ich gerade eine Liste aller falschen Sätze ab, die man in dieser Situation nur von sich geben konnte?

»Ständig kommen Leute an«, begann sie. *»Uh, das Model. Du hast einen tollen Body, dafür, dass du so viel isst. Wow, wie perfekt trainiert«*, imitierte sie die anderen im Camp. Fabienne rutschte zurück. »Ich habe es satt. Und dann gleichzeitig zu hören, man müsse für seinen Traum mehr abnehmen. Ich will das hier«, sie nahm die Abführmittel und schüttelte sie wütend, ohne genügend Mut, sie wegzuschütten, »alles gar nicht.« Erst jetzt checkte sie, dass sie das Erbrochene noch nicht hinuntergespült hatte. Rasch holte sie das nach. Der Klang des Klosettwassers erfüllte den Raum. Dennoch roch es noch säuerlich. »Aber es ist so schwer. Ich merke, wie immer mehr die Grenzen verschwimmen. Die Grenzen zu mir selbst. Meiner Wahrnehmung über mich selbst. Es ist so ein schleichender Prozess. Man isst weniger, macht mehr Sport, entwickelt einen Bewegungszwang, fühlt sich für jede Faulheit und jedes Gericht schuldig. Gleichzeitig entwickelt man so viele Tricks, damit es niemandem auffällt.«

Mir fehlten die Worte. Sprachlos musterte ich sie. Diese junge, heiße Frau wurde von der Gesellschaft in die Enge getrieben wie ein scheues Reh und dann zerstörte man sie.

»*Tricks?*« Wenigstens irgendetwas, das meinen Mund verließ. Mehr fiel mir wirklich nicht ein.

»Man stochert im Gericht herum, lenkt die Leute mit viel Geschwafel ab, setzt zum Essen an, redet dann weiter, gibt jemandem etwas ab und so weiter. Lässt sich mit Hotdogs in der Hand sehen, wirft sie irgendwo weg«, erklärte sie wie in Trance, froh, es auszuspucken.

Dieses Geständnis machte mich baff.

»Wir suchen dir Hilfe, zusammen!«, schlug ich vor. »Du darfst dich nicht ruinieren, sonst bringt dir deine Modelagentur auch nichts mehr.«

Die kalten Kacheln heizten sich auf. Draußen hörte ich Gelächter und wir saßen inmitten eines Haufens von Beichten und Verzweiflungstaten.

»Rational denken kann ich selbst auch, wenn ich gute Phasen habe. Aber diese ... diese Krankheit übernimmt die Kontrolle.«

Ich seufzte.

»Wir schaffen das trotzdem. Du bist noch nicht allzu lange in diesem Teufelskreis gefangen. Zumindest mit dem Übergeben und den Abführmitteln. Vielleicht haben wir hier eine Art Seelsorge?« Irgendwie musste ich ihr doch helfen können, oder?

»Das sagt sich alles so leicht, Bailey«, jammerte sie genervt.

»Gib mir eine Chance, dir zu helfen, okay?«

»Was ist mit meiner Modelkarriere? Bevor ich zu dieser Agentur gekommen bin, hatte ich nie Probleme mit meiner Figur, aber die waren echt Hardcore drauf.«

Am liebsten hätte ich sie geschüttelt, aber das war die falsche Vorgehensweise. So würde sie sich mir nur verschließen.

»Eine Chance, Roux«, wiederholte ich und lächelte.

Sie grinste mit und stand auf.

»Eine Chance«, bestätigte Fabienne.

Die Französin half mir hoch. Sofort verstaute sie ihre Medikamente in ihrem Beutel und trat hinaus aus dem Badezimmer, gefolgt von mir.

»Fabienne.«

Sie drehte sich um.

»Ja?«

»Von jetzt an sind wir ehrlich zueinander, okay? Keine Fassaden mehr!«, forderte ich.

»Keine Fassaden mehr!«, bestätigte sie.

Sommer-Horror-Camp

Das Grau des Morgens, das die sonst so sonnigen Vormittage in den Schatten stellte, passte zu meiner Stimmung. Seit einigen Stunden saß ich an der Verandatreppe unserer Hütte, eingehüllt in eine karierte Decke. Der Stoff fühlte sich mittlerweile wohlig vertraut auf meiner Haut an.

Wenn die Ereignisse sich weiterhin überschlugen, müsste man mich einweisen. Die Nacht über hatte ich über Millionen Sachen nachgedacht. War es möglich, dass mir jemand Drogen verabreicht hatte und ich mir das alles nur einbildete?

Zuerst die Entführung, dann das Camp, die Magie, gestern Theo und danach gleich Fabienne? Meine Nerven machten das nicht mehr lange mit.

Wenige wuselten draußen umher. Noch weniger wagten es, mich zu begrüßen und bemühten sich, mich nicht anzusehen.

»Hey, Dilara!«, rief ich.

Sie drehte den Kopf, bis sie mich fand. Ihr Lächeln, das sie eben noch auf den Lippen getragen hatte, verschwand. Zögerlich hob sie kurz die Hand und beschleunigte dann ihre Schritte. Die anderen Mädchen aus ihrer Gruppe folgten ihr und tuschelten.

Was ist denn ihr Problem? Denken die, ich bin eine Spionin?

Licht brach sich in dem Wasserfass neben mir. Ein Blick nach hinten genügte und ich sah, dass es aus unserer Hütte kam.

Fabienne reckte sich vor dem Fenster, was ich mit einem Gefühl der Erleichterung registrierte. Zum Glück hatte ich sie gestern gefunden. Außerdem hatte ich entdeckt, dass es doch noch mehr Leute im Camp gab, die im Hintergrund arbeiteten.

So zum Beispiel eine Krankenschwester, Miss Cooper, die praktischerweise auch eine Cura war. Zusammen mit ihr gab es eine Betreuerin für jemand mit psychische Problemen.

Normalerweise waren sie für Enchanter gedacht. Also wenn jemand seine Kräfte nicht einsetzen konnte, weil er Minderwertigkeitskomplexe deswegen hatte, jemanden verletzte oder mit der Magie in sich nicht umgehen konnte.

Dennoch hatte sich – nach meinen Überredungskünsten – Fabienne der Beraterin Noelle gestellt. Eine süße, alte Dame, die wie eine Bilderbuchgroßmutter wirkte. Sie war sofort Feuer und Flamme für Fabiennes Geschichte und nahm sich ihrer an. Außerdem hatte sie erkannt, dass Fabiennes Essverhalten und der Druck um sie und ihre Modelkarriere die magischen Kräfte meiner Freundin blockierte, was wiederum dann doch ein Enchanterproblem war.

Ich stand auf und entschloss mich dazu, spazieren zu gehen, bis das Frühstück anstand. Heute hoffte ich darauf, dass wir in dem großen Holzhaus mit der riesigen Glasfront essen würden.

Kleine Steinchen bohrten sich in meine Sohlen. Meine Füße vermissten außerdem die aufgewärmte Stelle an der Treppe, auf der ich Platz genommen hatte.

Die Decke schnürte ich fester um mich. Nach einigen Schritten gewöhnte sich mein Körper an die Kälte. Diese Momente der Ruhe taten gut. Wie gemacht für meine Seele. Und endlich kehrten auch meine klaren Gedanken wieder zu mir zurück. Und neue kamen hinzu. Und das war bitter nötig, bevor ich durchdrehen würde.

Irgendwann hatten meine Beine mich bis vor die Barriere getragen, hinter der ein kleiner See lag. Meine Finger zitterten, als ich sie hob. Wie in Zeitlupe klebten sie einer nach dem anderen an der Barriere fest wie Honig. Es benötigte weniger Kräfte und schon brach ich durch den Schutzschild. Plötzlich spürte ich, wie etwas Gefährliches vor mir lag. Hastig zog ich den Arm wieder zu mir vor die Barriere.

Ich konnte hier also tatsächlich hindurchschreiten. Kein Käfig aus lustigen Lagerfeuerliedern und verkohlten Marshmallows.

»Da solltest du nicht hinausgehen.«

»Theo«, schlussfolgerte ich und trat zu ihm.

Ich war stolz auf mich, was ich aus seiner Stimme heraushören konnte.

Aus dem Nichts war er aufgetaucht, dennoch erschreckte ich nicht. Langsam gewöhnte ich mich an die ständigen Überraschungen. Vielleicht wurde ich allmählich selbstbewusster? Selbstständiger?

»Ist dir nicht kalt?«, fragte er, ehrlich interessiert.

Machte er Witze? Als ob ich gestern vergessen hätte.

»Nein, ja. Aber du glaubst doch nicht, ich lasse das auf mir sitzen? Warum hast du mich gestern weggeschickt? Was ist mit diesen Augen? Du hast sie gesehen!«, sprudelte es aus mir wie aus einem geplatzten Hydranten.

Er hatte sich die Nase gekratzt, bevor er seine Arme hinter seinem Kopf verschränkte.

»Ich wollte es dir noch sagen, aber du warst gestern unauffindbar. Mir ging es nur wieder schlechter. Mein Herz hat wieder gestochen. Augen habe ich keine gesehen. Ich wollte dich nur nicht länger aufhalten.«

Unmöglich. Konnte ich mich derartig täuschen? Er hatte schockiert gewirkt. Tatsächlich aber nur wegen seines Herzens?

»Willst du mich verarschen?«, wunderte ich mich. »Du hast an dieselbe Stelle im Wald geguckt. Dort, wo die Augen gewesen sind!«, beharrte ich und hoffte, ihm die Antwort zu entlocken, die ich hören wollte.

»Tut mir leid, Fleur.« Theo zog sich seine Kapuze über den Kopf. »Sicher, dass dir nicht kalt ist?«

Es wäre zu schön gewesen. Endlich jemand, der mir hätte sagen können, was es mit diesen Augen auf sich hatte.

»Ich komme klar.«

»Okay.« Er zog das O lang.

Peinliches Schweigen breitete sich aus und wurde dicker als der Nebel um uns.

»Kannst du mir eine andere Frage beantworten? Niemand hat es bisher getan.« Ich sprang auf den Zaun neben mir, setzte mich darauf und klammerte meine Beine an die untere Holzleiste.

»Gerne.« Er tat es mir gleich.

»Was ist die große Gefahr, gegen die wir hier ausgebildet werden? Was ist so schlimm?« Mein Herz klopfte. Ich brauchte diese scheiß Antwort! Jedes

Lebewesen, das uns jetzt stören würde, wäre des Todes. So sehr wollte ich Klarheit!

»Das überrascht mich. Darüber hat dich niemand aufgeklärt?«

Ich verneinte. Natürlich nicht!

»Theo! Kommst du mit? Morgenlauf?«, brüllte Hunter uns zu, der in diesem Moment vor die Hütte gejoggt kam. Ihm folgten drei andere Typen.

»Wenn du jetzt gehst, hacke ich dir im Schlaf beide Beine ab«, flüsterte ich Theo eindringlich zu, während ich Hunter lächelnd zuwinkte.

Langsam hatte ich das Gefühl, dass ich mich nicht in der Realität befand, sondern in einer neuen Staffel *American Horror Story.* Und das Thema war: *Sommercamp!* Abgesehen davon, dass wir uns angeblich irgendwo in Griechenland befanden.

»Ich war schon, Bro!«, schrie er zurück. Hunter reckte uns seinen ausgestreckten Daumen entgegen und sprintete weiter.

»*Bro?* Ernsthaft?«, kommentierte ich.

»Das sagen die Jungs immer. Find es selbst lästig«, antwortete er zu schnell, da er kurz danach ertappt wirkte.

Ich kicherte.

»Danke. Also?«

Sag doch endlich!

»Gestaltwandler.« Ein Wort. Unmengen an neuer Fragen.

»So was wie Tyler Posey in *Teen Wolf*?« Tut mir leid, aber das war mein erster Gedanke als Netflixmädchen.

»Wer in *was*?«

Ich schnitt eine Grimasse.

»Egal. Wie ein Werwolf?«, formulierte ich es anders.

»Wölfe, Füchse, Fledermäuse, Falken, Bären, alles Mögliche«, informierte er mich ausführlich.

Wow. Gestaltwandler. In meinem Kopf ging es zu wie in einem Verkehrsunfall. Keine Ahnung, wo ich zuerst hingucken sollte.

»Und warum sind wir befeindet? Irgendwo sind wir doch alle magische Wesen«, wollte ich wissen.

Ohne Umwege sprang er vom Zaun hinab. Riss seine Kapuze hinunter.

»Sag das nie wieder!« Wütend hielt er mir seinen Zeigefinger unter die Nase. »Das sind wilde Menschen, die sich in noch wildere Tier verwandeln und dich töten. Ohne mit der Wimper zu zucken.«

Bis zu diesem Augenblick war er mir nie vorgekommen wie einer dieser Campfanatiker, bei denen man nichts infrage stellen durfte.

»Aber warum? Warum sind sie so … böse?« Es wollte mir nicht einleuchten.

»Sie leben seit jeher in der Natur. Da draußen gilt das Gesetz des Stärkeren. Doch jetzt im Jahr 2017 wollen sie nicht mehr in der Wildnis leben. Sie wollen in die Städte und dafür würden sie jeden Menschen auf dieser Welt umbringen«, klärte er mich mit bebender Stimme auf.

Antworten konnte ich nicht mehr, da er mein Handgelenk umfasste. »Das sind die Bösen! Wir sind die Guten! Verstanden? Sie sind grausam. Deshalb müssen wir im Camp unsere Fähigkeiten trainieren, gehen danach in unsere Heimat und beschützen dort die Menschen. Ich will dich einfach nur beschützen, Fleur«

Er wollte mich *beschützen*?

Das brauchte ich nicht!

Ich riss mich los und sprang neben ihn. Der Zaun wackelte, er war so viel Aufmerksamkeit nicht gewohnt. Und es begann zu nieseln.

»Aber wie können wir die Guten sein, wenn wir sie verdrängen und töten?«, hakte ich nach.

»Wir sind hier nicht in einer Traumwelt, sondern in der Realität. Hier muss man töten, um das Gute zu bewahren.« Ich wollte ihm dazwischensprechen, aber er redete unermüdlich weiter.

»Mit den Gestaltenwandlern kann man keine Verhandlungen führen. Das wäre, als würdest du mit einem Löwen diskutieren, der sich nicht in einen Menschen verwandeln kann.«

Ich trat einen Schritt zurück. Theo machte mir Angst. Vielleicht hatte er auch recht. Ich hatte von all dem keine Ahnung.

»Tut mir leid, sollte ich einen wunden Punkt getroffen haben. Es stimmt, ich habe keine Ahnung. Und wenn ihr … wir seit Jahrhunderten die Menschheit vor ihnen beschützen, muss es auch einen Grund geben«, gab ich zu, wenngleich ich noch nicht restlos überzeugt war.

Theos Haltung entspannte sich und seine Züge wurden wieder weicher. Dafür kam das Schweigen zurück wie ein Bumerang.

»Danke, dass du mich aufgeklärt hast. Willst du mit mir, also, ich meine, gehen wir frühstücken?«

Ach du meine Güte. Warum bin ich so merkwürdig?

Er machte einen Schritt zurück. Ein Windhauch wirbelte die Kälte, die ich beinahe vergessen hatte, erneut auf. Er tanzte durch meine Haare.

»Ich werde mit Hunter und den anderen essen. Wir, ähm«, er rang nach Worten, »es sollten hier nie Missverständnisse aufkommen.«

O Gott. Er wollte mich gar nicht näher kennenlernen. Aber Hauptsache, er wollte mich in Sicherheit wissen. Dabei schaffte ich es selbst nicht einmal, meine Gefühle einzuordnen.

Deshalb hätte ich mich gern mehr mit ihm unterhalten, aber damit hatte sich das ja wohl erledigt.

Natürlich reagierte ich vollkommen erwachsen und nicht wie in einem Teeniefilm.

»Unsinn! Du hast mich missverstanden. Ich wollte nur fragen, ob wir gemeinsam zur Hütte gehen, weil ich dich aufgehalten habe. Nicht, dass wir dort ein Frühstücks-Date haben oder so in der Art. Quatsch. Waaass? Nein.«

Okay, lass es bleiben. Überstrapaziere es nicht.

Komischerweise kam er nicht erleichtert rüber. Ob er es mir nicht abkaufte?

Die beste Schauspielerin war ich ja noch nie gewesen.

»Na dann. Wir sehen uns beim Training, Fleur«, verabschiedete er sich und verschwand. Einfach so.

Immerhin spielte er keine Spielchen und glänzte mit Ehrlichkeit.

Ich schwang meinen Arm von links nach rechts und versuchte ihn mit meiner Kraft wegzuschleudern. Was selbstverständlich nicht funktionierte. Wäre auch blöd gekommen.

Auch wenn ich es mir selbst gegenüber abstritt, stimmte mich sein Korb traurig. Ja, ich kannte Theo kaum. Trotzdem hatte er etwas an sich, das mich anzog, weswegen ich ihm gern nähergekommen wäre. Zwar fragte ich mich, was ich so besonders an ihm fand. Erkannte aber einen Moment später die Antwort. Ich spürte, dass er einen guten Kern hatte. Egal, wie sehr er sich bemühte, distanziert zu wirken.

Seufzend schlug ich die entgegengesetzte Richtung ein und machte mich auf dem Weg zum Frühstück.

Seelenfenster

Theos abweisende Art nagte mehr an mir, als ich zugeben wollte. Vor allem seine eiskalten, schwarzen Augen, die mir vorkamen wie eine Stopptafel, die rief: *Halt dich von mir fern!*

Ich zog meinen kuscheligen Mantel enger, auch wenn ich das Pelzteil hinten hasste. Zu meiner Überraschung war es nicht aus Gestaltwandlerfell gemacht, sondern tatsächlich künstlich.

Er verabschiedete sich nicht aus meinem Kopf. Hatte ich ihm etwas getan? Die falschen Dinge gesagt? Manchmal verstand ich nicht, warum Frauen kompliziert sein sollten, waren Männer doch das undurchschaubarste Phänomen dieser Galaxie.

Obwohl ich nicht den blassesten Schimmer davon hatte, was sich noch so in unserem Universum abspielte, jetzt, nachdem ich dieses Camp hier kennengelernt hatte.

Das Hauptgebäude, in dem die Besprechungen, Feiern, Essen und was weiß ich was noch, abgehalten wurden, tauchte vor mir auf. Ich freute mich darauf zu erfahren, wie es innen aussah.

Bevor mir das vergönnt sein würde, erregte etwas anderes meine Aufmerksamkeit. Musik drang aus einem offenen Fenster der Hütte neben mir. Sollte ich hineinlinsen?

Ich schaute kurz zum Haupthaus, wo das Frühstück auf mich wartete. Die Neugierde siegte. Außerdem war es schön, mal wieder Musik zu hören, wenngleich es sich auch um Klaviermusik handelte. Nichts gegen Klavier, aber Harry Styles wäre auch nicht schlecht gewesen. Das Leben war eben kein Wunschkonzert.

Also gut, ich gehe dorthin.

Abrupt änderte ich meine Richtung und schritt zu der Hütte. Verstohlen versicherte ich mich, dass mich auch niemand beobachtete, als ich mich unter das Fenster stahl.

Nur ein bisschen den Kopf rauf.

Vor dem Fensterbrett hielt ich inne.

Was, wenn er oder sie oder es den Schreibtisch direkt vor dem Fenster stehen hat und ich beim Hinaufschauen direkt in seine oder ihre Augen schaue?

Ich riskierte es. Was sollte schon passieren? Langsam umschlossen meine Finger das Stück Holz und ich zog mich hoch. Meine Knie knackten wie bei einer alten Oma. Endlich schaffte ich es. Ich spähte über das Fensterbrett und als ich die Person erkannte, die da drinnen Musik spielte, wünschte ich mir, ich wäre essen gegangen.

Harry. Es war Harry, der dort Klavierklängen lauschte. Das passte absolut nicht zu ihm, aber es hätte auch niemand vermutet, dass Josh und Dean auf Männer standen. Also von daher war ich für alles offen.

Erst dachte ich, er drehte sich zu mir. Ich wollte schon lossprinten, als ich erkannte, dass er ein Bild in die Hand nahm.

Darauf erspähte ich kleine Fußabdrücke. Rote, grüne, orange und blaue. Auf einem weißen Blatt Papier, vorsichtig in einen Rahmen gepackt.

Hat er etwa Kinder? Harry? Der unheimliche Sumoringer?

Natürlich zeugten auch böse Menschen Kinder, aber bei ihm verwunderte es mich doch.

Warum arbeitete er dann hier im Camp als Leiter, anstatt bei seiner Familie zu sein? Selbst, wenn es nur ein paar Monate waren. Ich sollte eine Liste mit Fragen führen, die mir im Kopf herumschwirrten.

Tat ich ihm doch unrecht und er war gar kein so schlechter Kerl, wie ich anfangs vermutet hatte?

Vielleicht sind es auch nicht seine Kinder, sondern die seiner Schwester oder so?

Plötzlich erkannte ich, wie die Wolken sich lichteten und die Sonne hervortrat. Woran ich das merkte? Mein Kopf warf einen Schatten auf die Holzwand vor Harry.

Er schien es ebenfalls zu bemerken. Blitzschnell drehte er sich um. Gerade noch rechtzeitig ließ ich mich nach hinten fallen, drehte mich um und düste zum Haupthaus los.

Den Mut, mich nach ihm umzusehen, brachte ich nicht auf, deshalb ging ich einfach weiter und versuchte, mir nichts anmerken zu lassen.

Der Baum der Ewigkeit

Endlich hatte ich es hineingeschafft. In das riesige Holzhaus, das wie ein Wächter vor der Lagerfeuerstelle thronte und alle Hütten, die kreisrund daneben angeordnet waren, beschützte.

Innen spielten mir meine Augen einen Streich. Dachte ich zumindest. Es war einer der genialsten Orte, an denen ich jemals gewesen war. Ein gigantischer Baumstamm prangte in der Mitte der Hütte und reichte zirka sechs Meter in die Höhe. Die Baumkrone befand sich ebenfalls noch im Haus selbst, unter einer verglasten Stelle im Dach.

Noch mehr Bäume befanden sich darin. Kleinere, die wie Schlangen an den Wänden hochkrochen. Einer schien an einer Ecke sogar als Träger zu fungieren. Äste mit senfgelben Blättern kletterten an der Decke umher. Um sie waren unzählige Lichterketten gewickelt. An diesem grauen Morgen erleuchteten sie jeden Winkel des Hauses und schufen eine magische Atmosphäre. Ich fühlte mich wie in einem Zauber.

»Nimm dir nicht so viel vom Buffet, okay?«, wisperte Fabienne mir ins Ohr und riss mich aus meinem Tagtraum. Ich hatte zu Theo gelinst, ehe ich mich an sie wandte.

»Warum? Ich habe Hunger. Frühstück ist die wichtigste Mahlzeit des Tages«, informierte ich sie mit einem mahnenden Zeigefinger vor ihrer Nase.

»Ja, wie Mittagessen und Abendessen«, konterte sie.

»Exaktomondo«, stimmte ich mit einem erfundenen Wort zu, woraufhin sie belustigt schnaubte.

»Warum denn?«, wollte ich wissen.

»Ich will nicht, dass jemand etwas weiß. Von … du weißt schon. Ich fülle meinen Teller und gebe dir dann den Rest ab.« Es kostete sie Überwindung, mir das zu sagen und es war ihr sichtlich peinlich, mich in ihre Krankheit hineinzuziehen.

»Aber du isst etwas, okay? Und du gehst weiterhin zu Noelle, verstanden? Sonst decke ich dich nicht.« Verhielt ich mich richtig? Es lag ja nicht an ihr, dass sie in diesen Strudel geraten war.

Meine Gewissensbisse erleichterten sich, als Fabienne nickte und mir zustimmte.

»Gut.«

Während wir am Buffet vorbeischlenderten, deutete ich auf die Leckereien, die Fabienne für mich auf ihren Teller packte, während ich mir nur ein Croissant mit Butter und Marmelade auflud.

Als wir einen Platz gefunden hatten, stürmte auch gleich Hunter zu uns. Ich suchte Theo, doch ich entdeckte ihn neben anderen Jungs, die ich nicht kannte. Bis auf James.

Ernsthaft? James?

»Hey, Hunterlein«, begrüßte ihn Fabienne.

Er schürzte die Lippen und guckte angewidert.

»Ganz doofer Spitzname. Wie läuft euer Training?«

»Sie hat sich in die Luft gejagt und ich habe eine Feder wegefeuert«, fasste ich zusammen.

Während ich mein Croissant schon beinahe aufgesogen hatte wie ein Staubsauger, mantschte Fabienne ihr Essen nur klein, verteilte es, sammelte es in Häufchen, damit der Teller leerer wirkte. Nur wenige Bissen des Brotes und ein paar Gurkenscheiben fanden ihren Mund.

»Das hätte man aber auch besser ausschmücken können. Darf ich probieren?«, fragte sie beilläufig an Hunter gewandt.

»Äh, klar.«

Sie schnappte sich einen Paprikastreifen und aß ihn genüsslich. Dabei ahnte ich, wie es in ihr aussah.

»Du musst das Rührei kosten«, ohne abzuwarten, was er sagte, schüttete sie ihm die Hälfte auf seinen Teller. Ein paar Cocktailtomanten rollten mit hinunter.

»Puh, ich bin voll. Willst du noch, Bailey? Bevor du dir Nachschub holen musst?«

Das lief mir alles zu hastig ab. Sie riss ihre Augen auf.

»Äh, klar. Ja, habe ohnehin noch Hunger«, stotterte ich.

Wir tauschten die Teller und Hunter nahm einen Bissen Rührei zu sich. Er merkte nichts von ihrem Spiel.

Wahnsinn, wie gut sie darin war!

Bis jetzt hatte es gedauert, bis die Wärme hier drinnen meinen Körper aufgeheizt hatte. Meine Finger knisterten noch von der Kälte draußen. Wobei ich wieder an Theo denken musste.

»Kommt ihr nach dem Frühstück mit in die Krankenstation? Ich soll dort Inventur machen und die Ablaufdaten der Verbände und Desinfektionsmittel überprüfen. Alleine dauert das ewig.« Während er auf unsere Antwort wartete, stopfte er sich ein zu großes Stück seines Brötchens in den Mund.

Fabienne zuckte zusammen. Dort konnte sie auf Noelle treffen und diese würde sie eventuell auf ihre Krankheit ansprechen.

»Du musst doch noch das Dingsbums machen im Ding«, log ich schlechter als Pinocchio.

»Ja ... Ja! Genau! Mit hier, wie heißt sie?« Fabienne schnippte mit dem Finger.

»Dilara?« Das war der erstbeste Name, der mir eingefallen war.

»Jup. Für unsere Stunde üben, weil ich so mies gewesen bin«, beendete Fabienne unser Trauerspiel.

»Wie ihr meint. Aber du kommst mit?« Er schaute mich an.

Für mich fiel mir keine Ausrede mehr ein, also bejahte ich seine Frage.

»Klasse! Prima von dir!«, freute sich Hunter und futterte weiter.

Fabienne formte mit den Lippen ein *Danke*, woraufhin ich mit meinem Finger über meine Kehle schnitt und ein Messer nachmachte.

Ich tat es Hunter gleich und schaufelte das Rührei auf. Die anderen Jugendlichen schoben mit ihren Kräften die Schüsseln hin und her, verwandelten ihre Gläser in Tassen oder zauberten die weißen Teller rot. Das zu sehen faszinierte mich immer wieder aufs Neue.

»Der Baum ist toll, oder?«, interpretierte Hunter meine Blicke falsch, obwohl er trotzdem wunderschön war.

»Ja. Ja! Die Farbe mancher Blätter ist sonderbar«, stellte ich fest.

»Der Baum soll der Sage nach die Magie der Enchanter beinhalten«, offenbarte er mir. »Weswegen es heißt, dass er schon ewig existiert, aber trotzdem nicht mehr weiterwächst.«

Ich staunte nicht schlecht. Die ganzen Wunder dieser Welt begriff ich noch nicht. Wie auch? Erst seit ein paar Tagen teilte ich mein Leben mit ihnen und der Magie.

»Gibt es eigentlich noch mehr Camps? Es gibt doch so viele Städte auf dieser Welt und wir dreißig können doch nicht alle abdecken, oder?«, wollte ich wissen und trank einen Schluck des frisch gepressten Orangensaftes.

Erst jetzt merkte ich, wie durstig ich war. Mein Hals freute sich über das Getränk.

»Ja, es gibt mehrere. Meistens sind die Leute einer bestimmten Linie in denselben Camps. Man hofft, dass die Jugendlichen hier auch danach im Kontakt bleiben und dass die Kinder sich dann kennen, wenn sie hierherkommen.«

Dann hatte es den Anschein, als überlegte er sich, was er mir noch erzählen konnte.

»Mehr weiß ich auch nicht wirklich. Meine Eltern haben mir nur von ihrer Zeit im *Agony Grove Camp* erzählt. Nach der Ausbildung kommt man ja nicht mehr in ein Camp«, erzählte er mir.

Diese Informationen waren wie Wasser, das meinen Wissensdurst besänftigte. Jedenfalls ein wenig.

»Ach, das reicht schon. Wollen wir los?«

»Ja! Dann haben wir es hinter uns. Du kommst klar, Fabienne?«

Sie nickte, wirkte aber irgendwie verloren.

»Natürlich!«

»Wenn etwas ist, ich bin immer für dich da, okay?« Hunter stand inzwischen auf und schrieb meinen Worten keine große Bedeutung zu. Doch Fabienne wusste, was ich meinte, und grinste. Wurden ihre Augen glasig?

***

Draußen entging ich knapp dem Tod. Vielleicht übertrieb ich ein wenig. Tollpatschig, wie ich war, rutschte ich in einer matschigen Pfütze aus. Freundlicherweise stürzte ich zierlich wie ein Blatt in Hunters Arme – oder eher wie ein Amboss.

»Sorry, ich …«, stammelte ich.

Seine eisblauen Augen bohrten sich direkt in meine Seele. Noch nie hatte ich Hunter *so* angesehen. Wie ein federleichtes Kissen hob er mich hoch. Endlich wieder auf den Beinen bedeutete er mir, mich bei ihm einzuhängen.

»Keine Ursache«, antwortete er auf meine nicht ausgesprochene Danksagung.

»Aber du solltest dich zur Sicherheit bei mir einhängen«, fuhr er fort.

Etwas beschämt hakte ich mich bei Hunter ein und wir machten uns auf den Weg zur Krankenstation. Besser gesagt: der Holzhütte mit dem roten Kreuz darauf.

Ein Schauer jagte mir über den Rücken. Erst dachte ich, die Kälte des Morgengrauens ließe nach, bis mein Körper mir jedoch andere Signale sendete. Hunter sprach indessen über Golf. Doch seine Worte waren zu dumpfen Klängen geworden, ehe sie für mich vollkommen verstummten. Nämlich genau dann, als sich Theos und meine Blicke trafen.

Mit verschränkten Armen stand er vor seinen Liegestütz machenden Freunden und missbilligte irgendetwas. So deutete ich seine Miene. Nur was? Mich? Sein Dreitagebart machte sein Gesicht markanter, älter. Und das Schwarz seiner Augen verschlang mich. War er noch wütend wegen vorhin?

»Fleur?«

Zuerst merkte ich nicht, wie weit mein Kopf sich verdreht hatte. Aus diesem Jungen wurde ich nicht schlau. Wohingegen jeder in mir wie in einem Buch lesen konnte. Die kleine Fleur, die von nichts eine Ahnung hatte.

»Fleur?«

Jetzt drang Hunters Stimme zu mir durch. Mein Nacken dankte es mir, dass ich mich wieder ihm zuwandte.

Bei jedem Schritt schmatzte der aufgeweichte Boden samt Gras unter mir.

»Hm? Oh, ja. Golf. Mit den Schlägern.« Beeindruckt riss ich die Augen auf. »Wahnsinn.«

»Ich rede schon seit mindestens einer Minute nicht mehr über Golf.«

»Wirklich?«

»Nein, Spaß. Habe ich doch gemacht«, gab Hunter seine wahren Absichten zu erkennen, »aber trotzdem gemerkt, dass du unaufmerksam warst. Geht es dir nicht gut?«

Mit meiner freien Hand kratzte ich mich am Ohr. Zusammen stiegen wir die Holztreppe zur Hütte hoch und als Hunter die Tür öffnete, löste ich mich von ihm.

»Alles in Ordnung«, meinte ich. »Mir schießen den ganzen Tag komische Gedanken durch den Kopf. Dieses Camp ist für mich ein Puzzle, in dem kein Teil ins andere passt und alles zusammen niemals ein Ganzes ergibt.«

Wie mein Leben.

Diesen Gedanken behielt ich für mich.

»Verstehe ich. Wenn ich mir vorstelle, dass du von all dem hier nichts geahnt hast«, sinnierte er vor sich hin.

Wir betraten die Krankenstation. Es roch nach Desinfektionsmittel und Mullbinden.

»Hallo?«, rief Hunter.

Wir waren alleine.

Da hätte Fabienne ruhig mitkommen können.

»Niemand, der uns stört.« Er wackelte verschwörerisch mit den hellen Augenbrauen.

»Also, wegen des Camps …«, lenkte ich von seinem Augenbrauentango ab: »Ja, es ist ein schwarzes Loch, bestehend aus ungeklärten Fragen. Und es gibt nicht genügend Antworten, um es zu füllen.«

»Wie poetisch«, kommentierte er und reichte mir eine Box mit Infusionsflaschen, deren Datum ich checken musste.

»Bisher fühle ich mich noch nicht in der Stimmung, *Kumbaya* am Lagerfeuer zu singen, während mir irgendjemand mit seiner Gabe die Haare flechtet und sie mir dann jemand violett zaubert«, jammerte ich, als Hunter kurz darauf mir nichts dir nichts losprustete.

Ich schrak hoch. Meine Infusionsflasche fiel zu Boden.

»Du bist ein Wahnsinn, Fleur! Was würden wir nur hier machen ohne dich«, wimmerte er zwischen zwei Lachkrämpfen.

Meine Wangen wurden heiß. Nicht nur die. Wenigstens einer, der mich gerne um sich hatte.

Zu sehen, wie Hunter lachte, sein Grübchen, seine Augen, die zu kleinen Halbmonden wurden, stimmten mich fröhlicher. Ich schmunzelte mit ihm.

»Das wird noch«, hatte er mich getröstet und sich eine Träne aus dem Augenwinkel gewischt, ehe er noch ein-, zweimal auflachte.

»Es wäre schön gewesen, wenigstens persönliche Gegenstände dabeizuhaben oder meine Klamotten. Ich habe nur diese Campsachen in Braun- und Grüntönen. Außer Fabienne borgt mir etwas.«

»Glaube ich dir. So fühlst du dich noch fremder. Aber falls es dich beruhigt: Es steht dir.« Versuchte er mich aufzumuntern? Falls ja, gelang es ihm. Ein bisschen. Sehr.

»Wie läuft es bei dir? Mr Streber-Cura. Ja, ja, ich habe alles gehört darüber, wie gut du bist.«

Seine Miene verfinsterte sich. Hunter verlor sich in seinem Blick. Er starrte zu Boden. Als gäbe er ihm nicht nur Halt, sondern auch Sicherheit. Was ging in ihm vor? Hatte ich ihn beleidigt? Ich wollte ihn nur necken und es war doch nett gemeint gewesen.

»Ich wollte dich nicht verärgern«, nuschelte ich und hob eine neue Packung zum Prüfen hoch.

»Nein, du hast nichts falsch gemacht. Es ist nur ...« Hunter fiel es schwer, es auszusprechen. Was auch immer *es* war.

»Schon gut«, log er offensichtlich.

So nicht! Ich schob alles zur Seite und hopste auf das Krankenbett. Neben mir schlug ich auf die Matratze. Hunter setzte sich. Das Bett gab ein wenig nach. Die Sonne brach durch die Wolken und fiel durch das Fenster direkt auf uns.

»Was ist los? Wie willst du mich Jammersocke aufheitern, wenn dich selbst etwas plagt?« Flink beugte ich mich zu ihm und suchte seinen Blick, damit er nicht ausweichen konnte.

»Es ist scheiße, ein Cura zu sein«, platzte es aus Hunter.

Hektisch kniff er die Augen zu. Seine Atmung beschleunigte sich. Ich hatte das Gefühl, es tat ihm gut, es ausgesprochen zu haben.

»Warum, du kannst heilen und ...« Ja, was noch? Ich wusste nicht mal über meine Gabe Bescheid. »... Dinge!«

»Ich bin nutzlos. Nein, ich bin ein wertloses Stück Mist.«

Sein Kinn vibrierte regelrecht. Die Kiefermuskeln spannten sich an. Die Hände krampften sich um seine Hose. Diese Worte aus seinem Mund ergaben gar keinen Sinn.

»Wie kommst du darauf? Spinnst du, Hunter?«

»Meine Familie besteht seit Generationen aus Spirits. Die Locklears kämpfen an vorderster Front gegen die Gestaltwandler.« Bei dem letzten Wort biss er sich auf die Unterlippe. »Wir sind eine reiche und mächtige Familie. Seit meiner Kindheit trainiere ich, habe diverse Kampfkünste aufgezwungen bekommen und bin in die Materie der Telekinese eingeführt worden. Wenn meine Eltern erfahren, dass ...« Er stockte.

Nie im Leben hätte ich geahnt, unter welchem Druck Hunter stand. Er wirkte so locker.

»Aber unsere Herkunft sagt doch nichts über unsere Gabe aus. Das haben sie doch erklärt«, tröstete ich ihn und merkte, wie mich dieses Magiewirrwarr verwirrte.

»Schon«, reagierte Hunter, »aber sag das mal meiner Familie. Sie sind der festen Überzeugung, dass es in unserer Familie nur starke Anführer gibt. Spirits mit mächtigen Gaben oder wenigstens Spellmaker. Niemals aber einen Cura. Einen Heiler. Jemand, der im Hintergrund steht und supportet.«

Hunters neue Seite gefällt mir. Er spielt nichts mehr. Ich glaube, ich kann anfangen ihm zu glauben und es nicht mehr nur zu spielen.

Gedanken, die ihn seit Tagen quälten, sprach er endlich aus.

Das erinnerte mich alles an die Zeit, in der mein bester Freund Josh sich geoutet hatte. Ich dachte an seine Bedenken, was seine Familie sagen würde. An die Nächte, in denen wir nur geredet hatten, weil er vor Panik keinen

Schlaf gefunden hatte. Und das Schwanken zwischen: *Bring ich mich um, Verleugne ich es auf ewig?* und *Wandere ich aus oder sage ich es besser?*

All das hatte ich mit ihm durchgemacht. Hach, ja, er fehlte mir.

»Es kostet viel mehr Kraft, vor Problemen wegzulaufen, als sich ihnen zu stellen. Deine zermürbenden Gedanken sind auf Dauer schlimmer, als wenn du es akzeptierst und deine Eltern frühestmöglich davon in Kenntnis setzt«, riet ich ihm sachlich, da ich nicht wusste, ob er mit zu viel Gefühlsduselei umgehen konnte.

»Ich hoffe, du hast recht«, murmelte er.

»Ich habe immer recht!«

Hunter sah mich an. Die Sonne ließ seine Augen noch heller erstrahlen. Sie glänzten wie Juwelen. Ich schluckte, doch es klappte nicht. Ein Kloß im Hals war das nicht mehr. Eher eine Verstopfung. Er näherte sich mir.

Wollte er mich? Nein! Oder? Ich hatte noch nie etwas mit einem Typen gehabt. Wie sollte ich mich verhalten?

Meine Augen hetzten von links nach rechts. Mein Herz pochte wie wild. Ein noch nie dagewesenes Verlangen entbrannte in mir und lechzte danach, diese Erfahrung zu machen.

Erst registrierte ich es nicht. Oder wollte es nicht. Die Tür wurde aufgerissen. Schwungvoll. Unüberhörbar. Wir zuckten zurück. Sprangen auf. Überprüften, was uns in die Hände fiel. Ich suchte das Ablaufdatum auf dem Waschhinweis an einem Kissen. Hunter kratzte an dem Eisengestell des Bettes.

Dort an der Schwelle stand jedoch nicht Noelle, Seth oder sonst jemand, sondern Theo.

»Theo?«, kam es von Hunter.

»Ich … Ich brauche ein Pflaster, weil ich mich geschnitten habe«, flüsterte er außer Atem.

»Warum zum Teufel heilst du dich nicht einfach selber?«, fragte Hunter eine Spur zu gereizt nach.

Obwohl sein Einwand berechtigt war. Immerhin besaß Theo auch die Gabe der Curas.

»Wollte nur meine Kräfte schonen und wofür gibt es denn Pflaster?«

Hunter knurrte, griff in die Kiste mit den Pflastern und warf Theo eine Handvoll zu.

»Hier!«

»Soll ich euch helfen?«, bot sich Theo an.

Ernsthaft? Erst wollte er mich loswerden und jetzt das?

»Wer bist du und was hast du mit Theo gemacht?«, sprach ich meine Gedanken laut vor Hunter aus.

Wie auch immer. Die Stimmung war ruiniert.

Blättertanz – oder: Wie ich mich mit einem Bären um ein Stirnband stritt!

Dass Hunter mich nach und nach in seine Geheimnisse als Cura inmitten einer Spirits-Familie eingeweiht hatte, half mir beim Training. Es fühlte sich an, als hätte er mir seine Kronjuwelen anvertraut. Also, die seiner Familie. Nicht *seine*.

Abgesehen davon machte Fabienne den Anschein, als besserte sich ihre Lage dank Noelle. Zum Glück verbrachte sie nicht zu viel Zeit in diesem Strudel der Essstörung, wenngleich es trotzdem noch ein langer Weg sein würde.

Und Theo. Ja, Theo war mehr oder weniger zum vierten Rad unserer Clique geworden, auch wenn das immer noch seltsam war.

Das Gute daran war, dass mir dieses Zusammengehörigkeitsgefühl neue Kraft verlieh und neuen Mut. Ich vermisste meine Eltern mehr denn je, aber die Übungseinheiten mit Hunter und die Freundschaft zu Fabienne sowie das, was auch immer mit Theo und mir geschah, verliehen mir Selbstbewusstsein.

Genau das brauchte ich heute auch. Eine Zwischenprüfung stand an. Als Belohnung gab es einen Ausflug in das umliegende Tal. Und wenn es etwas gab, das ich brauchte, dann war es Zeit außerhalb dieses Camps.

Mittlerweile waren einige an der Reihe gewesen. Hunter war der Nächste und so stoppte ich meine Gedanken, die ins unendliche Chaos des Universums abgedriftet waren, und feuerte ihn an. Hoffentlich brachte es ihm mehr Glück als Theo, der als einer der Schlechtesten aus dem Rennen ausgeschieden war. Keine Ahnung, was ihn so abgelenkt hatte.

Hunter stand auf dem Platz. Sein Undercut musste zwar wieder gekürzt werden, aber sonst wirkte er selbstsicher. Er wollte das schaffen. Nicht nur der Wanderung wegen, sondern auch um sich selbst zu beweisen, dass er auch als Cura ein Anführer sein konnte.

Seth warf ein senffarbenes Blatt des Baumes der Ewigkeit vor Hunter. Es landete auf dem Windzug wie ein Schiff auf einer Welle und segelte näher zu ihm.

»Dieses Blatt voller Magie, wandle dich zu unserem Feind mitsamt seiner Energie!«, reimte Seth und das Blatt verformte sich. Es verfloss wie Wasserfarbe, die in alle Richtungen lief, zog sich zusammen und platzte wieder auf. »Wer soll dein Partner sein?«, fragte Seth Hunter.

Curas mussten die Prüfung zusammen mit einem Spellmaker oder Spirit bestreiten, da ihnen keine aktive Gabe innewohnte. Ich spürte den Stich in seinem Herzen selbst, da ich seine Hintergrundgeschichte kannte. Hunter hasste es, nur der Beistand sein zu können.

»Fleur Bailey!«

Was? Hatte ich mich verhört? Gab es noch eine Fleur Bailey hier? Warum sollte er mich auswählen? Es gab noch andere, die stärker waren.

»Fleur, nicht trödeln! Die Wandlung ist bald abgeschlossen!«, brüllte Seth. Die Sonne hatte ihm in den letzten Tagen noch mehr Sommersprossen beschert. Schnurstracks hechtete ich zu Hunter. Warme, schwitzige Haut berührte meinen Unterarm. Als wäre dieser Tag nicht heiß genug gewesen.

»Vergiss nicht, was ich dich gelehrt habe«, wisperte er.

Ich riss mich los. Die Zeit war gekommen. Der Startschuss war gefallen, denn nun stand die Herausforderung vor uns: ein Gestaltwandler.

Seth erschuf aus den Blättern des Baumes Tiere, die handelten wie Gestaltwandler. Diese mussten wir unschädlich machen. Unsere Aufgabe beinhaltete einen riesigen Bären.

»Warum ein Bär? Warum keine fiese, böse Ameise?« Mein Galgenhumor konnte mich hieraus auch nicht befreien.

Das Tier ließ sich auf alle viere fallen. Die Erschütterung rüttelte mich wach. Versetzte mich in Alarmbereitschaft, als verfiele ich selbst meinen animalischen Instinkten, die mir befahlen, mich zu beschützen.

Ohne Umschweife stürmte er auf uns zu. Ehe ich michs versah, stieß Hunter mich zur Seite und brachte sich selbst durch einen Sprung in Sicherheit.

»Bailey! Reiß dich zusammen, du Weichei!«, kreischte Fabienne von der Tribüne aus.

Ich warf ihr einen Töterblick zu. Wieder auf den Beinen, raste ich zu Hunter. Der Bär machte kehrt und hastete in unsere Richtung.

»Fleur«, flüsterte Hunter eindringlich.

Ich rief mir Hunters Worte in Erinnerung. In meinem Kopf erschuf ich das Bild des Bären, wie er zur Seite flog. Hoffte nicht, meine Kraft würde ihn bewegen, sondern stellte mir vor, dass ich ihn bereits weggeschleudert hatte.

Energie strömte von meinem Herz aus in kreisenden Bewegungen in meine Fingerspitzen. All das kam mir vor wie in Zeitlupe. Mein Arm hob sich wie von selbst, holte weit aus und schnellte nach vorn.

Dann stellte das Leben von Zeitlupe zu zweifacher Geschwindigkeit. Nichts geschah. Ich war zu schwach. Mal wieder. Das Monster kam näher. Ehe Hunter begriff, dass ich versagt hatte, war ich gegen ihn gesprungen und hatte ihn aus der Bahn gedrückt.

Für mich war es zu spät. Der Bär rammte mich und warf mich gegen ein Glashaus. Alles, was sich mir in den Weg stellte, gab ohne Widerstand nach. Schmerzen hüllten mich ein. Ich sah nach oben. Glasscherben regneten auf mich herab. Mit allerletzter Kraft hob ich die Hände.

»Stopp!«, gurgelte ich.

Direkt über meiner Handfläche hielt das Glas inne. Ich hatte es aufgehalten. Mein Feind näherte sich. Der Boden rumorte, warnte mich unfreiwillig.

»Fleur!« War das Hunter? Oder Theo?

»Bailey!« Fabienne.

Meine Magie wickelte sich um mich und hielt mich wie eine Schlange im Würgegriff. Sie hob mich ohne das Zutun meines Körpers wie ein Brett hoch. Wieder stehend, schleuderte ich den Glasregen auf den Bären.

Er schlug mit den Pranken um sich. Panisch wollte er die Scherben, die wie

Blätter im Wind um ihn tanzten, aufhalten. Bevor das Glas die Illusion tatsächlich verletzen konnte, war das Wesen verpufft und wie vom Erdboden verschlungen.

Hunter stand plötzlich neben mir und heilte meine Wunden. Ich spürte neue Kraft in mir emporsteigen. In seinem Gesicht erkannte ich hingegen, wie seine Energie schwand. Was für ein Preis.

Grund genug für mich, die Arme wieder zu senken. Sie pulsierten vor Anspannung.

»Du hast es geschafft!«, jubelte Hunter.

Ich konnte es gar nicht fassen. Er ging in die Knie und hob mich an den Beinen hoch. Jeder schwieg. Niemand glaubte, was gerade passiert war. Ich hatte meine Gabe gebändigt.

»Wir! Wir haben es geschafft«, stimmte ich mit ein und riss einen Arm in die Höhe.

Wie ein Schwerthieb schnitt der Applaus meiner Mitcamper und der Leiter die Stille entzwei. Es wirkte, als fiele nicht nur mir eine Last von den Schultern, sondern dem gesamten Camp. Das Mädchen, das unwissend war, hatte ihre Bestimmung akzeptiert und würde keine Probleme mehr machen. Fügte sich ein und musste nicht mehr tabuisiert werden.

Nachdem die Freude sich gelegt hatte, warteten wir auf die letzten Prüflinge. Den Abschluss machte niemand Geringeres als Fabienne.

»Roux!«, pfiff Seth.

Tja, jetzt weißt du, wie das ist, ständig mit dem Nachnamen gerufen zu werden.

Seth aka Chucky die Mörderpuppe stellte sich neben meine neu gewonnene Freundin. Seine roten, beinahe orangen Haare glänzten im Sonnenlicht. Er flüsterte ihr irgendetwas zu, das ich nicht verstand. Ihre Augen wurden zu Schlitzen. Nichts Positives anscheinend.

»Dieses Blatt sei zwar nur eine Illusion, doch vergiss nach der Verwandlung nicht deine Funktion. Blatt hier, werde zum Tier!«, beschwor er.

Woher nahm dieser Typ die ganzen Reime? Wie bei Hunter zuvor wirbelte das Blatt umher.

In Fabiennes Gesicht ratterte es. Überlegte sie sich Sprüche? Soweit ich informiert war, brachte es wenig, sich Zauber vorher zusammenzustellen. Sie nannten es Situationsmagie. Am stärksten kam die Magie der Spellmaker zum Vorschein, wenn ihre Reime an Emotionen und gegenwärtige Ereignisse gebunden waren. Abgesehen davon, dass es auf die innere Macht des Einzelnen ankam.

O Mann. Wann habe ich angefangen diese Welt annähernd zu verstehen?

Da war es! Ein ... ja, was stand denn da?

»Was zum Teufel ist das?«, fragte ich ungläubig.

»Ein Kasuar. Das sind mit die gefährlichsten flugunfähigen Vögel der Welt. Sie sind oft Gestaltenwandler«, klärte James mich auf, der neben mir im Schneidersitz saß.

»Der sieht eher aus wie ein Strauß«, bemerkte ich.

»Sieh zu, dann weißt du, was er meint.« Hunter deutete auf Fabienne.

Anscheinend kannte man dieses Vieh in der Enchanter-Community. Dabei sah es wirklich aus wie ein Strauß, nur, dass das Gefieder schwarz war und der Kopf blau mit einem Ding auf dem Kopf, ähnlich einem halben Teller.

»Und diese Tiere gibt es auch im realen Leben? Oder sind das magische Tiere?«, hakte ich nach.

»Die existieren wirklich. Googel mal.«

Ernsthaft, Hunter?

»Als ob! Gib mir ein Smartphone oder Laptop plus WLAN und ich gucke sofort.«

James und er warfen mir beide einen genervten Blick zu und ich behielt jede weitere Bemerkung für mich.

Fabienne schlich einstweilen um das Tier, das sich noch nicht bewegt hatte.

»Ist es schon tot? Habe ich gewonnen?«, wollte Fabienne wissen.

Seth strafte sie mit dem gleichen Blick, den mir James und Hunter zugeworfen hatten.

Ohne Vorwarnung schrie das Tier auf. Fabienne tat es dem Vogel gleich, übertrumpfte ihn sogar noch.

»Erschreck mich doch nicht so! Blöde Kuh!«, schimpfte Fabienne.

Der Kasuar sprintete auf sie zu und sie rannte einfach davon.

»Fabienne! Magie!«, brüllte ich ihr zu.

»Keine Hilfe!« Ich streckte Seth ermahnendem Gesicht die Zunge entgegen.

Keine Minute später ging Fabienne die Puste aus und ihr Kontrahent holte sie ein und richtete beide Beine nach vorne. Sofort erkannte ich die Gefahr. Seine Krallen waren wie Dolche!

»Fabienne!«, kreischte ich.

Illusion hin oder her: Die Schmerzen, die sie uns zufügten, blieben! Natürlich brachen die Leiter die Prüfung ab, dennoch waren auch schon Camper gestorben.

Als wäre mein Gebrüll ein Startschuss gewesen, ließ sie sich auf die Seite fallen. Ihr weißes Shirt bekam Grasflecken. Das Vogelvieh verfehlte Fabienne, machte kehrt und sprang ihr mit seinen Dolchkrallen entgegen.

Seth war dabei, die Prüfung abzubrechen, als wir

»Bevor ich sterbe, will ich lernen mich zu lieben, dafür muss ich den Tod auf dich schieben!« vernahmen.

Fabiennes Worte hallten in meinem Kopf wider. Sie reckte dem Vogel die Hand entgegen und die Illusion löste sich in Luft auf. Niemand bewegte sich. Dieses Mal lag es nicht an dem Unverständnis, da niemand mit ihrem Sieg rechnete wie bei mir.

Es lag an Fabiennes Worten. Im Eifer des Gefechts und ihrer Angst wohnte ihrem Zauber eine Wahrheit inne, die sie nie hatte preisgeben wollen. Sie wollte sich endlich selbst lieben lernen. Ohne auf die Konventionen ihrer Familie, der Gesellschaft oder des Modelbusiness zu achten.

Hektisch sprang ich hoch.

»Wuhu! Fabienne!« Was Besseres fiel mir nicht ein, aber es reichte. Jeder tat es mir gleich.

Piper betrat die Grasfläche. Sie machten hier keine halben Sachen. Ich tippte darauf, dass sie die Besten bekanntgeben wollte. So sparte sie Zeit. Sie hatte sich ihr Bild ohnehin gemacht. Zumindest schätzte ich Piper so ein.

Fabienne war schneller bei mir auf der Tribüne, als ich *Harry Styles* hätte sagen können. Das Holzgestell wackelte. Die Hitze wurde drückender. Das Wetter in diesem Tal spielte verrückt.

»Gut gemacht, Roux«, neckte ich sie.

Fabienne rollte mit den Augen.

»Peinlich mein Spruch?«, wollte sie wissen und knetete ihre grasbefleckten Shorts.

»Die haben bestimmt nicht gecheckt, worum es ging.«

Meine Worte schienen sie zu beruhigen.

»Vielen Dank für eure Bemühungen«, begann Piper. »Jeder«, sie hob ihre Arme und sechs Stirnbänder erhoben sich aus ihrer Tasche hinter ihr. Pipers Telekinesefähigkeiten waren wirklich der Hammer, »der ein Band bekommt, darf an der Wanderung in das Tal teilnehmen.«

Ihr Ringfinger knickte in unsere Richtung und die Bänder flogen wie Raketen auf uns zu.

Der Stein im Schuh

Gleichzeitig fingen Hunter, Fabienne, James, die beiden Brüder von Seth, Finch und Preston, ihr Stirnband. Das letzte davon fand seinen Weg tatsächlich zu mir. Wohingegen ich es nicht cool auffing. Es flog mir mitten ins Gesicht. Zum Glück bestand es nur aus Stoff. Neongrünem Stoff.

»Wieso ist meines pink?«, echauffierte sich Hunter über die Farbe seines Bandes.

Kichernd setzte ich es ihm auf und verlor mich wieder in Gedanken. War ich tatsächlich besser als die anderen gewesen? Das konnte ich mir kaum vorstellen. Klar brillierte ich für meine Verhältnisse, aber im Vergleich zu meinen Mitcampern sah ich mich im hinteren Mittelfeld.

»Erde an Bailey?«

Ich schüttelte den Kopf.

»Was gibts, Fabienne?«

»Hättest du jemals gedacht, dass wir ausgewählt werden? Wir!« Ihr freudestrahlendes Gesicht erwärmte mir das Herz.

Sie hatte recht. Gerade wir.

Ich spürte die an uns gerichteten Todeswünsche der anderen regelrecht in meinem Rücken. Sie konnten das ebenso wenig nachvollziehen. Das entnahm ich auch ihren Gesichtern.

»Hätte ich niemals vermutet«, sagte ich abwesend.

»Glückwunsch«, nuschelte jemand hinter mir.

So weit es ging, drehte ich drehte mich um.

»Theo.«

»Danke. Schade, dass du nicht ausgewählt wurdest«, fügte ich hinzu.

Peinliche Stille. *Hallo?*

»Ja.« Meine Einsilbigkeit war zum Mäusemelken.

»Meine Partnerin in der Prüfung ist auch nicht die Beste gewesen.« Theo kratzte sich verlegen am Hinterkopf.

»Das stimmt.«

»Aber du warst gut. Sehr gut sogar!«, betonte er.

Sein verschmitztes Grinsen machte es mir schwer, unseren Zwischenfall von letztens zu vergessen. Dadurch wirkte er so ehrlich, als könnte aus seinem Mund gar nichts Böses mehr kommen. Immer, wenn wir uns näherkamen, musste ich aber daran denken.

»Danke dir. Habe ich Hunter zu verdanken.«

Theos linkes Auge zuckte und seine Haltung verhärtete sich.

»Ich habe meinen Namen gehört«, sang Hunter neben mir und legte den Arm um mich.

»Ich habe Theo erzählt, dass du mir mit meiner Gabe geholfen hast. Ohne dich hätte ich das nicht geschafft! Danke!«

Er winkte ab, freute sich aber sichtlich über meine Dankbarkeit.

»Gern geschehen, Fleur. Theo! Du wirst fehlen, Bro!«

Theo lächelte angestrengt. Kam es mir nur so vor oder wurde es trotz der Hitze kalt? »Viel Spaß euch noch, ich aber muss unter die Dusche.« Mit diesen Worten verabschiedete er sich und verschwand, ohne auf eine Antwort zu warten.

»Wir treffen uns in zehn Minuten vor der Feuerstelle«, übertönte Piper alle. Einige nuschelten noch, doch die meisten wurden ruhig und nickten.

Was würde mich in diesem Wald erwarten? Einhörner?

***

»Wir sind nur eine kleine Gruppe, damit die Sicherheit gewährleistet werden kann. Wir bleiben alle zusammen. Niemand büxt aus. Harry bildet das Schlusslicht und ich gehe vorneweg«, erklärte Piper.

»Ja, Mami«, veräppelte Fabienne sie leise, sodass nur ich es hörte.

Unter normalen Umständen hätte ich gelacht, aber vor einer magischen Kuppel zu stehen, weil man in einen Wald geht, war nicht meine Definition von normal. Aber was war schon normal? Ich sicherlich nicht.

Unsere Campleiterin drehte sich um, band ihre dünnen, weißen Haare, die ihr bis zur Mitte des Rückens reichten, hoch und legte ihre Hände an die beinahe vollkommen transparente Schutzmauer. Sie schlug Wellen wie Pudding. Wolken schoben sich vor die Sonne. Die Hitze blieb, auch wenn meine Angst mich frieren ließ. Ich fröstelte vor Angst.

Die Finger von Piper zitterten. Ihre Hand folgte. Die Arme spannten sich an und zuckten wie Schlangen, die sich unter ihrer Haut wandten. Glänzende Schlieren zogen sich durch die Barriere.

»Was macht sie da?«, sprach ich meine Gedanken aus.

Wie ein Wurm aus seinem Loch wand sich James zwischen Fabiennes rechter und meiner linken Schulter in die Höhe und sah mich an, wenn auch mit schwarzer Brille auf der Nase.

»Sie öffnet die Mauern für uns«, klärte er mich ungefragt auf. »Die Magie, die sie erschaffen hat, geht vom Baum der Ewigkeit aus. Nur jemand von hohem Rang kann das.«

»Schön für dich, James von und zu Besserwisser. Niemand hat dich gefragt«, spie Fabienne ihm entgegen und peitschte ihm mit ihrem Zopf ins Gesicht.

Daraufhin zog er sich zurück. Kurz blickte ich hinter mich. Er wirkte bedrückt und tat mir leid. Auch wenn er meistens unausstehlich war. Wie ein Opa im Körper eines Jugendlichen. Trotzdem zog etwas anderes meine Aufmerksamkeit auf sich. Der Schutzschild, der das Camp und uns beschützte, zog sich auseinander, als spaltete Piper das Meer. Der Klang, der dabei entstand, hörte sich an, als bliese jemand durch ein Wikingerhorn zum Angriff.

»Dürfen wir nicht sowieso immer hinausgehen?« Dieses Mal war ich bedacht darauf, dass nur Fabienne mich verstand.

»Jein. Alleine schon, denke ich. Gehen mehrere hinaus, schlägt die Barriere Alarm, weil es auch Eindringlinge sein könnten, die kurz nacheinander oder zusammen hineinstürmen.«

Wie selbstverständlich sie davon erzählte, zeigte mir wieder, wie wenig ich ahnte. Wie viel Wissen mir fehlte, weil ich nicht damit aufgewachsen war. Dadurch schwirrten mir meine Eltern im Kopf herum. Vermissen war untertrieben. Sie fehlten in jeder Sekunde. Kein Wunder, waren sie doch mein Schutzschild all die Jahre gewesen. Hielten mich von allem fern. Das entwickelte sich jetzt alles zu meinem Nachteil. Selbstständig und mutig genug war ich noch immer nicht.

»Raus mit euch!«, befahl Piper mit strengem Unterton.

In Windeseile verließen wir das Camp.

»Alles klar, Piper.« Harry hatte ich lange nicht mehr gesehen. Er machte mir noch immer Angst, weil ich die Vermutung hegte, er wäre an diesem Abend, bei meiner Entführung, da gewesen.

Die Campleiterin huschte hinaus. Die beiden Barriereseiten flossen ineinander wie zwei Wellen, die sich gegenseitig absorbierten. Dabei gab es ein Geräusch, als stießen zwei Mauern gegeneinander.

»Das war krasse Scheiße«, staunte Fabienne.

»Danke, Ms Roux«, kam es von Piper.

Ihr Schmunzeln wurde von den kleinen Fältchen um ihren Mund unterstützt. Ihre dünnen Lippen unterstrich ein violetter Lippenstift.

»Dann machen wir uns auf den Weg!« Harry nahm seinen Platz als Schlusslicht ein und Piper führte uns an.

»Zum Glück kommt Seth nicht mit«, plapperte Fabienne vor sich hin.

Das trieb mir den Schweiß auf die Stirn. Warum war sie so unüberlegt? Ich räusperte mich mehrmals. Drehte mich unauffällig von links nach rechts, um nach hinten zu schauen.

»Ja, egal. Ähm, sag mal …«

Sie fiel mir ins Wort. »Der Typ geht gar nicht. Nur weil er so hypermotiviert ist, wird er auch nicht sympathischer. Ich durchschaue unsere kleine Diva. Von außen der Sonnenschein, aber eigentlich richtig fies«, lästerte Fabienne weiter und hörte nicht auf. Wie ein Zug, der, ohne zu bremsen, gegen die Wand ratterte.

»Fabienne, pscht!«

»Mach dir keine Mühe, Fleur.« Die beiden sprachen gleichzeitig.

Ich hatte es befürchtet, sie hatten uns gehört: Seths Brüder Finch und Preston. Zu spät fügten sich auch bei Fabienne die Zahnräder ineinander.

Wie von der Tarantel gestochen, drehte sie sich um und wanderte mit dem Rücken nach vorne gerichtet weiter. Sie vertraute wohl darauf, dass wir sie vor etwaigen Hindernissen warnen würden.

»Wir haben doch nicht von Seth-Seth geredet«, tat sie das Ganze ab.

»Sondern?«, wollte Preston wissen.

»Jemand von meiner Schule?« Selbst, wenn sie es überzeugender dargeboten hätte, wären ihr die Brüder nicht auf den Leim gegangen.

»Ich ... Okay. Tut mir leid. Sagt es ihm bitte nicht. Er hat mich sowieso auf dem Kieker«, flehte sie, die Hände in Gebetsstellung.

»Kann ich gar nicht nachvollziehen, warum er dich nicht mag.« Der Sarkasmus triefte aus jedem einzelnen von Finchs Worten.

Beide erinnerten mich an Seth. Als wären sie zwei Stücke aus einem Puzzle, die zusammen ihn ergaben.

Finch konnte zwar bei der Größe auftrumpfen, dafür war er aber schmal und kantig. Preston hingegen strahlte ein unglaubliches Selbstbewusstsein aus, obwohl er kleiner war als die meisten anderen.

Ich zog Fabienne in meine Richtung, damit sie nicht gegen einen Baum lief.

Sogleich reagierte sie und erhob die Stimme in Richtung der beiden Jungs. »Hört zu: Frau kann nicht jeden mögen. Was solls! Seth ist trotzdem eingebildet.« Sie redete mal wieder, ohne an die Konsequenzen zu denken.

Irgendwie bewunderte ich das an Fabienne. Mein Handeln war durchweg davon beeinflusst, was Menschen über mich reden könnten.

»Unser Bruder mag verbissen sein. Er macht das aber nicht, um sich zu profilieren«, begann Finch mit Tränen in den Augen. Er presste die Hand zusammen. Seine Fingerknöchel traten hervor.

»Nicht. Sie ist es nicht wert.«

Finch hörte nicht auf Preston und rechtfertigte das Verhalten seines Bruders ungerührt weiter. »Das Camp hier ist sein Job, wodurch er die Rechnungen bei uns zu Hause bezahlt. Für uns alle! Er muss sich beweisen, weil er noch so jung ist. Seth kann und will es sich nicht leisten, das hier«, er breitete seine Arme aus und traf dabei fast Preston, der auswich, »zu verlieren!«

Wäre es nicht Finch gewesen, hätte er nicht über Seth gesprochen und Fabienne angegiftet, wäre ich vermutlich klatschend aufgesprungen und hätte *Yas, Queen!* geschrien.

»Wow. Ich bin echt 'ne Bitch.« Wir rissen alle drei die Augen auf und starrten Fabienne an, die sich wieder umdrehte und nach vorne schaute. »Tut mir leid. Ich werde mich bei ihm dafür entschuldigen, was ich gesagt habe, auch wenn er es gar nicht gehört hat.«

Was war bloß in Fabienne gefahren? Normalerweise hätte sie nicht nachgegeben und vor allen zugegeben, im Unrecht zu sein.

Finch und Preston ließen sich zu James zurückfallen. Anscheinend waren sie selbst sprachlos.

Ich fasste Fabienne an die Schulter. »Alles klar?«, vergewisserte ich mich.

»Ja, es ist nur ...« Fabienne biss sich auf die Unterlippe und schnalzte ununterbrochen mit dem Armband auf ihre Haut.

»Noelle hat in unserem letzten Gespräch gesagt, dass wir Fortschritte machen. Vor allem, weil ich in diesem Essproblemkreislauf erst seit der Modelagentur stecke und das ist erst wenige Wochen her.«

Ich verstand nicht. Vögel auf den Baumkronen zwitscherten und es wirkte so, als pflichteten sie mir bei.

»Das ist doch toll, oder?«

»Schon, aber sie meinte auch, dass ich andere auf ihre eigenen Probleme hinweise, um von meinen abzulenken. Wollte ich natürlich nicht hören, aber ...« Fabienne blickte zu mir und lächelte traurig. »Jetzt habe ich es bemerkt. Ich mache Seth fertig, ohne die Hintergründe zu kennen. Dieses Modelleben hat mich komisch gemacht.«

»Sei nicht zu hart zu dir selbst«, versuchte ich sie aufzumuntern. Ihr Geständnis kam unerwartet, sodass ich mir keine Worte zurechtlegen konnte.

»Ich werde ein Stückchen weiter nach vorne gehen, um ein bisschen nachzudenken, okay?«

»Okay«, antwortete ich Fabienne und schaute ihr hinterher, wodurch ich einen Busch mit Beeren entdeckte. Keine Ahnung, was es für welche waren, aber dadurch erfasste ich erst wieder die Tatsache, dass wir im Wald waren. Diese Diskussion hatte mich blind dafür gemacht.

Wir schritten einen Pfad entlang. Einige traten auf Äste, die knirschten. Tiere verkrochen sich ängstlich, lugten aber interessiert aus ihren Löchern. Durch die Blätterdecke über uns schlichen sich sogar die Sonnenstrahlen zurück.

Sämtliche Düfte des Waldes drangen in meine Nase. Holz, Gras, Blätter, Erde. Ich roch alles. Im Camp wirkten diese Gerüche eher dumpf, als schottete die Schutzmauer sie auch teilweise ab.

Es war ein herrlicher Tag. Einzig meine Schuhe, die mich jeden Stein unter mir deutlichen spüren ließen, nervten mich.

»Na, Waldprinzessin?«

»Du störst meine himmlische Ruhe, Hunter!«

Er hopste neben mich und hielt mir etwas hin. Bei genauerem Betrachten erkannte ich es. Er hatte gebastelt. Einen kleinen Ring aus Waldveilchen, zusammengeschnürt mit Blumenstängeln.

»Willst du mich heiraten oder was?«, fragte ich belustigt.

»Quatsch! Das ist kein Ring, sondern ein Abzeichen. Für deine bestandene Prüfung!«, protestierte Hunter und reichte ihn mir.

Ich wollte nicht blauäugig irgendeinen Vertrauensbonus verschenken, dennoch mauserten sich Hunter und Fabienne zu einer neuen Art Familie für mich. Wahrscheinlich brauchte ich das, nachdem mich all die Jahrzehnte meine eigene beschützt hatte, wenngleich mich das oft zur Weißglut getrieben hatte.

Mein Mund öffnete sich, aber ich brachte nichts heraus. Was für eine wunderschöne Geste. Langsam korrigierte sich mein Leben selbst wieder und richtete mich in einem neuen ein. Wäre da nur noch Theo, der mich verzweifeln ließ.

»Danke, Hunter! Das ist, ...«

Sein Gesicht wurde innerhalb einer Sekunde kreidebleich. Das Eisblau seiner Augen ließ mich einfrieren. Alles ging so schnell vonstatten.

»Fleur, pass auf!« Sein Mund war so weit aufgerissen wie bei einem Löwen.

Er musste schreien. Doch ich hörte alles wie in Watte gepackt. Wie damals, als ich entführt wurde.

Hunter riss seine Arme vor und schmiss mich harsch zu Seite. Ich knallte gegen einen Baum. Das Abzeichen fiel zu Boden.

Etwas schoss wie ein Schatten aus dem Dunkeln des Waldes und traf Hunter wie einen Pfeil. Jemand stieg auf das gebastelte Abzeichen und zerfetzte es.

Ich verstand die Welt um mich herum nicht mehr. Fabienne rannte zu mir. Brüllte mich an. Sie heulte und fuchtelte wie wild um sich.

Was war geschehen?

Paralysiert umklammerte jemand meine Haare und zog mich hoch. Pipers weiter Rock, der bis zum Boden reichte und schmutzverschmiert war, flatterte um ihre sehnigen Waden, als sie zu mir lief. Alles passierte wie im Zeitraffer. Lautlos wie ein Stummfilm.

Mit Zeige- und Mittelfinger wischte sie von links nach rechts. Der Druck an meinem Kopf ließ nach.

Ich stürzte zurück zu Boden und schaute nach hinten. Dann sah ich sie.

Leuchtende Augen.

Bon Appétit

Vor mir erhob sich ein Bär, der den aus meiner Prüfung um einiges überragte. Dieser sah aus wie ein Bär auf Steroiden nach zwei Jahren Fitnessstudio.

»Fleur!«, rief James eindringlich.

»Geh langsam zurück.«

Meine Beine fühlten sich an wie Badeschaum. Irgendwie schaffte ich es rückwärtszugehen.

Bei den anderen stellten Preston, Finch, James, Fabienne und ich uns in einem Kreis, Schulter an Schulter, auf. In der Mitte stand Piper, die mithilfe ihrer Gabe einige Zentimeter über dem Boden schwebte. Fliegen konnten Enchanter mit Telekinesekräften nicht, aber die Starken schafften es, den eigenen Körper in die Höhe zu bewegen.

»Es sind mehrere«, beschwor uns Piper.

Da fiel auch bei mir der Groschen. Das ist kein Bärenangriff. Hier ging es um …

Gestaltwandler!

Als hätte sich ein Schleier gelichtet, erspähte ich überall Augen. Tieraugen!

»Was sollen wir jetzt machen?«, hakte James ängstlich nach.

Gerade er geriet in Panik? In der Prüfung hatte er sicher gewirkt, als könnte ihn kein Orkan der Welt aus der Ruhe bringen. Was hatte sich geändert?

»Haltet euch bereit! Genau für so was trainiert ihr«, wies uns Piper zurecht.

Die Tiere näherten sich. Ein Bär, zwei Wölfe und ein Fuchs. An den Bäumen eine Fledermaus. Und ein … ein Puma? Aber nicht irgendeiner. Er hatte silbernes Fell. Es glänzte wie Fäden aus purem Silber. Neongrüne Augen. Nicht irgendwelche, sondern *diese* Augen.

»Hunter!«, lärmte ich.

Ich lief los, doch Piper warf mich zurück. »Keiner verlässt die Kristallformation!«

Sie sprach von einer unserer Stellungen, in die wir uns brachten, wenn es Kämpfe gab und wir mindestens fünf Leute waren. Die Übungen brachten tatsächlich etwas. Niemand fackelte lange, jeder handelte.

»Aber er ist verletzt! Er blutet!«

»Bailey!« Sogar Fabienne befand sich im Enchantermodus und hielt nicht zu mir.

Klar verstand ich ihre Einwände, aber es war Hunter, der dort am Boden lag. Dabei sollte ich es sein. Er hatte mich gerettet.

Die Gestaltwandler sahen sich gegenseitig an. Was geschah hier? Sprachen sie sich ab?

Ich roch den Schweiß der anderen. Oder war es meiner? In Alarmbereitschaft verfolgten wir ihre Blicke. Keiner sagte es laut, aber wir alle dachten das Gleiche: *Unsere Feinde machten sich bereit.*

Die Atmosphäre spannte sich weiter an. Ich fühlte einen Tropfen meine Wange hinunterrinnen. Meine Wade verkrampfte sich. Fabiennes Hand fand meine. Ich spürte ihren Herzschlag.

Sie taten den Anfang. Ein Wolf sprang auf Fabienne zu. Piper schleuderte ihn gegen einen Baum. Aus einer Fledermaus wurden drei. Sie flogen um unsere Campleiterin. Verwirrten sie. Fabiennes Wolf kam zurück. Ein anderer suchte sich Preston aus. Der Bär hechtete auf allen vieren zu Finch.

Ich wollte Fabienne helfen.

»Nein! Jeder achtet auf sich selbst, verdammt!«, schimpfte Harry.

Ihn übersah ich. Gewollt oder unbewusst? Fakt war, dass ich ihm nicht traute. Dennoch kämpfte er auf unserer Seite gegen einen schwarzen Panther. Wie ein Sumoringer warf er seinen Körper auf den Gestaltwandler.

Wie erstarrt, vergrub ich mich in die Augen des Pumas. Meine Organe fühlten sich leblos an. Alles in mir zitterte. Mir wurde bewusst, dass jeder Funke meiner Seele überleben wollte. Ein Blatt fiel vom Baum neben den Puma. Überlebte ich diesen Hinterhalt nicht, würde ich nie wieder die Adern eines Blattes nachzeichnen können. Das würde nicht passieren.

»Verschwunden sei schon der Wolfssohn«, reimte Fabienne mehr schlecht als recht. Doch es klappte.

Vor ihr blitzte eine Sekunde lang eine Lichtkugel auf, die den Wolf abwehrte. Gegen den Baum geprallt, knurrte er in ihre Richtung, blieb aber liegen.

»Puh, bin ich gut«, sagte sie, seufzte und knackte mit ihrem Nacken.

Auch Preston und Finch reimten sich ihre Tiere vom Hals, zumindest nahm ich ihre Sprüche wahr, was bedeutete, dass sie lebten. James winselte irgendwo im Kreis hinter mir, schien aber zumindest bei Bewusstsein zu sein.

Mein Puma lag auf der Lauer. Wartete er ab? Wollte er mich verunsichern? Plante er etwas oder lag ich mit meinem Nichtstun in seiner Falle? Seine Augen wanderten hoch. Nur einen Moment. Ich tat es ihm gleich und erkannte, was jeder übersah: eine gigantische Spinne, wohingegen die Spinnen aus Harry Potter Ameisen glichen.

»Ach du heilige Scheiße!«

Außer Puste wandten die anderen sich mir zu. Ihre Gegner umzingelten uns, hielten sich jedoch zurück. Wir gewannen nicht allmählich die Oberhand, sondern fielen auf ihren Trick, uns abzulenken, herein. Nach und nach entdeckten sie die Spinne. Nachdem das Monster aufgeflogen war, schoss es zwei seiner Fäden direkt auf Piper und Harry.

Verklebt von dem Zeug, löste sich Pipers Zauber und sie flog zu Boden. Harry klebte am Panther fest, der dadurch allerdings auch kampfunfähig war.

Ehe wir die Situation begreifen konnten, hatte sie den nächsten auf Fabienne gefeuert.

»Nein!«, hörte ich mich selbst rufen und schreckte ihr die Hand entgegen.

Ich schaffte es zwar nicht, den Spinnfaden wegzuschleudern, doch er stoppte wenige Zentimeter vor meiner Handfläche. Die Spinne drückte sich stärker dagegen. Nicht aufzugeben, kostete mich unendlich viel Kraft.

Um mich abzulenken, platzte mehr klebriges Zeug aus ihrem Körper. Direkt auf …

»Hunter!« Fabienne schrie seinen Namen. Mir blieb er im Halse stecken.

James sprang dazwischen. Ihm fiel der Saft der Spinne direkt ins Gesicht, das Tier schleuderte ihn auf Hunter und die Insektenflüssigkeit versperrte ihm die Sicht.

»Scheiße, Fabienne! Er bekommt darunter bestimmt keine Luft«, schrie ich.

Nervös zappelte sie hin und her.

»Zwei Löcher braucht er zum Atmen«, sie gestikulierte wild mit den Händen, »der Spaten!«

Dort, wo ich seine Nase vermutete, rissen zwei Löcher ein. Somit konnte James wieder atmen. Schweiß lief mir über die Stirn, weil ich noch immer den Faden der Spinne zurückdrängte. Nichtsdestotrotz warf ich Fabienne einen *Ernsthaft?*-Blick zu.

»Mir fiel kein besserer Spruch ein. Es hat doch funktioniert«, verteidigte sie sich.

Komische Laute weckten mein Interesse. Mein Kopf sauste hoch. Die behaarten Beine, der überwucherte Körper und die gruseligen Augen bohrten sich in mein Gedächtnis. Dieser Anblick hatte sich in meine Seele gebrannt. Es machte den Anschein, als kommunizierte das Vieh mit den anderen.

»Was haben die vor?«, fragte Preston.

»Tja, da hast du deine Antwort, Brüderchen«, zischte Finch.

Die Tiere um uns betrachteten das als Startschuss, uns geballt anzugreifen. Alle sprangen sie auf uns zu. Und einer hatte es dabei auf mich abgesehen: der Silberpuma!

Ich fühlte mich wie elektrisiert.

»Los! Ein Zauber als Schutzschild«, erteilte Finch die Anweisung aus dem Unterricht.

Finch, Preston und Fabienne reichten sich die Hände.

»Geschützt vor Wandler und Funktionäre, erscheine nun: Barriere!«, kam es von Preston.

»Vor den Tieren hier vor uns wild, schütze ich uns mit einem Schild«, reimte Finch.

»Bevor die Stimmung wird grauer, erschaffe ich diese Mauer.« Selbst Fabienne brachte im Eifer des Gefechts einen akzeptablen Spruch zustande.

Eine magische Vorrichtung floss um die drei, als hätte jemand mit einer Nadel in die Wirklichkeit gestochen, die nun blutete.

Unsere Kontrahenten prallten allesamt daran ab. Nur ich war nicht geschützt. Es fehlte ihnen die Zeit, mich zu umkreisen, weshalb ich zwar links, rechts sowie hinter mir geschützt wurde, für meine Sicherheit über und vor mir jedoch selbst verantwortlich war.

Der Puma blieb als Letzter übrig. Wie ich. Die Spinne konzentrierte all ihre Kräfte auf den Faden, der mich treffen sollte. Weitere Fäden schleuderte sie auf die Schutzmauer. Nicht nur das. Die anderen Gestaltwandler sprangen immer wieder gegen den Schild.

Ich hörte das Keuchen von Fabienne, Finch und Preston. Es fiel ihnen schwer, die Barriere aufrechtzuerhalten.

Der Puma fraß sich mit seinen in meine Augen. Zögerte er oder wollte er mich verunsichern? Die Spinne stieß einen schrillen Ton aus.

Die Katze sprang hoch, bleckte die Zähne und befand sich im Sturzflug auf mich zu. Es war so weit und ich hoffte, meine Kräfte blieben bei mir. Noch war ich am Leben. Ich war am Leben!

Mit einem Ruck preschte mein Arm nach vorne. Wie beim Faden stemmte der Puma sich dagegen. Meine Gabe reichte nicht aus, um ihn wegzuschleudern. Aber meine Telekinese fügte sich und hielt ihn auf Abstand. Schnell merkte ich, dass meine Kraft sich verteilte.

Entweder der Puma oder der Faden. Beides schaffte ich einfach nicht.

Zerfleischt werden oder vom Faden zu Boden geschossen, auf den dann auch der Puma folgen würde?

Mama, Papa ich brauche euch! Ich kann das nicht. Ich bin ein Nichts alleine.

Die Magie, die aus mir spie, riss meine Haut leicht auf. Blut floss von der Hand, die ich hochhob, hinunter in mein Shirt. Es fühlte sich an wie kleine Blitze, die aus mir schossen und ihren Tribut forderten.

Mein Körper bebte. Der Druck auf dem Spinnfaden wuchs an. Der Puma mobilisierte seine Kräfte. Meine Arme gaben nach und beide Ellbogen knickten ein.

Todesangst peitschte die letzten Kraftreserven wie ein Notaggregat aus meinen Poren. Wie lang würden diese noch reichen?

»Bailey! Gib nicht auf«, lärmte Fabienne hinter mir.

Sie schluchzte auf. Finch und Preston ermutigten mich ebenfalls. Jetzt konnte ich einen Cura brauchen, der mich heilte. Doch die drei, die dabei waren, lagen ausgeknockt um mich verteilt.

Ich spürte Pipers und Harrys Blick auf meinem Rücken. Wahrscheinlich waren auch ihre Münder verklebt von der Spinne. Die Situation wurde immer aussichtsloser für mich. Musste ich einsehen verloren zu sein?

Das Kraftfeld, das sich wie weißlicher Rauch vor mir aufgebauscht hatte und den Puma sowie den Faden abblockte, blinkte.

»Nein, bitte, Bailey! Bitte nicht. Kämpfe! Ich brauche dich. Und deine Eltern. Deine Freunde zu Hause.«

»Was Fabienne sagt«, stimmten Finch und Preston zu, »ist wahr.«

Ich hörte, dass die drei ebenfalls erschöpft waren. Unsere Feinde, die unaufhörlich gegen die Barriere sprangen und sie schwächten. Sie gaben nicht auf.

Tränen flossen und wärmten meine Wangen. Entschlossen starrte ich dem Silberpuma in die Augen.

»Noch bin ich nicht besiegt.« Mein Flüstern war so leise, dass nur der Puma es wahrnahm, der sich beinahe bis zu meinem Gesicht vorgekämpft hatte. Meine Telekinese hielt ihn kaum noch zurück.

Ich hatte einen Plan, aber er könnte mich töten – das könnte das Nichtstun auch. Was sollte ich machen? Ich war nicht in der Lage, das alleine zu entscheiden.

Machtlos und ohne die Fähigkeit, mein Leben selbst zu bestimmen, brach etwas in mir wie eine Fensterscheibe. Mein Willen.

»Fleur, deine Eltern haben dich nicht festgehalten, weil sie dachten, du schaffst es nicht, sondern meinetwegen. Glaub an dich!«, kam es von Piper.

Wie hatte sie ihren Mund aus den Fäden befreit? Was meinte sie? Wieso ihretwegen? Ihre Stimme klang nicht mehr kontrolliert und voller Contenance wie sonst. Tausend neue Fragen schossen mir in den Sinn wie ein Feuerwerk. »Du kannst das. Du bist eine von uns. Reiß dich verdammt noch mal zusammen!«

Hatte Piper recht?

Ja, reiß dich zusammen, Fleur!

Ich setzte meinen Plan in die Tat um. Zögerlich zapfte ich etwas Kraft von dem Arm ab, der mit dem Spinnfaden beschäftigt war, und sandte sie in den anderen. Nur so viel, dass ich die Spinne noch abwehren konnte. Die Folgen spürte ich sofort. Der Faden drückte sich stärker entgegen. Ein lautes Knacken hallte Sekunden später in meinen Ohren wider. Der Schmerz, der nun folgte, explodierte durch meinen gesamten Körper. Ich schrie auf, als wäre ich eines der Tiere. Mein Arm war gebrochen.

Diese Qual erweckte etwas, das tief in mir schlummerte. Und dieses Etwas schoss durch mich hindurch wie die letzte Welle eines Tsunami. Blitzschnell schleuderte meine Gabe den Puma von mir weg und gegen einen Felsen.

Meine letzte Kraft richtete ich nun gegen die Spinne über mir. Sie konnte ich zwar nicht wegkatapultieren, aber dafür rissen ihre Fäden durch und das Monster fiel nach unten.

Diese Zeit nutzte ich und befreite Piper.

Mit einem schwungvollen Dreh um die eigene Achse und einer unmenschlichen Wut in den Augen schleuderte sie alle Tiere um uns tief in den Wald hinein.

»Jetzt, Fleur!«

Zügig riss sie die Arme zurück und reckte sie ebenso schnell der Spinne entgegen. Ich machte es Piper nach und gemeinsam flog das Vieh im hohen Bogen ins Nirgendwo.

Fabienne, Finch und Preston lösten den Schild auf und ließen sich auf die Knie fallen.

»Danke, ihr drei. Ohne euch hätte ich keinen Mut gefunden durchzuhalten«, sagte ich erleichtert.

»Dein Arm«, begann Finch.

»Ist im Arsch, aber wofür haben wir denn Curas?«, beendete ich seinen Satz und biss die Zähne zusammen, auch wenn meine Schmerzen mich betäubten.

Während ich mich bedankte, rettete Piper Harry und jagte den Panther davon. All die ausgestoßene Magie um uns surrte in meinen Ohren und roch nach verbranntem Fleisch. Die Sonne ging unter und legte einen orangenen Schleier um uns.

»Schnappt euch James und Hunter und lauft!«, brüllte uns Harry entgegen.

Denn von Weitem hörten wir die Wandler bereits zurückkehren.

Heute sind wir unaufhaltsam

»Beeil dich!«, quengelte und trippelte Fabienne.

Nervös blickten wir uns alle um. Die Nacht ergoss sich über die Welt.

»Sag das noch einmal zu mir, junges Fräulein, und ich lasse dich draußen!«, spie Piper ihr entgegen.

Wieder musste ich an ihre Worte denken. Für den Moment verschob ich sie. Vor Anspannung spürte ich kaum die Schmerzen in meinem Arm. Er hing herunter, als gehörte er nicht mehr zu mir.

Harry hatte mir einige Male angeboten ihn zu heilen, aber wir mussten uns sputen. Natürlich spielte die Tatsache, dass ich ihm nicht traute, ebenfalls eine tragende Rolle.

Piper schwächelte. Die Barriere öffnete sich langsam. Sie wirkte nervös. Ich schätzte, es lag nicht an ihrem Respekt vor den Gestaltwandlern, sondern an ihrer Sorge um uns. Sie trug die Verantwortung für unser Leben, solange wir hier außerhalb des *Agony Grove Camps* waren.

Die Kühle der Dunkelheit umhüllte mich wie ein nach Hause gekehrtes Kind des Waldes. Allerdings prallte sie an der Hitze meines Körpers ab. Seit dem Kampf stieß er Adrenalin aus. Es wollte gar nicht mehr aufhören. Ich zwang mich, die Stimme in meinem Kopf zu unterdrücken, die ständig sagte: *Bleib und kämpfe. Ziehe dich nicht zurück!*

Es raschelte. Alles erstarrte. Selbst Piper, bis sie sich besann und damit fortfuhr, die unsichtbare Mauer zu beschwören.

»Mommy«, jammerte jemand hinter mir.

»Fabienne, bitte!«, keifte ich zurück.

Deswegen entdeckt zu werden, wäre mehr als unvorteilhaft gewesen.

»Das war ich nicht«, erklärte sie mir.

»Du hast dann wohl mich gehört«, gab Preston zurück.

Ach? Doch nicht der starke Macker!

»Haltet alle die Klappe und kommt rein!« Die Löwin hatte gebrüllt.

Wir folgten Pipers Anweisung und sausten in Windeseile durch die Öffnung zum Camp. Jetzt erst bemerkte ich, wie faszinierend der Anblick war. Von außen sah es aus, als wären wir vor einer großen Lichtung neben einem See mitten im Wald. Nur durch die aufgeschobene magische Barriere erhaschte man einen Blick auf unser Camp.

Leider blieb keine Zeit, das zu bestaunen. Schlimm genug, dass die Wandler unsere Fährte aufgenommen hatten. Fanden sie uns, kannten sie unseren Standort.

»Los, los!«, drängelte Harry.

Er stand mit Piper am Spalt. Zu meiner Schande rannte ich als eine der Ersten in das Camp. Gierend nach Sicherheit, wie ich sie von Zuhause kannte, sprang ich regelrecht hinein. Zu groß war meine Angst, nochmals auf den Silberpuma oder die Big-Mama-Spinne zu treffen.

»Platz da!«

Dieses Mal erkannte ich ihre Stimme. Fabienne fiel neben mir zu Boden. Ich kniete neben ihr. Sie weinte. Erst ein leises Wimmern, worauf ein lautes Schluchzen folgte wie eine kaputte Spieluhr, die stecken geblieben war.

Fabienne streckte einen Arm aus und sog den Atem ein. Ihr ganzer Körper erstarrte, nur um gleich danach zu bibbern wie bei einem Erdbeben. Ihre Lippen entfernten sich voneinander. Sie quiekte, aber es kam kein Laut aus ihrem Mund. Die Lider bis aufs Äußerste geöffnet, sodass ich Angst hatte, ihre braunen Augen fielen heraus.

Ich folgte ihrem Arm, drehte meinen Kopf. Dann sah ich sie.

»Wandler!«, brüllte ich mit all der Kraft, die ich in mir auftrieb.

Finch, Preston, Piper und Harry entdeckten sie. Ihre Augen glühten in der Schwärze des Waldes wie Glühwürmchen. So friedlich sie auch wirkten, so todbringend war die Bedeutung ihrer Präsenz.

»Hinein!« Harry rannte mit Hunter und James auf jeweils einer Schulter hinein. Seine Statur verhalf ihm dabei, sie mühelos zu tragen.

Die Feinde preschten aus dem Wald wie wild gewordene Pferde und schossen auf uns zu. Peitschten sich gegenseitig mit ihrem Gebrüll an.

Finch und Preston nahmen die Beine in die Hand und flogen beinahe über das matschige Gras. Piper schleuderte mit flinken Handbewegungen einige Tiere weg. Ich konnte nicht sagen, was auf uns zuraste. Zu schnell, zu dunkel, zu verängstigt war alles.

Die anderen im Camp bekamen den Lärm mit und eilten zu uns. Allen voran Seth. Sofort erkannte er den Ernst der Lage und seine beiden Brüder.

»Nein, nein, nein, nein«, hörte ich ihn immer lauter werdend reden.

»Finch, Preston!«

Der große Bruder sprintete ihnen entgegen.

»Stoppt ...«, er stockte.

»Haltet sie Zaum, äh, im Zaum.« Seth bekam keinen geraden Zauberspruch heraus. Seine Augen füllten sich mit Tränen.

»Lauft!«, schrie er seinen kleinen Brüdern entgegen.

Mein Kopf sauste zu Finch und Preston. Ihr Gesicht sprach Bände. Verängstigt gaben sie nicht auf. Ihre Mimik war festgefroren zum puren Ausdruck der Todesangst.

Piper wusste nicht mehr, wohin sie schauen sollte. Irgendwer aus dem Camp wollte helfen. Piper warf ihn mit ihrer Gabe zurück. Keiner sollte zu weit hinausgehen.

Seth kam dazu. »Stopp!«, brüllte er. Spucke spritzte aus seinem Mund. Sein Kopf war vor Anstrengung rot geworden.

Warum waren die beiden überhaupt so weit zurückgefallen?

Dieses einzige Wort ohne eine weiteren Reim hatte genügt und mindestens die Hälfte der Tiere war eingefroren.

Irritiert schaute Piper zu Seth. Nur eine Sekunde. Ich bemerkte es. Durfte er so viel Macht etwa gar nicht besitzen?

Mit neu gewonnenem Mut rannten die beiden Brüder um ihr Leben. Bis einer von ihnen auf eine zu weiche, matschige Stelle am Boden trat. Er fiel. Der andere hielt an. Die Tiere näherten sich. Alles geschah gleichzeitig zu rasant und dann wieder wie in Zeitlupe.

Die Tiere waren da!

Piper riss die Hand zu sich. Der Bruder auf den Beinen flog schnurstracks in das Camp. Wie ein Gummiband, das zurückschnellte. Sie hatte ihn gerettet. Mit der zweiten Hand holte Piper wieder aus. Seth murmelte etwas. Ich sprang auf. Jemand hielt mich von hinten fest. Fabienne trommelte auf den Erdboden.

Eines der Tiere sprang auf ihn zu. Es war ein Panther. Oder der Puma? Ein Fuchs? Ein Wolf? Ich wusste es nicht. Er biss ihm in die Kehle. Das Letzte, was ich vom Rotschopf gesehen hatte, war spritzendes Blut gewesen, ehe der Wandler ihn zurück in den Wald zerrte.

Die anderen rannten weiter auf uns zu.

Piper warf Seth zurück und schloss in Windeseile die Barriere. Allesamt rannten sie gegen den Schutzwall. Wir sahen sie noch. Fratzen, die sich kleinen Kindern gleich an die durchsichtige Mauer drückten wie an eine Glastür.

Wir sahen sie. Sie uns nicht mehr.

Und zum ersten Mal erfuhr ich, dass ich das alles hier nicht mehr als Spiel ansehen konnte. Es niemals eines war. Gestorben. Das Leben ausgelöscht, als hätte man niemals gelebt. Grausamkeit erreichte ein ganz neues Level. Vor kurzer Zeit hatte ich noch mit ihm gesprochen.

Seth rutschte zu Boden und schlug gegen die Barriere. Schimpfte, fluchte, übergab sich und heulte. Er schrie Zaubersprüche, die alle ins Nichts glitten. Die Mauer konnte ihm auch nicht helfen. Er flehte Piper an. Sie wich seinem Blick aus und schaute zu Boden.

Ich fühlte mich so hilflos. Planlos knetete ich meine Finger und weinte. Wir alle weinten. Zum ersten Mal taten wir wirklich alle etwas gemeinsam. Ohne Spielchen, ohne Gruppenbildung, ohne leises Gekicher. Wir hielten alle zusammen.

Das ganze Camp hatte sich mittlerweile vor dem Schild versammelt. Die Gestaltwandler warteten außerhalb, als wollten sie uns verhöhnen, weil sie darüber im Bilde waren, wo wir hausten.

Seth nahm seinen Bruder in den Arm. Sie hatten ein Teil ihrer Familie verloren. Und zusammen zerbrachen sie daran in tausend Stücke, die sie niemals wieder miteinander verbinden konnten. Keine Magie dieser Welt war dazu in der Lage. Kleben vielleicht, aber nicht mehr heilen. Wozu hatten wir diese Gaben, wenn sie uns in diesen Situationen nichts brachten?

»Ich habe ihnen gesagt, ich entschuldige mich bei Seth für das, was ich gesagt habe. Er wird es niemals hören.«

»Fabienne, nein!«, ermahnte ich sie.

»Zieh dir diesen Schuh nicht an. Das bringt gar nichts!«

Sie nickte und brach erneut in Tränen aus.

Jetzt bemerkte ich erst, wer mich festhielt.

»Theo«, wisperte ich.

»Fleur. Es tut mir leid.«

»Ja«, ich wandte mich von ihm ab, hin zu Seth, »mir auch.«

»Was ist passiert?«, wollte er wissen.

»Nicht jetzt«, antwortete ich.

»Au!« Mein Arm! Das Adrenalin ließ nach und die Schmerzen kamen zurück.

»Ist er gebrochen?« Theo betrachtete ihn näher und was er entdeckte, sprach für sich.

Er pfiff und einige Curas kamen zu mir. Behutsam legten sie ihre Hände auf meinen Arm. Licht quoll aus ihnen, erhellte meine Seite. Als es erlosch, verschwanden damit auch meine Schmerzen.

»Danke.«

Zu tief saß der Verlust von Preston, als dass ich mich über das Heilen des Bruches hätte wundern können.

»Nichts zu danken«, sagte einer von ihnen. Sie zogen sich zurück.

»Theo.«

»Ja?«

»Ich möchte sie alle umbringen«, nuschelte ich.

Jemand musste den Tod von Preston rächen und niemand konnte mich aufhalten.

Aus Magie gewoben

Vorsichtig strich ich über meinen Arm, der gestern noch gebrochen gewesen war.

»Es fällt mir schwer, alles zu begreifen. Vor einiger Zeit dauerte ein Knochenbruch Wochen, um zu heilen. Jetzt«, ich schnippe mit meinen Fingern, »einfach so.«

Noelle nickte und nahm ihre Brille von der Nase, die an einer goldenen Kette hing.

»Weißt du, warum ich diesen Job hier angenommen habe und warum wir eine Krankenstation haben?« Ich verstand nicht, worauf sie hinauswollte.

»Nein?« *Woher auch?*

»Ich kam mit dem Kämpfen nicht zurecht. In meinem Zuhause in Pasadena ist die Welt noch in Ordnung. Obwohl ich mit all dem aufgewachsen war, begriff ich es nicht. Erst als ich nach dem Camp die ersten Angriffe mitbekommen habe«, erzählte sie mir und wickelte eine graue Strähne auf ihrem Finger auf.

»Deswegen habe ich die Stelle als Betreuerin hier angenommen. Oftmals verstehe ich verletzte, verstörte Jugendliche besser.«

»Besser als all die *Agony-Grove*-Fahne schwenkenden Patrioten«, ergänzte ich.

Sie schmunzelte und setzte die Brille wieder auf.

»Ja. Was ich damit sagen will, es fällt vielen schwer. Nicht nur dir, Fleur. Dennoch sind wir alle aus Magie gewoben. Sie folgt keinen biologischen Regeln und sie hätte dich nicht auserwählt, wärst du es nicht wert.«

Auf eine komische Art und Weise ergaben Noelles Worte einen Sinn. Sie erreichte mich und in meinem Kopf machte es Klick.

Das half mir auch zu verstehen, was Hunter mir erklärt hatte. Bereits während man gezeugt wird, fließt die Magie unserer Eltern mit und entscheidet, ob sie sich uns anschließt oder nicht. So erklärte ich mir zumindest die Willkürlichkeit, die entschied, wer mit einer Gabe ausgestattet wurde und wer nicht.

Deshalb hatte die Magie Hunter zu einem Cura gemacht, obwohl es für seine Familie unüblich war. Die Magie erkannte in ihm einen Heiler. Aber in mir? Eine Kämpferin?

Die bedrückende Schwere des kleinen Holzzimmers erschlug mich. Abermals zog dieses Denken an die Gaben meine Aufmerksamkeit auf Preston. Die Bilder blieben, purzelten nicht wieder aus meinem Kopf.

Sein Blick an Seth. Das Tier, das auf ihn sprang. Die Furcht, als er fiel. Der Biss, der nicht nur seine Kehle durchriss, sondern auch seine Verbindung zum Leben. Und dann der tote Körper, den sie durch den Wald schleppten.

Ich presste meine Augen zusammen. Nach langem Unterdrücken würgte ich. Tränen ließen meine Sicht verschwimmen. Die Trauer brannte an meinem Gaumen.

»Preston?«

»Mhm.«

»Es gibt einen guten Grund oder einen höheren Sinn für einen Tod. Meiner Meinung nach«, munterte sie mich auf. »Was du aber nicht vergessen darfst: Es bringt ihm nichts, wenn du dich fertigmachst, dir die Schuld gibst oder du dich durchhängen lässt. Es stärkt weder dich noch ihn.«

Meine Gefühle fuhren Achterbahn in mir. Ich wischte mir die Tränen weg. Sie hatte recht.

Zunächst hatte sich meine Begeisterung darüber, dass jeder, der im Wald gewesen war, mit Noelle sprechen musste, in Grenzen gehalten. Mittlerweile war ich davon überzeugt, dass es mir half.

Noelle wirkte auf mich wie ein Engel in Form einer intelligenten, einfühlsamen Großmutter. Kein Wunder, dass es Fabienne besser ging.

Wind wehte um meinen freien Nacken, da ich die Haare zu einem Dutt hochgebunden hatte. Die Tür war aufgerissen worden.

»Fleur?« Dilara stand an der Schwelle.

»Ja?«

»Piper will dich sehen.«

Das konnte nichts Gutes bedeuten.

***

Als ich Pipers Allerheiligstes betrat, hatte ich mit allem gerechnet, aber nicht damit. Die einzige runde Hütte im Camp brillierte vor allem durch Stoff. Überall hingen Tücher mit orientalischen Mustern, Teppiche in verschiedenen Farben und mit den unterschiedlichsten Formen darauf.

Ich ließ mir nichts anmerken.

»Das hattest du nicht erwartet, was?«

Zumindest dachte ich das. Anscheinend stand es mir ins Gesicht geschrieben.

»Nein, ehrlich gesagt nicht«, murmelte ich erstaunt.

Die stickige Luft und die kleinen Fussel, die im Licht tanzten, passten ebenso wenig zu meinem Bild von Pipers Hütte wie Arielle in die Welt von *Game of Thrones*.

Besser hätte es meiner Meinung nach gepasst, wenn alles penibel aufgeräumt und klar strukturiert gewesen wäre. Hier fühlte ich mich wie bei einer indischen Voodoo-Heilerin.

»Setz dich!« Es sollte wohl ein Angebot sein, klang aber wie ein Befehl.

»Wohin?«

Piper selbst saß auf einem übergroßen Kissen, das sie verschluckt hätte, wäre sie nicht so groß.

»Wohin du willst, hier sind überall Teppiche und Kissen.«

Verunsichert biss ich auf der Innenseite meiner Wange herum. Entschied mich letztendlich für den weinroten Teppich vor ihr.

Es roch nach Räucherstäbchen und ich fühlte mich, als säße ich in einem schlechten Klischee mit der falschen Person und hätte den Film verwechselt.

»Was willst du von mir?« Ich hielt es einfach nicht aus. Meine Nerven waren zu strapaziert.

Ihre Glupschaugen starrten mich an. Ihren schmalen, zerbrechlichen Körper machte sie mit ihrer Ausstrahlung wett. Tatsächlich schien sie bei der ersten Berührung zu zerbrechen. Bis man Piper kennenlernte und feststellte, sie war zäher als jeder Kauknochen.

»Ich wollte dich loben. Deine Leistung in den Wäldern war vorbildlich. Du hast besonnen reagiert, die Lage abgewogen und richtig gehandelt. Wie eine ...« Sie beugte sich zu mir vor. Ihre Ohrringe stießen gegeneinander. »... Anführerin.«

Ich grunzte.

»Alles klar.« Woher nahm ich den Mut, so zickig zu sein wie eine Vierzehnjährige?

»Mein voller Ernst, Fleur. Ich gebe zu, ich hatte Bedenken mit dir.«

Ach was?

Die knochigen Finger kratzten über die linke Augenbraue mit drei parallel verlaufende Narben darin.

»Aber die Telekinesegabe fand erneut zu seiner rechtmäßigen Besitzerin«, beendete sie ihren Gedanken.

»Ich ... Das war Zufall. Ich habe nur reagiert, wie«, sie schnitt mir das Wort ab.

»Wie du es dir gedacht hast. Das ist der Punkt.«

Ich biss mir auf die Zunge. Sie hatte ohnehin auf alles eine magische Erklärung.

»Wie dem auch sei: Ich fühle mich nicht wie eine Anführerin.«

»Natürlich nicht. Du bist ein Kind«, kam es, wie aus der Pistole geschossen, von der Campleiterin.

Ich verdrehte gedanklich die Augen. Was denn nun? Kind oder Anführerin? Räuspernd nickte ich und beließ es dabei. Manchmal brachte es nichts zu diskutieren. Außerdem besaß ich nicht das Rückgrat dafür.

»Deine Mutter ist eine Spirit.«

»Und mein Vater?«

»Spellmaker.«

Das Lachen, das mir entfuhr, wirkte bitter. Wenn sie von meinen Eltern sprach, klang es, als redete sie über Fremde. Gleichzeitig vermisste ich sie wieder.

»Woran sind sie schuld?«, hakte ich nach.

Langsam leckte sie über ihren türkisfarbenen Lippenstift, als bekäme sie so mehr Zeit zum Nachdenken. Wahrscheinlich hatte sie bereits geahnt, dass ich diese Frage stellen würde.

Piper steckte sich eine Zigarette in den Mund, die sie aus einer vergoldeten Schmuckkiste gekramt hatte, und zündete sie an.

»Alles wiederholt sich.«

Als wäre ihr Kopf plötzlich Hunderte Kilogramm schwer, stützte sie ihn auf ihrer rechten Hand ab. Die Rauchwolke, die sie ausblies, hing wie ein Schleier im Raum.

»Alles wiederholt sich«, rekapitulierte sie.

Ihr markantes Kinn zitterte. Ihr Blick wurde glasig. Die Eiskönigin hatte Gefühle?

»Preston ist meinetwegen gestorben. Ich hatte die Aufsichtspflicht. Das hätte nie passieren dürfen. Auf den stupidesten Trick bin ich reingefallen.« Es war, als spräche sie gar nicht mit mir, sondern mit sich selbst.

Ich antwortete nichts und überließ Piper die Bühne. Außerdem hatte sie recht.

»Als deine Eltern damals im Camp gewesen sind, lag es noch weiter südlich in Griechenland. Seit vielen Jahrzehnten war nichts mehr passiert. Bei einem Ausflug über das Gebirge haben uns Vogelwandler angegriffen.« Schluchzend zog sie abermals an der Zigarette. Sie hustete. Ich sah Schleim auf ihrer Zunge, den sie schluckte.

Wie lange sie diese Erinnerung wohl verdrängt hatte?

»Sie haben den Bruder deines Vaters und die beste Freundin deiner Mutter umgebracht. Beinahe wäre dein Vater auch gestorben. Er ist deinem Onkel in die Tiefe nachgesprungen. Meine Kraft hat nicht gereicht, um beide zu retten«, erzählte sie mir aufgebracht. Ihr Lidschatten verlief. So wie meine Vergangenheit.

»Ich habe noch einen Onkel gehabt?«

»Natürlich haben sie dir nichts davon erzählt. Du hättest Fragen gestellt«, nuschelte Piper in sich hinein.

Diese neuen Informationen galt es zu verarbeiten. Aber wo? In meinem Kopf gab es keine Kapazitäten für neue wahnwitzige Magiegeschichten. Auch der Ablageplatz für *Später verarbeiten* war zugemüllt.

Aus einem neuen Blickwinkel betrachtet, basierend auf den jüngsten Informationen aus ihrem Mund, passte Pipers Arbeitsplatz zu ihr. Von außen die perfekte Hütte, die den anderen glich, aber durch ihre Rundung herausstach. Drinnen ein Chaos aus Farben, Schnörkeln und Motiven, die all die wirren Emotionen der Campleiterin widerspiegelten.

Ein Teil in mir brannte darauf, sie anzuschreien, aber das wäre nicht ich gewesen. Meine Wut verzehrte sich nach einem Sündenbock, aber Piper durfte es nicht sein. Dafür wurde ich von meinen Eltern zu lange dazu erzogen, allem aus dem Weg zu gehen. Hier musste ich dies ändern, aber nicht jetzt.

»Ich werde gehen«, sagte ich und behielt all die ungesagten Dinge für mich.

»*Gehen?* Nein, hast du nichts mehr zu sagen? Es tut mir leid, dass ...« Ich unterbrach sie mit einem Kopfschütteln.

»Ich habe dich nicht um eine Entschuldigung gebeten und im Grunde genommen kannst du für all das nichts.«

Schock sprach aus ihrem Gesicht. Es half ihr nichts, wenn sie sich fertigmachte. Anscheinend versprach sie sich Heilung von meiner Wut auf sie. Doch die gewehrte ich ihr nicht.

Ihre Falten zitterten beim Beben ihres Kinns. Hatte sie sich erhofft, Buße getan zu haben, nachdem ich sie angeschrien hatte? Eine Stimme in meinem Kopf gab Piper zwar die Schuld dafür, nicht besser auf diese Jugendlichen aufgepasst zu haben. Ihre verflixte Aufsichtspflicht nicht ernster genommen zu haben. Trotzdem besann ich mich auf das eigentliche Problem: die Gestaltwandler.

Ich stand auf.

»Geht es dir wirklich um den Tod von Preston und den beiden anderen? Oder um dich, weil du als Aufsicht bei der Wanderung die Schuld abbekommen hast?«

Wild blinzelnd, setzte Piper hastig die Maske der Unwissenheit auf. Doch in dem Augenblick davor hatte ich erkannt, dass sie sich ertappt fühlte.

Es ging ihr die ganze Zeit um ihr Ansehen, das unter dem Tod der Jugendlichen litt. Und nur um ihr Ansehen.

»Tut mir leid, dass dieses Gespräch nicht so gelaufen ist, wie du es dir erhofft hast, aber selbst du kannst mit deiner Telekinese nicht kontrollieren, in welche Bahnen das Leben dich lenkt«, waren meine letzten Worte an sie gewesen, ehe ich die Tür öffnete.

Draußen erwartete mich ein gewaltiges Feuer. Verwirrt schaute ich an mir herab. Dieses Element färbte meine Haut orange. Blitzartig erwärmte sich die Vorderseite meines Körpers.

»Es geht los.« Ich ignorierte Piper hinter mir.

Die Holzveranda knarrte bei meinen Schritten. Die Treppe tat es ihr gleich.

Auf dem festen Boden angekommen, stieg der Duft von verbranntem Holz in meine Nase. Was ging hier vor sich?

Habe ich etwas verpasst?

Stand das Camp in Flammen? Mein Verstand erwartete das Schlimmste. Alle rannten wirr umher. Endlich schoss eine vertraute Person in mein Blickfeld.

»Hunter!«

Zum Glück! Sie haben ihn geheilt. Es ist nicht zu spät gewesen.

Ein Lächeln huschte über mein Gesicht. Es hielt nicht lange. Genauer gesagt, fünf Sekunden. Denn so lange dauerte es, bis ich Finch erblickte und bei seinem Anblick erstarrte.

Meine letzte Wodkaträne

Zusammenbruch beschrieb nicht annähernd Finchs Zustand. In meinen Armen heulte er sich die Augen wund. Er vergrub seinen Kopf an meiner Schulter und meinem Oberkörper, sodass ich ihn von allem abschottete. Sekunden verstrichen, in denen ich nicht mehr wusste, was ich gesagt oder getan hatte.

Im Moment strich ich über seine Haare, die Prestons glichen. Er vergrub sein Gesicht in meinem Shirt und schluchzte unaufhörlich. Kurz überkam mich die Angst, er könnte ersticken.

Mein Herz brach bei diesem Klagelied an dem Leid, das seinem toten Bruder galt. Ich atmete schwer aus und blähte meine Wangen auf. Versuchte alles, um nicht zu heulen, um es ihm nicht noch schwerer zu machen.

»Ihr bereitet Prestons Beerdigung vor?«, spekulierte ich.

Sein Kopf bewegte sich auf und ab.

Deshalb also das meterhohe Lagerfeuer. Da Finch um einiges größer war als ich, krümmte er sich, um sich an mich zu lehnen.

Warum suchte er bei mir Halt? Strahlte ich tatsächlich diese berüchtigte Spiritaura aus? Sah er mich als eine Art Anführerin? Mich!

Knie knickten ein, instinktiv umarmte ich ihn, ließ mit einer Fingerbewegung einen Holzstamm unter seinen Hintern gleiten und setzte ihn darauf. Verblüfft strich ich ihm die Haare und Tränen aus dem knallroten Gesicht. Meine Gabe ging mir immer mehr in Fleisch und Blut über.

»Preston ist tot«, hatte er ausgespuckt, ehe er wieder einsackte und losheulte.

Speichel floss aus seinem Mund.

»Finch!«, beschwor ich ihn. Sein Blick traf meinen. Es kostete mich Kraft, nicht mit ihm zu weinen. »Preston hätte nicht gewollt, dass du dich so fertigmachst. Verabschiede dich von ihm so, wie er dich kannte.«

»Preston hätte es auch nicht gewollt zu sterben.«

Ich schürzte die Lippen. Wie sollte ich den Tod rechtfertigen? Vor allem diesen brutalen Mord, den Finch mit ansehen musste?

Die anderen Enchanter trafen die letzten Vorbereitungen. Legten Feuer nach. Reihten Bänke rund um das Lagerfeuer und sprachen kein Wort dabei.

»Es zerreißt mich innerlich. Ich fühle mich, als würde ich vor Trauer explodieren, Fleur«, winselte Finch und hielt sich mit seinem Blick regelrecht an meinen Augen fest.

Als sich meine Lippen endlich voneinander lösten, fasste mir jemand an die Schulter. Ich schreckte zurück.

»Seth«, kam es von Finch und mir im Kanon.

»Danke dir, Fleur.« Er wirkte gefasster als gestern noch. »Ich übernehme.«

Selbstverständlich ließ ich ihm den Vortritt und ging zur Seite. »Ich hole Fabienne.«

Ohne eine Antwort, die ich auch nicht erwartet hatte, stampfte ich zu unserer Hütte. Ich schlang die Arme um mich. Diese Trauer in Finchs Augen ließ mich frösteln. Ich kam in einen Modus, in dem ich nur noch funktionierte. Dabei fragte ich mich, wann ich von dem Mädchen in der Seifenblase zur jungen Frau, die für andere stark sein musste, geworden war. Schaffte ich das aus eigener Kraft oder verlieh mir meine Gabe diese Courage, die mir bisher gefehlt hatte?

»Fabienne, wir …«

Das Badezimmer. Es brannte Licht. Erinnerungen wurden geweckt. Mein Schritt beschleunigte sich. Die Erinnerung wurde Realität.

»Nein, Fabienne!«

Wieder fand ich sie vor der Toilettenschüssel, die sie umarmte. Mit leerem Blick bettete sie ihren Kopf darauf. Ein kleiner See von Tränen floss herunter. Tropfte auf den Boden. Sie registrierte mich nicht.

»Hast du?«

»Nein.«

»Gut.«

Haltsuchend lehnte ich mich an die Wand.

»Es hat mir irgendwie geholfen, hier zu sitzen. Irgendwie aus Gewohnheit, weil ich mich *danach* immer sicher gefühlt habe«, erklärte sie.

»Ich kann das mit Preston auch noch nicht fassen«, sagte ich monoton und starrte in das Licht an der Decke. Ohne zu blinzeln. Ich wollte den Schmerz in meinen Augen fühlen. Preston würde nie wieder etwas fühlen.

»Ob er es noch gespürt hat? Den Biss?«, wollte Fabienne wissen.

»Nein.« Zumindest redete ich mir das selbst ein.

Fabienne rutschte zu mir, nahm meine Hand und zog mich hoch, als sie aufstand.

»Was wird nur auf uns zukommen? Sie wissen, wo wir sind.«

Erschreckt über ihren Anblick im Spiegel, drehte sie den Wasserhahn auf und badete ihr Gesicht im kalten Nass.

»Darüber will ich heute nicht nachdenken. Morgen ist auch noch ein Tag.«

Zumindest für uns. Für Preston nicht mehr.

»Ich brauche noch ein bisschen. Wir sehen uns draußen, okay?« Wasser tropfte von Fabiennes Gesicht. Ohne mich anzusehen, griff sie nach einem Handtuch.

»Bis gleich.«

***

Draußen angekommen, empfing mich die erhitzte Umgebung. Die Nacht umarmte mich. Die Stille, die sich ehrfürchtig durchs Camp schlich, machte mich nervös.

»Fleur«, flüsterte jemand.

Neben meiner Hütte stand Theo.

»Theo.«

Mit einem Handschwung bedeutete er mir mitzukommen. Fabienne würde noch brauchen. Ich folgte ihm.

Hastig bemühte er sich, vor mir zu bleiben. Ich spielte sein Spielchen mit. Allmählich ahnte ich, wohin er mich lotste. Hinter der Tribüne wartete er.

»Was gibts?«

»Alles in Ordnung mit dir?«

Deshalb schleppte er mich hierher? Das hätte er mich auch vor der Hütte fragen können. In meinem Bauch breitete sich eine Woge aus Enttäuschung aus. Was hatte ich auch erwartet?

»Nein.«

»Verstehe.«

»Hör zu, wenn wir uns jetzt gegenseitig damit überbieten, wer länger einsilbig antworten kann, gehe ich.« Ich hatte keinen Nerv für seine mysteriöse Bad-Boy-Nummer.

»Warte.« Das waren immerhin zwei Silben.

Ich blieb.

Meine Doktorarbeit werde ich über das Phänomen Bad Boys *schreiben.*

»Ich habe nicht geschlafen.«

»Wir haben alle nicht geschlafen, Theo.«

»Ich meine gestern. Als ihr zurückgekommen seid. Als die Tiere aus dem Wald gerast sind, bin ich vom Sportplatz eingetrudelt«, erklärte er.

Doch ich verstand nicht, worauf er hinauswollte.

»Als ich dich gesehen habe, wie du in das Camp gestürmt bist, habe ich so eine Angst um dich gehabt und …«

»Moment. Worauf willst du hinaus?«

»Ich wollte dich nicht ablehnen. Es tut … Ich …« Theo seufzte.

»Als ich dich mit Hunter gesehen habe. Als ihr Inventur gemacht habt. Als ich dich vor den Wandlern weglaufen gesehen habe, ist mir bewusst geworden, dass ich dich nicht hätte wegstoßen dürfen«, plapperte er wie ein Wasserfall, anscheinend, um es sich nicht anders zu überlegen.

Wie ein Beobachter stand der Mond hoch oben am Himmel und schaute auf uns herab. Der dunkle Wald, in dem *sie* vermutlich lauerten, machte mir keine Angst mehr. Es war, als gäbe es nur noch uns, die Dunkelheit und den Mond, der uns aufzeigte, was zählte.

»Ich mag dich, Fleur. Scheiße, ich mag dich. Du hast mir gefehlt. Die Gespräche mit dir. Alles«, offenbarte er mir.

Erleichtert stemmte er seine Hände in die Hüfte und atmete tief ein und aus. Theos unnahbare Art zog mich nicht an. Es waren diese Momente, in denen er keine Angst hatte, er selbst zu sein.

Es kostete ihn viel Überwindung, mir seine Gefühle preiszugeben.

Ich wollte ihn mich nicht so schnell gewinnen lassen. Aber verdammt noch mal: Preston war gestorben und nie führte mir das Leben deutlicher vor Augen, dass wir keine Zeit hatten, Spielchen zu spielen.

Theos Worte rührten mich zu Tränen. Niemals zuvor hatte ein Junge so etwas zu mir gesagt. Wie ein langsam, stetig steigender Trommelwirbel kündigte sich der nächste Schritt an.

Beide hielten wir die Luft an. Es gab nur noch uns. Seine schwarzen Augen, die jede Dunkelheit überstrahlten. Seine erwartungsvolle Mimik, die zeigte, dass er hoffte, das Mädchen, das er mochte, möge ihn nicht abweisen. Seine Muskeln, die sich vor Nervosität anspannten. Seine Brust, die sich immer schneller hob und senkte. Seine geschwungenen Lippen. Die untere größer als die obere. Sie riefen mich.

Auch ich atmete zunächst flach, bis sich meine Atmung rasch beschleunigte. Die Fesseln meiner Vernunft sprengten sich selbst in tausend Stücke. Eine Träne der Freiheit folgte der nächsten. Wie Wodka brannten sie in meinen Augen. All diese Gefühle, die mich übermannten, ließen mich die Endlichkeit des Lebens und die gesamte Endlosigkeit des Universums auf einmal spüren.

Wie im plötzlichen Höhepunkt einer dramatischen Ballade sprintete ich los. Als hätte Theo auf die erste Regung meiner Muskeln gewartet, lief er mir ebenfalls gleichzeitig entgegen. Die wirren Haare überall und nirgends. Seine Nasenflügel zuckten. Jetzt bemerkte ich erst, dass sie das immer taten, wenn er nervös war.

Im Mondschein hatte ich einen letzten Blick auf die beiden Grübchen auf jeder Wange, die mir seine Erleichterung zeigten, erhascht, ehe wir eins wurden. Ineinanderflossen, fusionierten, eins wurden und uns küssten.

Das war der Kuss, für den Filme gedreht wurden. Das war der Kuss, über den Lieder geschrieben wurden. Es war dieser eine Kuss. Er schmeckte salzig, bittersüß und nach Verlust, Begierde, Trauer, Liebe, Kummer und Leidenschaft.

Prestons Beerdigung hätte ein Grund sein müssen, diese Begegnung aufzuschieben. Doch im Gegenteil: Der Verlust eines Lebens zeigte uns auf, wie wenig Zeit wir doch hatten, schien sie sonst unendlich.

Prestons Verlust malte die letzten weißen Stellen meines Weltbildes aus und veranschaulichte mir, dass das Buch immer zuklappen konnte, auch wenn das Ende noch nicht geschrieben war. Ich küsste das Muttermahl auf seinem markanten Kinn.

Ohne auf Peinlichkeiten zu achten, gab ich mich Theo hin. Krallte mich mit einer Hand an seinen Haaren fest. Spürte jede Sekunde des stürmischen, harten Kusses. Drückte die andere Handfläche an seine nackte Haut unter dem Tank-Top und ließ sie seinen Rücken hinuntergleiten. Nahm die Hitze seines Körpers auf. Sein Herzschlag, sein allgegenwärtiger Herzschlag füllte mich so sehr mit Leben, dass ich mich fragte, ob ich bisher überhaupt richtig gelebt hatte.

Theo ging vorwärts, schob mich rückwärts. Ich stieß gegen den Tribünenmast. Zärtlich strich er meine beiden Arme gleichzeitig hinab. Nahm sie, riss sie hoch und hielt sie, mit einer Hand oben an den Mast gedrückt, fest.

Als hätte er endlich das Ende einer langen Warteschlange erreicht, gab er mich nicht mehr frei. Seine Lippen fühlten sich wie das sanfteste Schmirgelpapier der Welt auf meinem Hals an.

Mein Kopf lehnte sich gegen die Stange. Ein leises Stöhnen drängelte sich meine Kehle hoch und quoll aus meinem Mund. Ich bereute nichts.

»Fleur? Theo?«, rief jemand in die Finsternis.

Hunter!

Ein Feuer aus Trauer und Gold

»Hier!«, gab ich mich zu erkennen und schwang mich hinter der Tribüne hervor.

Zum Glück verhinderte die Dunkelheit, dass Hunter mich mustern konnte. Ich stellte mir vor, wie sich mein Zopf gelöst hatte und meine Wangen rosiger als bei einem Rougeunfall hervorstachen. Von meinem verzogenen Shirt ganz zu schweigen.

»Ich habe Theo gesucht. Er wollte sich drücken. Die Beerdigung wäre ihm zu nahe gegangen«, log ich und fraß mich dabei innerlich auf.

Das erste Mal seit seiner Verletzung wechselte ich wieder ein Wort mit ihm und dann startete ich auch noch mit einer dicken, fetten Lüge. *Chapeau, Fleur!*

»Wollte ich ga…« Ich schlug Theo meinen Ellbogen in den Magen.

Nach ein, zwei Hustern gab er nach. »Ja, das, was Fleur sagt, stimmt.«

Einige Augenblicke lang kehrte völlige Stille ein. Hunter schaute zu Theo und dann zu mir. Glaubte er meine Lüge? Warum flunkerte ich ihn überhaupt an? Hunter und ich waren nicht zusammen, es lief nichts.

»Sonst alles okay?«, fragte Hunter nach.

Ich wollte ihn nicht verletzen. Nicht, dass ich davon ausging, derart unwiderstehlich zu sein, um sich in mich zu verlieben. Dennoch hatte ich genug Serien geschaut, um zu wissen, dass Hunter und ich geflirtet hatten. Und nach dem, was er im Wald durchgemacht hatte, wollte ich kein Risiko eingehen.

Sollte das mit Theo mehr gewesen sein als ein flüchtiger Kuss im Mondschein aus Sentimentalität, konnte ich ihm immer noch Bescheid geben.

»Jup«, antwortete ich kurz und knapp.

Verängstigt verschränkte ich die Arme vor mir. Theo trommelte mit dem Daumen gegen seinen Oberschenkel, was einen dumpfen Ton ergab.

»Da musst du dich doch nicht schämen, Bro. Alles klar, ich behalte es für mich. Kommt jetzt.«

Verarschte er uns? Theo und ich wechselten einen flüchtigen Blick. Ich spürte seine Erleichterung und atmete tief ein.

»Danke für dein Verständnis ... Bro.« Theo ging zusammen mit Hunter voraus.

Enttäuscht von mir selbst, folgte ich den beiden.

Ganz toll, Fleur. Du bist jetzt die Bitch in einem Dreiecksliebesroman.

***

Das Feuer loderte hoch. Gierte nach dem Nachthimmel. Steckte sich immer höhere Ziele. Langte nach dem Mond. Seine Farben Orange, Rot, Gelb, Gold ließen meine Augen brennen. Die Farben der Nacht, die den Start in ein neues Kapitel bedeuteten sowie das Ende eines ganzen, eines so jungen Lebens.

Theo knabberte so nervös an seinem Daumen, dass es klang wie jemand, der hastig auf eine Schreibmaschine hämmerte. Was hatte er bloß mit seinem Daumen? Es fiel ihm ebenso schwer, Hunter zu belügen. Schließlich hatte das Camp die beiden zu guten Freunden gemacht.

»Theo, bitte«, flüsterte ich ihm unauffällig zu.

»Probleme?«, informierte sich Fabienne.

Wie ein Spürhund, der einen Skandal witterte.

»Nein, ich habe ihm nur gesagt, er soll nicht so laut sein, damit er die anderen nicht stört.« Wann hatte ich mich zur Lügenbaronin Nummer eins entwickelt?

»Oh, okay.« Sie widmete sich wieder dem Feuer.

Theo warf einen Blick auf das Gras vor mir, dann sah er mich an. »Du musst gerade reden.«

Was meinte er damit? Dann erkannte ich es. Ich hatte die ganze Zeit meine Schuhe in den Boden gebohrt. Grüne und braune Flecken machten sich auf den Sneakers breit. Mit dem Mund formte ich ein *Sorry*.

Piper betrat das kleine Holzpodest vor dem Lagerfeuer, das Seth hingezaubert hatte. Das Getuschel ließ nach, bis es verstummte. Das Knacken des Feuers erfüllte uns. Bis Piper sich räusperte und zu sprechen begann.

Wie ein Scanner schweifte mein Blick in die Runde. Die Gesichter meiner Mitcamper verrieten die verschiedensten Emotionen. Angefangen von Angst, Wut, Trauer, Verstörtheit bis hin zu Gleichgültigkeit fand ich alles.

»Er ist gegangen«, begann Piper. Sie versuchte nicht, ihre verweinten Augen zu überdecken und schämte sich anscheinend auch nicht für das Rot darin.

Gespannt und erwartungsvoll sausten die Köpfe zu ihr. Jeder sehnte ihre rettenden Worte herbei. Wie sollten wir damit umgehen? Wie ging es weiter? Waren wir gefangen?

»Preston hat uns verlassen und das ist die Schuld unserer Feinde. Sein Tod hat ein Exempel dafür statuiert, wie gefährlich diese Monster sind. Sie nehmen uns die Plätze weg. Riskieren alles für ihr Wohl. Dringen in unsere Heimat, die wir lieben, ein! Wollen wir das?«

»Nein!«, stimmten alle ein wie ein Chor.

Ich blickte zu Fabienne. Sogar sie war gebannt von Pipers Worten. Was ging hier vor sich? Bemerkte denn niemand, wie sie nur unseren Hass schürte?

Meine Wut galt dem Mörder von Preston, das wurde mir nun bewusst, aber *allen* Wandlern?

Konnte man sie so einfach über einen Kamm scheren? Waren es ihre Gene? Oder lief hier gerade etwas gewaltig schief?

»Prestons Tod wird in die Geschichte der Magie eingehen. Sein Name soll niemals vergessen werden. Er hat uns aufgezeigt, wie gefährlich diese ... Tiere sind. In Zeiten, in denen Stimmen laut werden, die uns zu Verhandlungen mit ihnen drängen, müssen wir einsehen, dass sie keinen Verstand haben!«, stachelte sie uns auf.

Einige erhoben sich und jubelten ihr zu.

»Endlich sagt mal jemand die Wahrheit!«, rumorte ein Junge, den ich nicht erkannte, da er auf der anderen Seite der Feuerwand stand.

Piper reckte ihr Kinn nach vorn. »Genau dafür trainieren wir hier in diesem Camp. Damit so etwas nicht mehr passiert! Rächen wir zusammen Prestons Tod!«

Finch und Seth starrten stillschweigend in das Feuer. Hunter klatschte.

Hunter, was?

Fabienne nickte. Mir graute vor dem Blick zu Theo. Er wirkte bedrückt. Zum Glück! Dachte er wie ich?

»Sie haben uns aufgelauert. Nicht wir! Diese Umgebung ist nicht ihr Revier, sie wissen, dass wir hier sind, und haben es auf uns abgesehen. Wollen wir ihnen das gestatten?«, fragte sie voller Elan.

»Nein!«

Nein!

Es war Theo, von dem der Ausruf kam. Normalerweise wirkte er zurückhaltend, bis auf die Alphamännchen-Spielchen mit den Jungs im Camp. Theo verfiel dem Sog Pipers manipulierender Worte.

Galt das außer Kontrolle geratene Feuer noch immer Preston oder stand es für den Aufruhr gegen die Gestaltwandler?

»Sie wissen, wo wir sind. Sie haben uns umzingelt, wie Viecher es eben so machen! Warten, bis wir uns zeigen. Ich spüre ihren ekeligen Atem aus dem Wald bis zu uns ins Camp. Das *Agony Grove Camp* steht für Familie, Sicherheit und die Zukunft der Jugend!«, keifte sie wild gestikulierend in die tosende Menge.

Sie hatte die Camper bereits auf ihrer Seite. Ich saß mittendrin. Spürte den Schock in meinen Knochen. Hoffentlich interpretierte niemand zu viel in mein Schweigen hinein. Ich würde es auf Prestons Tod schieben. Auch wenn bereits genug auf seinen Schultern lastete, wogegen er sich nicht mehr wehren konnte.

Profit schlugen wir alle aus seinem Tod und das musste aufhören. Trotzdem fühlte ich mich zu schwach. Hatte Angst, mich gegen alle hier zu erheben und zu meiner Meinung zu stehen.

»Das werden wir bewahren und uns nicht unterkriegen lassen. Sollen sie uns ruhig umzingeln, bis Hilfe eingetroffen ist und wir sie unschädlich machen wie Insekten«, rebellierte Piper fortwährend. »Bis auf Weiteres durchschreitet niemand die Barriere. Und jetzt gilt unsere Aufmerksamkeit Preston!«

»Preston! Preston! Preston!«, riefen sie alle.

Piper hatte diese Rede gut geplant. Sie war alles andere als dumm. Jedes Wort wurde gut gewählt, um uns zu verunsichern und mit unserer Angst zu spielen. Wie bei einem Schachturnier.

Nur stand Piper auf beiden Seiten. Wir waren lediglich ihre Schachfiguren, die sie gegeneinander ausspielte.

Mit den Armen voraus trat Piper an das Lagerfeuer. Drückte beide Handflächen nach außen und teilte auf diese Weise die Flammen. Andächtig nickte sie Seth zu.

»Mit all der Liebe zu meinem Bruder, zeig dich uns, bis die Magie übernimmt das Ruder. Preston, wir verabschieden dich, aber lieben dich ewiglich«, reimte Seth.

Während der Worte schluckte er oft und stotterte. Finch stand tapfer mit zitterndem Kinn neben seinem Bruder.

Harry gesellte sich zu ihnen. Streckte seine Handflächen gen Himmel, dem Mondlicht entgegen. Gelbes Licht der Heilung trat heraus, das sich zusammen mit dem Spruch von Seth zu einem Abbild von Preston verformte. Als wäre er wieder lebendig, hing er zwischen dem gespaltenen Lagerfeuer. Wie das tosende Meer bewegten sich die Flammen hin und her.

»Preston«, wimmerte Finch. Seine Finger drückte er gegen seinen Hals, als hälfe es ihm, die Haltung zu bewahren. »Ich werde für dich kämpfen und dich in Ehren halten. Du bist meine bessere Hälfte. Danke für alles. Ich werde dich vermissen.« Nach diesen letzten Worten drückte er sich an Seth.

»Dein Tod«, übernahm Seth, »wird nicht umsonst gewesen sein, kleiner Bruder. In unseren Erinnerungen wirst du ewig weiterleben. Du wirst in Zukunft dadurch noch lebendiger für uns werden. Ich liebe dich.«

Ich fühlte mich schuldig. Diese Seite an Seth zeigte mir, dass ich ihn nicht hätte so schnell abstempeln dürfen.

»Es soll keine weiteren Tränen mehr geben!«, fügte Harry hinzu.

»Werde zu einem Kind der Magie. Vollständig in ihr aufgegangen, erwarten wir dich als Blatt am Baum der Ewigkeit, Preston«, beendete Piper die Beerdigung und senkte ihre Arme.

Harry tat es ihr gleich. Das Feuermeer schloss sich und darin verpuffte Preston für immer. Eine schöne Geste, ohne im Besitz seines Leichnams zu sein. Dieser Enchanter-Beerdigung beizuwohnen, wäre ohne den ideologischen Mist von Piper beeindruckender gewesen. Abgesehen davon, dass dafür jemand sterben musste.

»Das war ergreifend, nicht wahr?« Fabiennes Augen spiegelten noch ihre Trauer wider.

Ich nickte. Irgendwie fiel es mir schwer, mit ihr zu reden, nachdem auch sie Piper beigepflichtet hatte.

»Kannst du kurz mitkommen?«, fragte Theo mich plötzlich.

Ehe ich antworten konnte, hatte Fabienne mir einen misstrauischen Blick zugeworfen. Sie sog tief die Luft ein.

O mein Gott! Wusste sie es? Sie wusste es!

»Fleur?«

Jetzt schlich sich auch noch Hunter dazu und tippte mir auf die Schulter. Ich drehte mich zu ihm, danach wieder zu Fabienne und Theo. Das wars.

»Ich muss kurz alleine sein. Sorry, Leute«, platzte es aus mir heraus.

Ich sprang über den Baumstamm, auf dem wir gesessen hatten, und eilte hinter irgendeine Hütte. Das Licht und die Wärme des Lagerfeuers rückten in die Ferne, während mich der Mond empfing wie eine alte Freundin.

Als ich mich setzte und gegen die Holzwand lehnte, erspähte ich sie: Hunderte gierig leuchtende Augenpaare, die aus dem Wald in meine Richtung starrten. Sie sahen mich wegen der Kuppel nicht, aber ich sie.

Rosenlied

Es gelang mir nicht, mir länger einzureden, die Gestaltwandler um das Camp störten mich nicht. Die leuchtenden Augen, die selbst Las Vegas in den Schatten gestellt hätten, drangen sich mir zu sehr auf.

Gerade als ich mich hochhievte, schlich jemand um das Haus herum. Meine mittlerweile dunkelbraun-blonden, mit hellblonden Strähnen verzierten Haare fielen wie ein Vorhang in mein Gesicht, als ich mich zu der Person wandte.

»Na?«

»Hey.«

Ich rückte ein Stück. Er setzte sich zu mir. Sein kleiner Finger legte sich auf meinen. Diese kleine Berührung strömte durch meinen Körper wie ein Blitz. Wie das Lied einer Rose erwärmte es mein Herz und verletzte mich gleichzeitig mit ihren Dornen.

»Du bist schnell weg gewesen«, versuchte er das Gespräch am Laufen zu halten.

»Siehst du das wirklich so radikal mit den Gestaltwandlern, Theo?«, lautete meine spontane Frage. Ich musste es wissen.

»Denkst du nicht so?«

»Ich weiß nicht, was ich denken soll, wenn ich nur diese eine Seite kenne. Aber so haben meine Eltern mich nicht erzogen.«

»Obwohl sie Angst davor gehabt haben, dass du hierherkommst? Bist du sicher, dass sie nicht ebenfalls so denken? Dass es dann nicht Sinn macht?«, konterte er.

Abermals merkte ich, wie wenig ich meine Eltern doch kannte, dabei waren sie nahezu die einzigen Menschen, die ich glaubte zu kennen.

»Ja, eh.«

»Tut mir leid, Fleur.«

»Du kannst nichts dafür, dass mein Leben eine Lüge gewesen ist.«

»Dass ich dich mag, ist aber die Wahrheit« sagte er hastig, sprang auf seine Knie und sah mir tief in die Augen.

Ganz nah vor meinem Gesicht hörte ich sein Schlucken, das mir wohl seine Unsicherheit signalisieren sollte. Theo wollte anscheinend, dass ich ihm unbedingt glaubte. Das war auch mein Wunsch.

»Okay?«, beharrte er.

»Okay.«

Wenn Greta mich gehört hätte. Ich war stets Ms Moralapostel gewesen, die sie ständig ermahnt hatte, sich nicht in jeden Idioten zu verlieben. Man müsse sich erst monatelang kennenlernen. Das waren meine Worte gewesen.

Und jetzt? Jetzt kniete ein Junge vor mir und mein Herz drohte zu implodieren, wenn ich nur seinen kleinen Finger auf meinem spürte. Dabei wollte ich das nicht. Ich zwang mich so sehr, nicht so zu fühlen. Kämpfte dagegen an, aber es klappte nicht. Ich verlor jedes Mal aufs Neue.

»Okay«, wiederholte Theo und näherte sich mir.

Er lehnte sich vor. Immer weiter vor. Ich vergaß zu atmen. Meine Augen tränten, weil ich verlernt hatte zu blinzeln. Als er seine Hand auf meine Wange legte, fühlte es sich an, als brannte sie sich in mich und ließ mich zu Staub zerfallen.

Unsere Lippen waren wie zwei Magnete, die man davon abhielt, sich zu berühren. Als ich den Widerstand aufgab, klatschten sie aneinander.

Genau in diesem Moment gestand ich mir ein, dass es zu spät war, und gab auf. Er gehörte mir. Ich ihm. Wie ein physikalisches Gesetz, dessen Geheimnis wir endlich gelüftet hatten.

Ruckartig riss er mich hoch. Es war wie ein Tango. Nur, dass ich keine Ahnung von Tango hatte, aber das hier passierte wie von selbst. Naturgegeben. Ohne, dass ich darüber nachdenken musste.

Wir standen. Ich legte ein Bein um Theos. Mit seinen Händen glitt er von der Hüfte abwärts, packte mich an beiden Oberschenkeln und ich sprang.

Vertraute ihm an, dass er es wollte. Beide Beine um seinen Oberkörper geschlungen, stolperten wir rückwärts gegen die Holzwand.

Der Aufprall mit dem Rücken tat nicht weh. Im Gegenteil, es entfachte alles in mir, wovon ich nie zu träumen gewagt hätte.

Jeder Atemzug verwandelte sich zu einer Nichtigkeit. Unsere Küsse wurden zu unserem neuen, lebensnotwendigen Sauerstoff. Irgendwie hatte ich immer Angst gehabt vor dem Intimwerden mit einem Jungen. Doch mit Theo fühlte es sich schön und richtig an und als sich dieses Gefühl in jedem Winkel meines Körpers breitmachte, wusste ich: Wenn man so für jemanden fühlt, dann tut man das Richtige.

Seine rauen Haare wanden sich in meine Finger, unsere Lippen pressten sich noch mehr aufeinander, als würde der Tod die Alternative sein.

Meine Hände fanden sein Gesicht. Der stoppelige Dreitagebart kratzte an meiner Haut. Seine Finger übernahmen den Tanz und glitten unter mein Shirt, als wir Stimmen hörten.

Wir schreckten hoch.

»Wir sollten aufhören.«

»Nein!«, kam es viel zu schnell aus meinem Mund.

Er grinste verlegen und schaute sich um.

»Da!«

Ich folgte der Richtung, in der sein Kinn zeigte.

»Die Holzhütte?«

»Bist du zufällig eine Spellmakerin, die ein Haus herzaubern kann, das unsichtbar ist?«

»Okay, los!«

Lachend wie kleine Kinder sausten wir in die Hütte. Theo riss beinahe die Tür aus den Angeln. Drinnen schloss ich die Tür mit meiner Gabe zu und widmete mich wieder Theo.

Jegliche Gedanken an die Sache im Wald oder Preston verdrängte ich. Vielleicht brauchte ich auch genau das hier, um darüber hinwegzukommen. Um meinen Kopf mit schönen Bildern zu füllen und all den Tod zu verbannen. Und auch wenn es nicht zu mir passte und im Anbetracht der Vorkommnisse egoistisch und unangebracht schien, brauchte ich diesen einen schönen Moment. Ich brauchte endlich etwas, das ich entschied. Etwas, das alles, was passiert war, wiedergutmachte.

»Alles klar? Willst du das auch?«, fragte mich Theo noch einmal zur Sicherheit.

»Halt die Klappe und zieh dich aus.«

Gesagt, getan. Die Shirts flogen in hohem Bogen auf das Holz. Theos übergroßer Mantel landete auf dem Boden. Die Hütte roch nicht mehr nach Holz, sondern nach Liebe und abgestandener Luft.

Sein Kuss auf meinem Oberkörper folgte meinen Berührungen auf seinem Rücken. Ich kostete jeden Millimeter seiner Muskeln aus. Die Haut, zart und rau zugleich, legte sich an meine. Einzig der Kontakt seiner Hände auf meinem nackten Körper toppte all das.

Er funktionierte seine Finger zu einem Kamm um und strich mir all meine Haare aus dem Gesicht. Dann schaute er mich einige Sekunden an, als wollte er alles von mir pur erfassen. Zum ersten Mal hatte ich den Eindruck, als sähe jemand wirklich *mich*.

Ich genoss es, wie er mich ansah, weil sein Blick mir signalisierte, dass ihm gefiel, was er sah. Okay, ich war schon ziemlich zufrieden mit mir und brauchte keinen Jungen, um mich schön zu finden. Dennoch fühlte es sich unglaublich betörend an, jemandem so gut zu gefallen, dass man ihm anscheinend den Verstand raubte.

»Gefällt dir, was du siehst?«

»Muss ich dir das wirklich sagen?«, antwortete er verlegen.

Das brauchte er tatsächlich nicht, das sagte mir sein Körper.

»Warum kann ich kein normales Mädchen sein, du ein normaler Junge und diese Nacht unendlich?«

»Wir sind zwar nicht normal, aber in unseren Gedanken wird diese Nacht unendlich sein«, sagte Theo und küsste mich auf die Stirn.

»Das ist so kitschig. Ich liebe es!«, witzelte ich und leckte über seine Nasenspitze.

Dann beschlossen wir, den nächsten Schritt zu gehen und als Theo seine Hose auszog, wusste ich, es gab kein Zurück mehr, aber das wollte ich auch gar nicht.

Der Gürtel klimperte beim Aufschlagen auf den Boden. Er sah mich noch mal kurz an. Ich nickte und dann fiel das letzte Stück Stoff.

O ja. Diese Nacht würde unvergesslich bleiben.

Flauschige Welten

Ich saß in einer Hütte voller Emotionen. Zwar hatte man diese aus Holz erbaut, dennoch befand ich mich nicht in einer Schlafunterkunft, sondern in der Hütte, in der wir ironischerweise Feuerholz aufbewahrten.

Eingehüllt in den gemütlichsten Mantel der Welt, störte ich mich nicht daran. Nicht mal an den Holzsplittern, die mich piekten. Vermutlich lag es an der Tatsache, dass es sich um den olivgrünen, übergroßen Mantel von Theo handelte, der mich wie eine flauschige Decke in meine, nein, unsere eigene Welt entführte.

Diese wenigen Augenblicke, die wir gemeinsam hatten, besaßen die Macht, mich die harten Trainingsstunden zu vergessen, die Piper angeordnet hatte. Unsere Campleiterin wirkte regelrecht besessen von dem Gedanken, uns zu Kampfmaschinen auszubilden, die den Wandlern gegenübertreten konnten.

Einige Sonnenstrahlen schlichen sich durch die Löcher der in die Jahre gekommenen Hütte wie eine Katze, die sich ihrem Gegner näherte. Dadurch glänzten meine Haare und ich vergaß, dass ich sie endlich nachfärben musste. Dunkelblond mit hellblonden, ausgewaschenen Strähnen und braunem Ansatz. Ob das bald in Mode kam?

Ich zog den Träger meines schwarzen Tops hoch und fragte mich, was ich hier eigentlich tat. Umso länger ich darauf bestand, Theos und mein *Was auch immer es war* geheim zu halten, desto komplizierter wurde es.

Ein schmatzendes Knabbergeräusch, so leise, dass ich es bisher überhört hatte, kam von links. Ich blickte zu einem Holzscheit. Ein Käfer. Achtsam rückte ich näher und beobachtete ihn. Mir fehlte nur die Lupe und ich hätte mich wie Sherlock gefühlt. Als das Insekt mich wahrnahm, huschte es in das Innere. Ich stellte mir eine Staubwolke vor, die es vor Eile hinterließ wie in einem Comic.

Das erinnerte mich an mein altes Leben, das vor kurzer Zeit noch präsent gewesen war. Mittlerweile fühlte es sich an wie ein anderes Leben, das weit weg lag. Was meine Eltern wohl gerade machten? Und Josh, Dean und Greta?

Seufzend verdrängte ich die Gedanken. Im selben Moment öffnete sich die Tür.

»Oh!«

Ehe ich mich vergessen würde, sprang ich hoch, landete auf meinen Beinen und zog den Mantel enger.

»Du hattest Sex!«, lärmte Fabienne. Sie schlug die Hände aneinander wie einer dieser Spielzeugaffen seine Schellen.

»Pscht!«, wies ich sie an, zog sie hinein und schloss die Tür.

»Hatte ich nicht!« Fabienne musste auf keinen Fall alles wissen. Noch nicht.

»Theo, nicht wahr? Ich wusste es! Du hast es abgestritten, aber ich«, sie zeigte auf sich, »wusste es!«

»Nicht so laut, bitte!«, flehte ich.

»O mein Gott! Stille Wasser sind tief. Ich sage es immer wieder.« Fabienne wackelte mit dem Zeigefinger.

»Behalt es bitte noch für dich, okay?«

»Fleur und Theo saßen auf einem Baum«, sang sie.

Ich verdrehte die Augen. Sie war wie in Trance.

»Thleur! Fleo! Theur! Flo!« Jeden Pärchennamen, den sie erfand, brüllte sie, ohne die Stimme zu dämpfen, inbrünstig hinaus. »Okay, der letzte ist doof.«

»Erde an Fabienne?«

»Hm?«

»Erzähl es niemandem, ich ... wir wollen noch damit warten«, wiederholte ich. Ihr Mund öffnete sich. »Wir haben nicht miteinander geschlafen«, wiederholte ich ebenfalls und kam ihrer Frage zuvor.

»Langweilig«, protestierte sie und setzte sich auf einen umgedrehten Eimer.

Er rutschte zurück und stieß gegen den Stoß. Ein Holzstück flog hinunter auf meine Zehe.

»Au! Verdammt! Wozu brauchten wir dieses scheiß Holz eigentlich?«, fluchte ich.

Ernsthaft! Wir hatten Spellmaker, die ein Feuer zaubern konnten, und Cura, die Heilkräfte besaßen, aber Hauptsache, wir hatten eine Krankenstation und eine Holzhütte.

»Wir sollen unsere Kräfte nicht für Alltäglichkeiten verschwenden. Es kostet uns alles Energie«, erinnerte mich Fabienne.

»Dein *Freund* kann dich doch heilen«, raunte sie mir zu.

»Fabienne, bitte.« Trotzdem schmunzelte ich verstohlen. »Was machst du eigentlich hier?«

»Holz holen?«

Wir starrten uns einige Sekunden an, dann prusteten wir los.

»Kommt nicht zu spät zum Training. Ich lasse euch wieder alleine, bevor er kommt. Schließlich hast du hier nicht mich erwartet.«

Sie hüpfte hoch und eilte zur Tür.

»Später erfahre ich alle Einzelheiten!«, verlangte Fabienne, dann verschwand sie.

Die Versuchung, das Stück Holz wegzuschleudern, schluckte ich hinunter. Stattdessen massierte ich meinen Fuß. Mit zusammengebissenen Zähnen unterdrückte ich den Schmerz. So konnte das auf keinen Fall mehr weitergehen.

***

Die lang erwartete Rückkehr lag einige Minuten zurück. Sein Herz pochte an meinem Ohr und es hörte sich an, als schlüge jemand unter Wasser hastig gegen einen Tisch. Konnte es nicht noch eine vierte Gabe geben? Zeitanhalten?

Leider verstrichen die Minuten zu rasch. Bald mussten wir aus unserer kleinen, flauschigen Welt flüchten. Sobald das Frühstück vorbei war, würden unsere Pflichten auf uns warten.

Von meinem Fuß-Holz-Unfall erzählte ich ihm nichts. Sobald ich Hunter eingeweiht hatte, konnten Theo und ich zusammen sein. Ich hoffte, in mir schlummerte genug Einfühlungsvermögen, damit ich dieses Gespräch angenehm über die Bühne brachte. Tief in mir wünschte ich, ich würde mich blamieren. Hunter würde lachen und sagen, er wäre nicht in mich verliebt.

Vorsichtig streichelte ich über Theos Oberkörper und wünschte mir das Shirt weg, als wäre das die Lösung all meiner Probleme.

Da er einen Arm um mich gelegt hatte und der andere hinter seinem Kopf verweilte, war sein Shirt hochgerutscht. Das freie Stück Haut lockte mich wie eine Sirene die Seemänner. Ich wollte Theo noch näher sein. Ihn richtig berühren.

Wann hatte ich mich in ihn verliebt? Nie hätte ich gedacht, mich in so kurzer Zeit nach jemandem zu sehnen.

Lag es daran, dass es mein erster intensiver Kontakt mit einem Jungen war?

Um mich zu vergewissern, hob ich meinen Kopf. Als wäre es die schwierigste Entscheidung meines Lebens, schaute ich ihm schüchtern in die vertrauten Augen. Die Dunkelheit, die mich empfing, besaß keinen Grad Boshaftigkeit. Stattdessen wartete die hellste Finsternis, die ich je gesehen hatte, in Theos Blick.

Verwirrt schossen seine Brauen hoch. Er legte seinen Kopf schief und nickte mir zu. In Windeseile musterte er jeden Winkel meines Gesichts. Suchte er nach Zweifeln?

Denn die hatte ich. Theo verfolgte mich. Überall hätte ich sein Gesicht vom Fleck weg detailgetreu malen können. Als kannte ich ihn ein Leben lang. Mein Leben lang.

Hinter der hormonbedingten Schwärmerei steckte mehr. Viel mehr. Gemeinsam sprachen wir über alles Mögliche. Unsere Werte, Zukunft, menschliches Verhalten und hatten dabei den Spaß unseres Lebens. Als diskutierte ich mit meinem besten Freund aus Kindheitstagen.

Er hob seinen Kopf und befreite die Hand dahinter. Diese legte er mir an die Wange. Streichelte mir die Sorgen weg. Zumindest für einige Augenblicke.

»Danke, dass du mir noch mal die Chance gegeben hast. Wie konnte ich dich nur abweisen, Fleur?«

Wenn er meinen Namen sagte, erblühte in mir eine gigantische Blume, die Millionen von Schmetterlinge entließ. Früher fand ich diesen *Schmetterlinge-im Bauch*-Vergleich eher ekelig. Jetzt erkannte ich, dass das für dieses Gefühl die treffendste Beschreibung auf der Welt war.

Auch wenn es sich eventuell nicht um diese eine ewig währende Liebe handelte wie in meinen Serien, wollte ich die Zeit, die wir hatten, auskosten. Preston war das nicht vergönnt gewesen.

»Vielleicht sollten wir mit diesem Versteckspiel aufhören.« Die Stille zersplitterte wie ein Spiegel. Plötzlich irrte sein Blick überall umher, war nur nicht bei mir. Hatte ich etwas Falsches gesagt? Letztens wollte er selbst nicht lügen.

»Theo?«

Abrupt setzte er sich auf. Beinah purzelte ich von ihm auf den Boden. Er wirkte verstört. Auf seinem Hintern wackelte er am Boden herum, rutschte von links nach rechts, dann stand er räuspernd auf.

»Ich, also wir. Wir sollten«, er zeigt nach draußen, »du weißt schon. Training«, stotterte er.

Das Schnalzen meiner Zunge ließ ihn innehalten. Mit gerunzelter Stirn stand ich auf und lachte bitter auf. Langsam leckte ich mir wütend über die Lippen. Als wäre es eine Art Ritual, um nichts Falsches zu sagen.

Was ist los mit dir, Junge?

»Warum ziehst du jetzt den Schwanz ein? Du wolltest doch nicht lügen?«, bohrte ich nach.

Dass ich kein Recht hatte, wütend zu sein, war mir klar. Schließlich hatte ich zuerst gelogen. Er zog nur nach. Trotzdem enttäuschte es mich. Dagegen konnte ich nicht ankämpfen. Dieses ganze Kämpfen, Sterben, Auf-sich-alleine-gestellt-Sein machte mich erwachsen. Dazu gehörte es eben auch, Dinge anzusprechen, die ich früher hinuntergeschluckt hätte.

»Es ist nur …« Die Hütte schrumpfte. Zumindest kam es mir so vor. Die Luft entwich und ich hatte Probleme zu atmen. Was wollte er mir sagen? Hatte er kein Interesse mehr? »Ich habe mit Hunter gesprochen. Er mag dich. Ich kann ihm das nicht antun. Er ist mein einziger Freund. Hat mich immer verteidigt. Ausreden erfunden.« Irgendwann ab *einziger Freund* verlor sich sein Blick.

Es ging ihm wie mir. Mir ging es wie ihm.

»Wollen wir es bleiben lassen?«

Bitte sag Nein.

»Nein!«

Danke!

»Er wird Fragen stellen. Findet er es heraus, dass ... und vor allem, wie lange wir schon ... *was auch immer* sind. Dann wird er uns das nicht verzeihen.«

Beinahe panisch fuhr er sich durch die ohnehin zerzausten Haare. Ging es ihm dabei so schlecht?

»Mir wird das alles zu viel.« Nachdem er es ausgesprochen hatte, bereute er es. Sofort schaute er zu mir. »Ich meine ...«

»Was *alles*?«, hakte ich nach.

Mehrmals setzte er an, sich zu erklären. Letztendlich entschied er sich gegen das Reden. Er machte einen Satz und bettete mein Gesicht in seine Arme. Sie waren groß und fühlten sich – ähnlich wie seine ersten Küsse auf meinen Lippen – wie das sanfteste Schmirgelpapier der Welt an. Wieder kam dieses Trommelwirbelgefühl in mir auf, als er sich mir näherte. Wie ein Orchester kurz vor dem Höhepunkt. Dann endlich setzte er seine Lippen auf meine und plötzlich schrumpfte das Universum in sich zusammen, nur um sofort danach mit einem noch größeren Urknall zurückzukehren.

»Warten wir nur noch so lange, bis ich weiß, wie ich es ihm sage, okay? Ich will, nein, ich muss es ihm sagen. Er muss es von mir hören«, flehte er.

Sein Atem roch nach Zitrone. Er ließ mich los. Die Stellen an meinen Wangen wurden kalt. Ich bejahte, bevor ich es selbst registrierte.

»Ist gut, aber nicht zu lange«, fügte ich hinzu.

Er nickte.

»Alles klar.«

Erleichtert atmete er auf. Ich schlang den Mantel enger um mich, woraufhin wir die Hütte verließen.

Und dann stand da Hunter.

Leuchtraketensommer

Mein Fuß schmerzte auf einmal. Pulsierte richtig. Ich bekam gar nicht mit, wie ich mich gerade fühlte, so schnell schwankte mein Körper zwischen eiskalt und brennend heiß.

»Hunter«, sprach ich das Offensichtliche aus.

»Was machst du denn hier?«

Ja, sehr gute Frage, Theo. Das fragt er sich bestimmt auch.

»Holz holen?«, konterte Hunter mit einer Gegenfrage.

»Wollte das nicht Fabienne machen?«, hakte ich nach.

Seine Miene verriet nichts. War er wütend? Durchschaute er uns? Dachte er sich nichts dabei? Vielleicht würde er ja denken, ich wüsste das mit Fabienne, weil wir ebenfalls gerade vom Frühstück gekommen waren.

»Sie ist aber komischerweise ohne Holz zurückgekommen.« Hunters Stimme klang bittersüß.

Sein Man Bun thronte strenger auf seinem Kopf als der einer Ballerina.

»Weißt du«, legte ich los. Ich musste die Sache auflösen.

»Ja?«

»Ich war noch geschockt von Prestons Tod. Wollte nicht, dass es jemand mitbekommt«, platzte es aus Theo.

Ich drückte meinen Daumennagel in die Haut meines Zeigefingers, um mich dazu zu zwingen, nicht auszuflippen. Wie sollte ich vorgehen? Meinen Beinahefreund in die Pfanne hauen oder Hunter weiter anlügen? Entweder dieses menschliche Drama oder das Magie-Ding. Beides zusammen wuchs mir über den Kopf.

»Ah, so ist das?«, wollte er sich vergewissern, mit einem Blick in meine Richtung.

Zu diesen beiden gesellte sich noch Theos Augenpaar dazu, das auf mir ruhte. Ich fühlte seinen flehenden Blick. Überforderung machte sich breit.

Vor solchen Situationen hatten meine Eltern mich unfreiwillig ebenfalls bewahrt.

»Ja. Genauso war es.«

Es fehlte nur noch einer dieser Steppenroller, die durch die Wüste flogen, so beklemmend war die Ruhe zwischen uns dreien. Nur der Morgenwind pfiff durch die Bäume.

»Extraeinladungen gibt es nicht!«, brüllte Harry uns zu.

Auch wenn ich ihm nicht über den Weg traute, konnte ich das Glücksgefühl kaum beschreiben, als ich sein Organ hörte.

»Wir sollten das Training nicht versäumen!«, stimmte Theo mir zu.

***

Heute war einer dieser Tage, an denen keiner der Gestaltwandler in seiner tierischen Form an unserer Barriere entlangschlich. Sie sahen zwar uns nicht, aber wir sie. Damit wollten sie uns verunsichern. Was sie bei mir schafften.

»Es ist uns bewusst, dass wir euch ziemlich in die Mangel nehmen. Aber es wird Zeit, dass ihr aufhört, Mimosen zu sein. So ist die Welt: scheiß unfair«, offenbarte uns Harry.

Seine Art, uns aufzumuntern, passte perfekt zu seinem gefährlichen Äußeren mit der Mischung aus Sumoringer und Securityman.

James' Mund neben mir verließ kein Wort. Nicht nur heute. Seit diesem Tag sprach er kaum noch. Er war bis ins Mark erschüttert und verstört. Dadurch erkannte ich, dass dieses theoretische Wissen über Magie nichts brachte, wenn man im Angesicht der Gefahr erstarrte.

»Es gibt kein Marshmallowgrillen mehr, kein Singen am Lagerfeuer, keine«, er fuhr mit hoher Piepsstimme fort, »super süßen«, dann wurde sie wieder tief, »Übernachtungspartys.«

Seine Arme waren übersät von geschwungenen Tattoos mit dicken, fetten, schwarzen Linien. Eigentlich mochte ich Tattoos, aber seine machten mir Angst. Und dann, als wurde jemandem nach einer Intervention sein größter Fehler bewusst, erkannte ich das fehlende Puzzleteil. Es lag die ganze Zeit vor meiner Nase.

Ich erinnerte mich an die Nacht, in der ich entführt wurde. Das Fenster. Die Lichter der Nachbarn gingen an. Dann diese Augen. Doch dahinter, direkt in der Scheibe, spiegelte sich ein weiteres Augenpaar und die geschwungenen Linien von Harrys Tattoos. Es handelte sich um eine schwache, stetig verblassende Erinnerung, doch in diesem Moment prangte sie wie eine Leuchtrakete im Himmel vor mir. Ich hatte recht. Er war es.

Nur wer waren die anderen in meinem Haus?

»Ich muss euch auch sagen, es wird keine Verstärkung eintreffen. So viele Enchanter können wir andernorts nicht abziehen, wie wir hier bräuchten. Wir müssen davon ausgehen, dass das ihr Plan ist und sie diese Städte dann überfallen.«

Nein! Das konnte er nicht verlangen. Es hieß, wir wären hier sicher! James dachte wohl Ähnliches. Er wurde unruhig. Seine Brille rutschte bis zu seiner Nasenspitze. »Deshalb werdet ihr mit uns kämpfen müssen. Ihr seid die *Agony-Grove-Camp*-Armee. Die Armee des ewigen Baumes. Wir müssen ihn um jeden Preis beschützen.«

Er brachte seine extremen Ansichten mit aller Macht durch, so gut kannte ich Harry nun schon. Er war skrupellos, ohne Rücksicht auf Verluste. Wahrscheinlich mochte Piper ihn deshalb so sehr.

»Leyla!«, rief Harry die Zwillingsschwester von Dilara.

Mir fiel auf, dass es einige Zwillinge hier gab. Was auch Sinn ergab, wenn wir alle beinahe im selben Alter hierhergekommen waren. Und Zwillinge, nun ja, hatten nun mal immer dasselbe Alter.

Verängstigt schlängelte sie sich durch die Camper hindurch zu Harry. Sie drehte sich öfter zu uns um, in der Hoffnung, jemand würde sie retten. Dabei schien jeder erleichtert zu sein, nicht an ihrer Stelle zu sein. Ich bildete mir ein, das Pochen ihres Herzens zu hören. Vielleicht handelte es sich dabei auch lediglich um meines.

»Wehre mich mit einem Zauberspruch ab«, fordert Harry kurz und knapp von ihr und stampfte auf sie zu.

»Los!«

Leyla stolperte rückwärts. Sie nuschelte Worte, die niemand verstand und auch keine Reaktion hervorriefen. Als er bei ihr angekommen war, packte er ihren linken Unterarm.

»Hindere mich!«

»Äh, geh weg. Ähm.« Ihre Stimme klang furchtbar weinerlich.

Doch noch furchtbarer als diese Angst hallte das Knacken ihrer Knochen in meinem Ohr wider. Harry hatte ihr den Unterarm gebrochen. Einfach so.

Der Schrei, der darauf folgte, trieb mir die Tränen in die Augen. Alle schauten weg.

Dilara, ihre Schwester, stürmte hervor. »Weg von ihr, du Tier!«, brüllte sie. Ob es gewollt war oder nicht, der Satz reimte sich.

Harry wurde einige Meter zurückgeworfen und landete auf seinem Hintern. Was beachtliche Kräfte erforderte angesichts seines Körpergewichtes.

»Hier seht ihr«, er stand seelenruhig auf, »wie wichtig Emotionen sind. Sie erwecken ungeahnte Kräfte.«

Langsam, ohne ihnen Beachtung zu schenken, näherte er sich den Zwillingen. Dilara missbilligte seine bloße Existenz.

Harry heilte Laylas Arm. Das dabei aufflackernde Licht hüllte sie in einen warmen Schein. Dieser friedliche Anblick passte nicht zu dem, was vorgefallen war.

»Bist du krank? Also so richtig, meine ich? Was ist los mit dir?«, spie ihm Dilara ins Gesicht.

Er hatte ihre Familie verletzt. Zwar stellte er Leylas Arm wieder her, doch die psychischen Wunden, die diese rüde Attacke in ihr hinterlassen hatte, konnte keine Gabe dieser Galaxie wiedergutmachen.

»Mir gehts gut«, antwortete Harry. »Die Frage ist nur: Wie lange euch noch? Ein Wandler hat kein Mitleid mit euch. Es wird nicht immer jemand danebenstehen, der euch sofort heilt«, erläuterte er uns sein Benehmen.

»Und das kannst du nicht anders erklären? Bist du irre? Dem Kind eines Arztes bricht man doch auch nicht den Fuß und sagt«, jetzt machte Dilara seine tiefe Stimme nach: »*In deinem Job wirst du aber mit schreienden Kindern zu tun haben.*«

Yas, Queen! Gib es ihm!

Er schnaubte belustigt und öffnete den Mund, doch Dilara kam ihm zuvor. »Nein! Spar dir deinen Atem. Harte Zeiten benötigen keine harten Maßnahmen, sondern einen guten Ausbilder!«

Nach diesem oscarreifen Auftritt schleifte sie ihre Schwester hinter sich zu den Hütten zurück.

»Drama bringt euch im Kampf gar nichts.« Natürlich musste er das letzte Wort haben. Das passte zu Harry. »Gut, dann zeig uns doch, wie man das macht, Fleur.«

Wie bitte? Er wählte mich aus?

Die anderen gingen langsam zur Seite. Entweder wichen sie nach links oder rechts aus. Bis nur noch ich alleine dastand. Selbst Theo, Fabienne und Hunter.

Ich reckte mutig das Kinn vor und schritt zu ihm. Der Kampf im Wald hatte einen Mut in mir geweckt, von dem ich nicht geahnt hatte, ihn zu besitzen. Ein winziger Funken in mir entbrannte und schrie: *Räche dich an ihm! Er hat dich unnötig brutal entführt und deine Familie angegriffen.*

»Ich laufe auf dich zu. Halt mich zurück. Unterschätz mich nicht. Als Wandler wäre ich bestimmt ein Elefant.« *Oder das Pokémon Relaxo auf Ecstasy.* »Du hast gesehen, dass ich niemanden verschone«, fügte er hinzu.

»Du hast auch gesehen, dass ich niemanden verschone.«

Habe ich das gerade gesagt?

Seiner Mimik zufolge dachte er dasselbe. Dennoch entsprach es der Wahrheit. Er war im Wald dabei gewesen. In mir steckte mehr als das schwache Mädchen aus der Seifenblase. In mir hatte sich die letzte Zeit Wut angestaut, die jeden einzelnen Tag gegen meine Magenwand drückte und meinen Brustkorb enger schnürte. Nun kam die Zeit, sie zu entfesseln.

Als Harry sich weit von mir weggestellt hatte, begann er am Boden zu scharren wie ein Stier. Er rannte los. Man möge kaum glauben, dass jemand wie er so schnell laufen konnte. Wie eine Lokomotive gewann er durch das Rudern seiner Arme an Fahrt.

Meine Schultern kreisend, knackte ich meine Fingerknochen, stemmte mein rechtes Bein nach hinten, verlagerte das linke nach vorn. Mit dem

Gewicht nach vorne reckte ich ihm meine Hände wie ein Stoppschild entgegen.

Aus all meinen Fasern beschwor ich die Magie, die mir innewohnte. Ich strengte mich so sehr an, dass mein Schädel dröhnte. Meine Gabe pulsierte in mir. Ich brauchte sie. Als tauchte sie von den Tiefen des Meeresbodens in Rekordgeschwindigkeit Richtung Oberfläche.

Endlich platzte die ungewohnte Freundin aus meinen Händen wie ein Vulkanausbruch. Sie preschte gegen Harry. Der Zusammenstoß drückte mich samt Gras zurück. Eine Spur in der Erde zog sich nach.

Unsichtbare Fäden, die manchmal gelb schimmerten, züngelten um uns herum. Vollkommen gab ich mich der Magie hin. Harry riss die Augen auf. Anscheinend erwartete er kaum oder keinen Widerstand. Ohne Umschweife setzte er nach. Drängte meine Telekinesekraft zurück und näherte sich mir. Wenige Schritte trennten uns.

Harry bleckte die Zähne, wartete gierigen Blickes meine Reaktion ab und dabei merkte ich, es ging um mehr als nur um einen Test. Er wusste, dass ich ihn erkannte, und er genoss es.

Nicht mit mir!

»Komm schon. Du schaffst das«, machte ich mir selbst Mut.

Insgeheim stellte ich mir vor, wie meine Eltern hinter mir erschienen und jeder jeweils eine Hand auf meine Schultern legte, um mir Kraft zu geben.

Diesen Sieg würde ich Harry nicht gönnen. Ich biss meine Zähne zusammen. Meine Arme zitterten. Schossen vor und zurück. Je nachdem, ob ich Harry wegdrückte oder er wieder zwei Schritte näherkam.

Allmählich verlor ich meine Reserven. Sie entluden sich rascher als ein Handyakku. Sein Grinsen brachte mich um den Verstand. Bald war er so nahe, dass er meine Handflächen berühren konnte. Wie konnte ich jetzt noch gewinnen?

Mittlerweile eröffnete sich vor mir eine zwei Meter lange Erdspur, da er mich immer wieder zurückdrängte.

Ich hatte mich übernommen. Es war an der Zeit, das Handtuch zu werfen.

»Los, Bailey!«

Das konnte nur eine gewesen sein. Fabienne! Sie traute sich tatsächlich, mich anzufeuern und zu riskieren, dass sie als Nächste in die Mangel genommen wurde.

»Du machst das gut, Fleur!«

Hunter! Er war also nicht böse?

»Gib nicht auf!«

Theos Stimme. Ich würde sie überall wiedererkennen. Selbst taub unter Beton begraben. Sie löste dieses Gefühl in mir aus. Diese Woge der Wärme, die dein Herz umarmt und dich in den Himmel hebt.

Ganz weit nach oben! Die Idee! Hatte es auch lange gedauert, bis sie gezündet hatte.

Danke, ihr drei!

Meine Gabe erlosch beinahe vollständig. Zu abrupt für Harry. Er stolperte vor und verlor das Gleichgewicht. Ich ließ meine Arme fallen, nur um sie sofort wieder hochzuhieven. Wie ein unsichtbarer Faustschlag von unten auf das Kinn schleuderte ich Harry hoch. Einen Meter über dem Boden vollzog er eine Drehung und landete auf seinem Bauch.

Mein Unterkiefer klappte nach unten. Mein Gesicht realisierte es rascher als ich. Freudestrahlend drehte ich mich um und jubelte lautlos.

Die anderen applaudierten. Fabienne reckte mir zwei Daumen entgegen. Theo zwinkerte mir zu und Hunter lächelte stolz. Doch blitzschnell änderte sich ihre Mimik. Eine dunkle Vorahnung übermannte mich. Als ich auf der Stelle kehrtmachte, war es zu spät.

Harry schlug mir mit der Faust ins Gesicht. Das Letzte, das ich hörte, war: »Dreh deinem Feind niemals den Rücken zu, solange er noch lebt.«

Die Wahrheit ist wie ein Katana

Ich blinzelte wie wild. Wieder bei Bewusstsein war mein erster Gedanke: *Holz.*

Eine Holzdecke lachte mir entgegen. Ein Kopf schob sich in dieses Bild.

Hunter!

Ich wollte seinen Namen aussprechen, doch er kam mir nicht über die Lippen. Meine Zunge klebte am Gaumen. Es kostete mich einigen Mühen, sie zu lösen.

»Wir waren bei Piper. Sie geht nicht gegen sein Handeln vor. Im Gegenteil. Die fand es genau richtig«, erzählte er mir, als hätte er seit Stunden darauf gewartet.

»Hexe.« Gut, ich konnte noch reden.

»Hast du mich geheilt?«, setzte ich nach.

»Jup.«

»Danke.«

»Als ich sah, wie er dir ins Gesicht schlug, hatte ich Angst«, eröffnete mir Hunter.

Obwohl ich geheilt worden war, fühlte ich mich schlapp. Deswegen konnte ich das Gespräch hier nicht abbrechen. Ich fürchtete mich davor, in welche Bahnen er es lenken würde.

»Ich dachte, es wäre zu spät. Wie bei Preston.« Darüber wollte er also sprechen. Er wirkte geknickt. »Es macht mich fertig, nichts tun zu können. Heilen und zwei Sekunden zu Casper, dem unsichtbaren Geist, werden. Wow.« Ich legte meine Hand auf seine. »Ich will auch kämpfen können. Nicht so nutzlos sein. Weißt du, wie erniedrigend es für mich ist, an diesen Tag im Wald zu denken? Alle im Gefecht und ich bewusstlos am Boden. Meine Eltern würden sich im Grab umdrehen. Wären sie tot«, fügt er hinzu. Ich schmunzelte. Seinen Humor hatte er nicht verloren. Jetzt erst erkannte ich die Krankenstation. Hier waren wir uns zuerst nähergekommen. Ja, ich kannte Hunter besser. Wusste über seinen Humor Bescheid. Dennoch: Verglich ich das Gefühl bei unserem Beinahekuss mit der Berührung von Theos Hand auf meiner Wange, war alles klar. »Weißt du, woher unsere Gaben kommen?«, fragte er plötzlich. Ich schüttelte den Kopf. Was sollten diese Frage? »Kannst du aufstehen?« Er lachte verschmitzt.

»Ich eile, mein Gebieter«, witzelte ich und richtete mich auf.

***

Immer noch benommen, wischte ich mit einer Handbewegung die Tür zu. Wir waren in Harrys Hütte eingedrungen. Er übte anscheinend noch mit den anderen. Hunter hatte die Tür aufgestoßen, sich unsichtbar gemacht und war hineingegangen. Niemand war dagewesen, also rief er mich zu sich.

»Hier ist es gruselig«, bemerkte ich.

Überall hingen ausgestopfte Tiere. Ich sah das Bild mit den Abdrücken der Kinderfüße. Lang war es her, dass ich Harry vom Fenster aus beobachtet hatte.

Es roch merkwürdig nach nassem Hund und Raumspray. Das Holz hier war um einiges dunkler.

»Was machen wir hier, Hunter?«

Er bedeutete mir mitzukommen. Hinter einem chinesischen Raumteiler hing eine antike Steinplatte an der Wand. Sie wirkte hart und zerbrechlich zugleich.

»Was ist das?«, fragte ich ihn.

»Die Geschichte unserer Gaben.«

Vorsichtig legte ich meinen Finger auf die Tafel und fuhr entlang der ersten Zeichnung. Eine magische, elektrische Spannung funkte über die Oberfläche meiner Haut.

»Die ersten Enchanter, die ihre Andersartigkeit zu Menschen bemerkt haben, haben sie angefertigt.«

»Was steht darin?«, wollte ich wissen.

Staub wirbelte auf und tanzte über der Platte, als ich ausatmete.

»Also, Fleur«, er räusperte sich gespielt, »man sagt, dass die Saat des ewigen Baumes drei Geschwister erschaffen hat. Einen Jungen, zwei Mädchen.«

Ich hörte ihm zu. Auf der Steintafel konnte ich seiner Erzählung wie bei einer Bildbeschreibung folgen. Ich sah die drei Geschwister auf einem Ast sitzen.

»Die Magie des Jungen entwickelte sich aus seinem starken Geist. Er wollte unbedingt seine Schwestern beschützen. So hat die Magie in ihm die Telekinese entwickelt.«

Auf der Platte gab es ein Wellensymbol über dem Jungen.

»Das heißt, die Magie hat sich angepasst? Wie die Behaarung des Menschen im Laufe der Zeit?«, hakte ich nach.

Hunter nickte. »Die langhaarige Schwester sorgte sich um beide. So erlangte sie die Cura-Gabe. Unsichtbarkeit brauchte sie, um sie zu bemuttern, auch wenn sie es nicht wollten.« Das kannte ich von meinen Eltern. »Und die andere Schwester sang gerne, dichtete und unterstützte ihren Bruder, so gut es ging. Deshalb die Spellmakermagie. Sie durfte ihr Talent zu ihrer Waffe machen«, erklärte er und endete dann abrupt.

»Wie geht es weiter?« Es war so spannend!

»Alles andere wird immer anders interpretiert. Aber von ihnen stammen wir ab.«

»Das klingt nach Inzest.«

»Keine Geschichte ist perfekt, Fleur.«

Da hatte er recht. Aber was wollte er mir damit sagen?

»Du fragst dich bestimmt, was ich dir damit sagen will?«

Kann er hellsehen?

»Irgendwie schon. Ja.«

»Ich frage mich, warum ich ein Cura bin, wenn ich mir doch nichts sehnlicher wünsche, als zu kämpfen.« In seiner Stimme schwang Leid mit.

Sanft biss ich mir auf die Zunge. Es fiel mir schwer, meine Vermutung auszusprechen, da ich ihm nicht zu nahe treten wollte. Andererseits würde er mich vermutlich hassen, sobald er das mit Theo erfahren würde.

»Ähm. Willst du wirklich kämpfen? Oder willst du einfach nur den Wunsch deiner Eltern erfüllen? Jeden zufriedenzustellen, ist doch auch eine Art von Sorge. Die Sorge, dass deine Familie mit Veränderung nicht klarkommt. Das spräche für einen Cura.«

Zunächst schien er verärgert. Getroffen von meinen Worten wie ein angeschossenes Reh. Nach und nach veränderten sich seine Züge. Verwirrung zog ein. Es folgten sich weitende Augen. Letztendlich schien es, als erlangte er Erkenntnis.

»Ich …« Sprachlos zuckten seine Augen.

Er bewegte sich hektisch hin und her. Wusste nicht, wohin mit sich. Was hatte ich nur getan? Ich machte alles nur schlimmer.

»Ich muss hier raus«, sagte er schließlich und stürmte hinaus.

Ich schaute Hunter lange hinterher, bis er hinter dem Brunnen stetig winziger wurde wie ein Farbklecks. Schließlich verschwand er aus meinem Blickfeld, als er abbog.

Nur mit Kirschen

»Wo bringst du mich hin?« Die Frage hörte sich ausgesprochen panischer an, als sie sein sollte.

»Überraschung.« Theo liebte es, mich in die Irre zu führen.

»Ich dachte mir, bevor Harry sich sein Revier zurückerkämpfen will und dich tötet, denke ich mir etwas Schönes für dich aus.«

Das viel zu enge Tuch drückte von außen gegen meinen Kopf, während die Bilder, die Theo in mir erschuf, von innen drückten.

»Na, danke für deine aufbauenden Worte!«

Er schob mich sachte in die Richtung, in die ich gehen musste, und führte mich zu meiner Überraschung. Immer wieder berührte er dabei meinen Unterarm oder streichelte sanft über meinen Handrücken. All diese Berührungen fühlten sich unendlich vertraut an und eine Welle der Geborgenheit überkam mich. Ich fühlte mich sicher.

»Ich bin nicht so gut im Lügen, tut mir nicht leid«, gab er zurück. Seit wann verwendete er Fabiennes Sprüche?

Sie bekam ich auch wenig zu fassen, seitdem Preston gestorben war. Sie nahm Noelle öfter in Anspruch. Was ich zwar gut fand, aber auch beunruhigend. Als ginge es ihr immer schlechter.

»Gleich sind wir da!«, riss Theo mich aus meinen Gedanken.

Mit ihm entpuppte sich das ganze Leben als einfach. Er trug alles mit Leichtigkeit und blieb selbst in den größten Stressmomenten ruhig. So was brauchte ich wahrscheinlich auch. Ohne Vorwarnung strich er meine Haare hinter mein Ohr, als wäre es das Selbstverständlichste auf der Welt. Als wären *wir* selbstverständlich.

Ich spürte längere Grashalme, die meine Wade kitzelten. Zuvor hatte ich das Gras nur beim Gehen bemerkt. Hier stutzte man es anscheinend seltener.

»Wir sind da«, verkündete er und erlöste mich von der Augenbinde.

Gleißender Sonnenschein empfing mich und ich erkannte nichts. Meine Augen zu Schlitzen verzogen, gewöhnte ich mich allmählich wieder an das Licht. Er nahm meine Hand. Wir waren hinter der Tribüne.

»Unser Platz.«

Schmunzelnd erinnerte ich mich an den Tag nach seiner Herzattacke.

Auf den zweiten Blick fiel mir erst die Veränderung auf. »Was machen die Steine hier?«

Wie ein Pfad markierten sie einen Weg, der zu meiner Verblüffung einen Bogen zum See machte und von dort aus in den Wald reichte.

»Ich habe herausgefunden, dass die Barriere nicht kreisrund um das Camp verläuft. Sie macht genau dort ein kleines, ja, nennen wir es Dreieck hinaus in den Wald. Und dort«, er zeigte mit dem Finger in die Richtung, »wartet deine zweite Überraschung«, flüsterte er geheimnisvoll.

Stolz kratzte er sich die Nase und grinste. Dabei wirkte er trotz seiner rauen Art und seines erwachseneren Äußeren wie ein frecher, kleiner Junge.

»Warum weißt du das mit dem Schutzschild?«

Das brachte ihn irgendwie aus dem Konzept. Theo überlegte. Überlegte zu lange.

»Beim Joggen entdeckt.« Sofort wechselte er das Thema.

»Egal, komm!«

Eigentlich vertraute ich ihm ja nicht. Wie auch, wenn man fast zwei Jahrzehnte lang dazu erzogen wurde, in jedem einen Mörder und Vergewaltiger zu sehen.

Danke, Mom und Dad!

»Und dort ist bestimmt noch die Barriere?«, fragte ich nach.

»Du merkst es ja selbst, sollten wir sie durchschreiten.«

Das stimmte. Als er meine Hand nahm, durchfuhr mich eine Hitze, als feuerte jemand einen Flammenwerfer durch meine Adern. Die letzten Zweifel wurden weggebrannt und ich folgte Theo.

Dennoch huschte ein Auge immer wieder ins Campinnere. Sah uns jemand? Wenn nicht, sauste mein Blick in den Wald. Lauerten sie dort?

Wir liefen wenige Meter vom See entfernt. Die Sonne glitzerte an der Wasseroberfläche. Als warteten Tausende Juwelen darauf, herausgefischt zu werden.

Tatsächlich durchschritten wir den Schild nicht. Als wir bei den ersten Bäumen vorbeihasteten, erspähte ich die karierte Decke. Jegliche Ängste erloschen.

»Wow, Theo!«

»Ich sagte doch: Irgendwann müssen wir zusammen essen!« Ein Picknick. Ich war immer viel zu zynisch für mein Alter gewesen, zumindest, was die Liebe betraf. Vermutlich hatte ich mich damit abgefunden, stets von meinen Eltern von ihr ferngehalten zu werden. Doch dieser geballte Power-Hollywood-Kitsch traf direkt mein Herz. Dabei ging es mir lediglich um die Geste an sich. Dass er sich diese Mühe gemacht hatte, nur wegen mir. »Gefällt es dir nicht? So was mögt ihr Mädchen doch, oder?«

Theo wurde unruhig. Trat von einem Fuß auf den anderen. Er wollte anscheinend nichts falsch machen. Damit konnte ich gar nicht umgehen.

»Es ist perfekt! Woher hast du all die Sachen?«

Das beruhigte ihn. Mit stolz geschwellter Brust trat er auf die Decke und zog mich mit sich.

»Fabienne kann eben doch schon ein bisschen zaubern«, deutete er an und ich verstand sofort. Er hatte sie eingeweiht und sie machte mit.

Ich zog meine Schuhe aus. Die Decke fühlte sich an wie eine Wolke. Ohne Umschweife ließ ich mich in den Schneidersitz fallen. Das Klappern des Korbes weckte mein Interesse. Vögel zwitscherten. Es war echt perfekt. Fehlte nur noch, dass die Vögel mir gleich ein Kleid schneiderten und es mir anlegten.

Theo holte eine Flasche Sekt heraus, Kirschen und ein Sandwich. Ein merkwürdiges Sandwich.

»Was ist das?«, wollte ich wissen und begutachtete es genauer.

»Getoastetes Brot mit Butter, Honig und in Rum geschwenkten Kirschen.«

Irgendwie klang es köstlich und irgendwie verstörend.

»Aus welcher geografischen Ecke kommt denn dieses Rezept?«

»Ich weiß nicht. Habe ich mir ausgedacht. Eine Kirsche ist wie ein rotes Juwel. Nur steckt da auch immer etwas darin. Der Kern, den man nicht vergessen darf.«

Schöne Vorstellung irgendwie. Es steckt immer mehr dahinter, als man von außen erkennen kann.

»Die Gläser für den Sekt habe ich vergessen, schlimm?«

Ich schüttelte den Kopf. Natürlich nicht! Wie hätte ich mir anmaßen können, etwas nicht in Ordnung zu finden? Sein Blick schien mir zu misstrauen.

»Koste es«, bat er mich und streckte mir eine belegte Toastscheibe entgegen.

Ich leckte über meine Lippen, packte das Sandwich aus und hielt es vor mir. Eine Kirsche drohte herunterzufallen, also biss ich hinein. Das Knirschen des getoasteten Brotes begleitete mein Kaugeräusch.

»Mempft meft mubt.«

»Hä?«

»Schmeckt echt gut«, wiederholte ich, nachdem ich hinuntergeschluckt hatte.

Tat es wirklich. Ich war anscheinend genauso überrascht wie Theo, der ebenfalls kostete und es dann wie wild verputzte. Krümel hingen an seinem Dreitagebart. Seine Wangen waren aufgebläht wie bei einem Eichhörnchen, das für den Winter Vorräte sammelte.

Bei diesem Anblick blieb mir keine Wahl. Ich prustete los. Fragezeichen ploppten in seinem Gesicht auf.

»Du müsstest dich sehen«, erklärte ich mein Lachen.

Ich konnte gar nicht mehr aufhören. Mein Magen verkrampfte sich, als er versuchte zu schlucken, weil er selbst lachen musste. Die Luft blieb weg und ich lachte lautlos mit weit aufgerissenem Mund.

Es tat gut, endlich ein wenig Unbeschwertheit zu genießen. Auch diese traute Zweisamkeit oder generell mehr Privatsphäre war nach der letzten Zeit angenehm.

»Sekt?« Inzwischen hatte er eine Wange geleert und das Sandwich befand sich nur noch in der rechten.

Ich wischte gerade eine Träne aus meinem Auge und bejahte seine Frage. Bevor er meine Eltern kennenlernen würde, musste ich ihm auf jeden Fall beibringen, nicht so zu schlingen.

Als ich mir zwei Kirschen schnappte, schoss der Korken in die Höhe. Ich schreckte zurück und zermatschte die Früchte in meiner Hand.

»Kannst du das nicht vorsichtiger?«

»Woher sollte ich wissen, dass das so hinausschießen würde?«, fragte er mürrisch und trocknete an der Picknickdecke seine Hände. Ich tat es ihm mit den Kirschen gleich.

»Du hast ja letztens gesagt, du kennst mich zu wenig. Also frag mich etwas«, schlug Theo vor.

Gar keine schlechte Idee. Die Leichtigkeit, die ich mit Theo erlebte, hatte ich so zuvor selten gehabt. Auch wenn sie unpassend schien. Hier im Wald. Wo überall die Wandler versteckt waren.

»Lieblingsfarbe«, startete ich das Interview.

»Grün, Braun, Grau. Deine?«

»Orange.«

»Ich habe vor Jahren geweint, weil mein Onkel beim Bäumefällen ein Eichhörnchen getötet hat. Ihm ist es egal gewesen und ich habe mir die Schuld gegeben. Normalerweise checke ich jeden Baum, bevor er ihn *köpft,* wie wir sagen. Das werde ich nie vergessen. Damals habe ich deshalb zwei Tage nicht geschlafen. Irgendwelche peinlichen Heulkrämpfe bei dir?«

Seine Ehrlichkeit verblüffte mich. Am liebsten hätte ich stundenlang diesen Anekdoten gelauscht. Sofort fühlte ich mich ihm näher und wollte ihm noch näherkommen. Ihn noch besser kennenlernen.

»Meine Eltern haben mich mal wieder eingesperrt, damit mir nichts passiert. Nichts Neues. Doch an diesem Abend hat es ein Konzert gegeben, auf das ich gehen wollte! Okay, das ich echt peinlich im Vergleich zu dir«, erzählte ich und lachte.

Er nahm einen zu hektischen Schluck des Sekts. Durch das Schütteln schoss ihm der Inhalt direkt in den Mund, sodass er die Hälfte wie ein Hydrant ausspuckte.

»Nicht so hastig, ey.« Mit ihm würde ich immer etwas zum Lachen haben.

Hustend, trank er nun vorsichtiger und reichte mir die Flasche so behutsam, als wäre sie eine Pistole, die jeden Moment losgehen könnte. In diesen Momenten, in denen ich merkte, wie wenig ich über ihn wusste, dachte ich an Hunter. Warum wählte ich nicht ihn? Aber was brachte es mir, zu versuchen einem Jungen näherzukommen, der zwar mehr von sich preisgab, für den ich aber einfach keine Gefühle hatte?

»Wie stellst du dir deine Zukunft vor?« Ob ich zu früh zu ernste Themen anschnitt?

»Ein ruhiges Plätzchen zum Leben, viele Kinder, Frieden, keine Kämpfe und Gesundheit«, zählte Theo auf und lehnte sich zurück. Spielte mit seinen Händen im Gras.

Das überraschte mich. Andere Jungs hätten bestimmt von Karriere, Autos, viel Geld und Ansehen gesprochen. Oder reflektierte ich nur mich? Ich wusste nicht, ob ich so ein bescheidenes Leben führen wollte. Meine Eltern trichterten mir ein, eine gute Ausbildung zu genießen, um viel Geld zu haben. *Absicherung* war das Wort, das ich eher im Kopf hatte. Doch wenn ich darüber nachdachte, klang seine Vorstellung verlockend.

»Ich weiß nicht. Ich wünsche mir wohl Sicherheit und die Freiheit, dass es mir offensteht, meine Zukunft zu gestalten, wie ich es will«, antwortete ich. »Versteht man, was ich meine?«, wollte ich von Theo wissen.

»Ich weiß nicht, ob man es versteht. Ich verstehe es aber.«

Seine Worte und wie er sie aussprach, ließen mich fühlen, was man meiner Meinung nach fühlen sollte, wenn man jemanden mochte. Und ich hatte noch genug Zeit, um ihn besser als jeden anderen Menschen auf der Welt kennenzulernen. Die Geborgenheit, die er mir vermittelte, brachte meine Wünsche zum Überquellen.

Ich liebte es. Hier. Mit ihm. Die anderen würden mich heute nicht suchen. Es verstand wahrscheinlich jeder, wenn ich mich nach dem Vorfall mit Harry verdrückte.

»Ich liebe Essen«, schwärmte ich und verdrückte noch eine Kirsche.

»Das ist mein Text gewesen! Aber ja: Essen ist das Beste!«, stimmte er mir zu.

Wir verstanden uns!

»Als kleiner Junge bin ich mit meiner Schwester unzählige Male im See gewesen wie eine richtige Wasserratte! Und danach haben wir uns die Bäuche vollgeschlagen. Als Kind schien man die Unbeschwertheit mit Löffeln gefressen zu haben«, sinnierte er vor sich hin und ich liebte es, ihm dabei zuzuhören.

»Und du gibst mir, seit meinem letzten Badeausflug mit meiner Schwester, zum ersten Mal diese Leichtigkeit zurück und dafür danke ich dir.« Wow! Ich wusste gar nicht, was ich darauf erwidern sollte. »Noch Fragen, Fleur?«

Langsam schüttelte ich den Kopf, nachdem ich kurz überlegt hatte, mit weiteren Fragen auf ihn einzudreschen. Aber insgesamt reichte mir, was ich über Theo wusste. Ich wusste, dass ich ihn mochte. Den Rest wollte ich mit ihm zusammen entdecken. Als mir eine Frage doch noch in den Kopf schoss.

»Woher kommst du eigentlich und was macht deine Familie?«

Theo schluckte schwer und setzte sich kerzengerade auf. Das Thema mochte er nicht. Das erkannte ich an seiner Haltung. »Theo, du kannst es mir sagen. Mir geht es um dich. Wenn sie Mörder sind – *so what?* Es zählt, was du bist«, ließ ich ihn wissen.

»Ich wohne nicht so weit weg von hier«, sagte er zögerlich.

»Oh, du bist Grieche?«

»So in der Art.«

»Komm schon! Mach nicht einen auf mysteriösen Bad Boy.«

Er massierte seine Stirn und überlegte sichtlich krampfhaft. Anscheinend wollte er jedes seiner Worte genau abwägen und wählen.

»Meine Eltern sind streng. Ihnen war wichtig, dass ich eine harte Ausbildung habe. Mir wurde nichts geschenkt. Es hat Schläge gegeben. Es gab nicht viel Zeit für Serien oder Bücher«, eröffnete mir Theo zaghaft.

Es fiel ihm schwer, darüber zu sprechen. Das war offensichtlicher, als dass ein Toter tot war. Mitleid machte sich breit, dabei wusste ich, dass niemand gerne bemitleidet wurde. Mir tat es unglaublich leid. Ich konnte mir beim besten Willen nicht erklären, wie jemand nur in Erwägung ziehen wollte, Theo zu schlagen. Schließlich verkörperte er für mich die pure Loyalität und

Gutmütigkeit. Außer wenn es um Gestaltwandler ging. Da musste mehr dahinterstecken.

»Warum mögen deine Eltern die Gestaltwandler nicht?« Ich musste es wissen. Es war mir wichtig, den Grund zu erfahren, warum er gezwungen wurde, durch diese harte Schule zu gehen.

»Versprich mir, es niemandem zu sagen, okay?«

»Ich schwöre es!«

Was kam jetzt?

»Zuerst: Weißt du, warum ich angefangen habe dich zu mögen?«

»Warum?«

»Du bist nicht wie die anderen Mädchen hier. Du bildest dir deine eigene Meinung über alles. Du folgst nicht blind allem, was dir hier vorgebetet wird. Du bist, wer du bist, ohne dass du dich formen lässt, ohne es zu merken oder selbst dahinterzusehen. Das ist echt heiß.«

Der letzte Satz ließ in mir die Temperaturen steigen. Ich war *heiß*!

Okay, zusammenreißen, Fleur!

»D-Danke.« Sprachlosigkeit schlug wieder zu.

»Du bist auch heiß!« Sofort nachdem ich es ausgesprochen hatte, wollte ich sterben.

O mein Gott! Was ist nur in dich gefahren? Bist du wahnsinnig geworden?

Theo schmunzelte, sagte aber nichts. Zum Glück!

»Danke.«

»Also?«

Als er den Mund öffnete und ich kurz davor war, hinter die geheimnisvolle Aura zu steigen, die ihn umgab, hielt ausgerechnet ich ihn auf.

»Pass auf!«

Ein riesiger Braunwolf kam hinter Theo hervor.

Zeichen der Zeit

Theo stand so nah bei mir, dass ich sein Haar riechen konnte. Der vertraute Duft von Holz und Wald hätte mich beinahe vergessen lassen, was vor mir passierte.

Der Braunwolf schlich um die Barriere. Wie ein zweiter Wall hatte sich Theo vor mir aufgebaut. Auch wenn er uns nicht sehen konnte, jagte mir das Tier Angst an. Die Erinnerungen an den Tag im Wald sausten wie eine Schnellbahn in mir hoch.

»Der Schutzschild lässt doch auch keine Gerüche durch, oder? Dann weiß er nicht, dass er nur wenige Meter von uns entfernt ist, oder?« Mir wären noch Tausende Fragen eingefallen, aber ich begnügte mich erst mal mit diesen beiden.

Ich bekam keine Antwort. »Theo?«, fragte ich ihn, die Hand an seiner Schulter. Sie war klitschnass! Binnen Sekunden änderte sich sein Zustand rapide. Er kippte zurück. Der Wolf geriet in weite Ferne. »Theo!« Ich fing ihn auf. Zusammen sanken wir zu Boden. Behutsam bettete ich ihn auf meinen Schoß. Bevor ich herausfinden konnte, was los war, hatte ich es gesehen. Seine Hand fasste an sein Herz. Seine Herzerkrankung hatte ich gar nicht mehr im Sinn gehabt. Was sollte ich machen? Ich wollte ihn nicht alleine lassen. Hilflos sauste mein Blick von links nach rechts. »Ich bringe dich ins Camp!«

Ihn auf die Decke legend, sprang ich hoch und mobilisierte meine Kräfte, so gut es ging. Zitternd drehten sich meine Handflächen gen Himmel. Ich bewegte sie nach oben. Mit ihnen hob auch Theo samt Picknickdecke vom Boden ab.

»Nicht«, säuselte er.

Einen kurzen Moment überlegte ich, ihn tatsächlich hierzulassen, aber ich konnte jetzt nicht auf ihn Rücksicht nehmen.

»Tut mir leid, Theo. Ich lasse dich nicht im Wald verrecken.«

»Fleur, bitte«, wisperte er im Fieberwahn.

Rückwärtsgehend, bedeutete ich meiner Gabe, ihn hinter mir hertragen zu lassen. Erstaunlicherweise funktionierte es. Ich konnte noch immer nicht fassen, was ich für Kräfte besaß. Vor allem, dass sie mittlerweile taten, was ich von ihnen wollte.

Wir verließen den Wald und kamen in der Mitte des Sportfeldes an. Ich konnte mir eine Pause gönnen. Dort standen einige Campmitglieder. Unter ihnen: Hunter und Fabienne. Sie erkannten sofort, dass etwas nicht stimmte, als ich verheult über meine Schulter blickte.

Dass die Tränen sich ihren eigenen Weg aus mir gebahnt hatten, bemerkte ich erst, als ich Theo ablegte und mir durchs Gesicht wischte. Die Sonne brannte wie eine 100-Kilogramm-Hantel auf meinen Schädel. Ich taumelte. Die Gabe hatte mich einiges meiner Energie gekostet. Mich ausgesaugt wie ein Trinkpäckchen.

»Töte mich«, faselte Theo.

Ich wollte es nicht ernst nehmen, aber ich fand seinen Wunsch ganz schön drastisch. War sein Stolz größer als sein Verlangen zu überleben? Nur, weil er nicht wollte, dass jemand erfuhr, dass er ein Herzleiden hatte?

»Was ist los?« fragte Hunter besorgt und kniete sich neben ihn.

»Sein ...« Ich biss mir auf die Unterlippe. »Ich weiß es nicht«, log ich.

Vielleicht konnten sie ihm helfen, ohne die Ursache zu kennen. Hunter legte seine Hände über ihn. James kam angerannt und tat es ihm gleich.

»Fabienne, hol Harry«, wies ich sie an.

Mit besorgter Miene schaute sie noch mal zu Theo, dann nickte sie und rannte los.

»Er atmet nicht mehr«, sagte James.

Ich brauchte einige Zeit, bis ich die Bedeutung dieser Worte zuließ. Doch dann traf sie mich wie ein Blitzschlag. Unvorbereitet und mit aller brennenden Härte.

***

»Wir hätten es beinahe nicht geschafft«, berichtete Harry uns, als er mit fast allen Curas des Camps aus der Hütte kam. Pipers Miene verriet nichts. Seth wirkte abgemagert. Tiefe Augenringe zierten sein sonst so sonniges Gemüt. Er sah aus wie eine lebende Leiche. Selbst das Strahlen seiner roten Haare ließ nach.

»Wir lassen ihn da drinnen in Ruhe und hoffen, dass er durchkommt.« Damit endete Harry und verschwand, als ginge ihn das alles nichts an. Als hätte er lediglich seinen Job getan.

Hunter musterte ihn abfällig und verzog sich in die andere Richtung. War etwas vorgefallen? Ich beschloss ihm zu folgen. Fabienne lief mir nach.

»Hunter.«

Er überhörte mich absichtlich.

»Hunter!«

Abrupt hielt er an. Als würde er auf dem Boden festkleben.

»Was?« Er drehte sich nicht um.

Fabienne stellte sich links hin, ich auf die rechte Seite.

»Was ist da drinnen passiert?«, hakte ich nach.

»War etwas mit Harry?«, wollte Fabienne wissen.

Sie teilte meine Vermutung.

»Geht und lasst euch nicht anmerken, was ich euch gleich erzählen werde«, wies Hunter uns an.

Fabiennes und mein Blick kreuzten sich, aber wir stimmten seiner Bedingung zu.

Hunter schien keine Ahnung zu haben, wo er anfangen sollte zu erzählen. »Ich habe mich in der Toilette unsichtbar gemacht und mich in die Kabine geschlichen, ehe ich sichtbar wurde.«

»Und? Bist du ein Spanner?« Typisch Fabienne.

Er strafte sie mit einem genervten Blick. »Ich suche die undichte Stelle.«

»*Undichte Stelle?*« Fabienne und mir stand der Schock ins Gesicht geschrieben.

Hunter ermahnte uns, dass wir uns nichts anmerken lassen durften. »Piper hat davon geredet. Ich habe sie ebenfalls belauscht. Ich will wissen, wer mir das im Wald angetan hat. Die hätten mich mit ihrem Angriff fast getötet. Nicht nur Preston. Oder uns alle!«, fuhr er aufgebracht fort.

Seine Sorge um uns zeigte mir umso mehr, dass der Cura ihm gut stand. Die Magie hatte ihm die richtige Gabe geschenkt. Das behielt ich für mich. Er wollte es ohnehin nicht hören und musste es selbst einsehen.

Erde wirbelte auf, als wir zum dritten Mal das Lagerfeuer umrundet hatten, also wechselte ich die Richtung und wir schlängelten uns zwischen den Hütten hindurch.

»An das hätte ich nie gedacht«, sagte ich.

»Die Fehde zwischen Enchantern und Gestaltwandlern nimmt viel größere Ausmaße an als alles, was in diesem Camp stattfindet. Die Spannung beschreibt ein politisches System«, erklärte Fabienne.

»Es gibt«, sagte Hunter, »Tagungen, Treffen und Abkommen. Selbst weltweite Parteien unter den Enchantern. Nur, weil wir alle mit den Gaben ausgestattet sind, mögen sich nicht alle. Es gibt so viel Streit und immer jemanden, der meint, es besser zu wissen, wie wir mit den Gaben umgehen sollen«, und brach die Komplexität dieses Systems auf ein paar einfache Sätze herunter.

Niemals hatte ich so weit gedacht. Dass das alles derartige Ausmaße hatte. Ich hatte höchstens vermutet, dass wir wie ein kleines weltweites Securityunternehmen für Menschen fungierten. Doch jetzt gestaltete sich das komplexer. Wie eine eigene Parallelwelt neben unserer.

»Ich weiß auch nicht, ob Piper wirklich keine Hilfe von den anderen anfordert, weil wir umzingelt sind und sie nicht helfen können, oder ...«

Ich unterbrach ihn und beendete seinen Gedanken. »... oder, ob sie keine Hilfe anfordert, weil sie sonst ihr Ansehen verlieren würde. Es wäre furchtbar, wenn es so wäre.«

»Auch in diesem magischen Wirtschaftskonstrukt stehen die Menschen an der untersten Stelle der Pyramide«, bestätigte Fabienne mich in meinen Befürchtungen.

»Und du hast eine Vermutung, wer der Maulwurf ist?«, bohrte ich weiter nach.

Als wir bei der Tribüne angekommen waren und uns draufgesetzt hatten, dachte ich an Theo. Ich hoffte inständig, es würde ihm bald besser gehen.

»Harry. Harry und James.«

»James?«, stießen Fabienne und ich gleichzeitig hervor. Natürlich viel zu laut.

»Sht!«

Fabienne schlug ihre Hände vor den Mund und hob entschuldigend die Schultern.

»Meinst du das ernst?« Ich wollte es nicht glauben.

»Harry hasst die Gestaltwandler!« Mit diesem Argument hatte Fabienne recht. Das war unübersehbar.

»Umso mehr ein Grund! Sie müssen etwas gegen ihn in der Hand haben.« Hunter hatte über das alles lange nachgedacht. Zumindest erweckte es den Anschein. »Und James. Na ja«, druckste er herum, »ich habe ihn belauscht. Er hat sich mit Harry getroffen und meinte, dass er ihn bald mit neuen Informationen versorgen will, sobald er weiß, wann die Tiere da sind.«

Stille kehrte ein. Da hätte man eher die Hitze auf unseren Köpfen brühten gehört als ein Geräusch von uns. Es fiel mir schwer, das sacken zu lassen. Aber Hunter war ein Stratege. Er stellte keine Behauptungen auf ohne fundierte Beweise. Und die hatte er.

»Das heißt, unsere neuen Feinde heißen Harry und sein Gehilfe James«, unterbrach Fabienne die Stille.

»Das ist scheiße«, sprach Hunter aus, was wir alle dachten.

»Wie wollen wir das machen?« Ich unterstrich meine Frage mit einem magischen Trommelwirbel auf der Tribünenstufe.

»Wir bringen sie um«, stieß Fabienne hervor.

»Witzig. Dann drehen die es noch so, dass wir die Verräter sind.« Da sagte Hunter die Wahrheit. Wir durften nicht unüberlegt handeln. »Aber ich habe da schon einen Plan!«

Verschwörerisch rieb er sich die Hände.

Clown

Sie reckte ihr rechtes Bein in die Höhe. Verführerisch ratterte der Zipp□ des Over-Knee-Stiefels hoch bis an den Anschlag. Als der Stöckel den Boden berührte, hallte das Geräusch durch das Haupthaus.

»Musst du immer so dramatisch sein, Fabienne?«

»Wenn wir jetzt in geheimer Mission sind, muss ich mich auch danach kleiden. Außerdem«, sie schwang sich aus dem Stuhl, »bist du nur neidisch, weil du hierher verschleppt wurdest und keine Klamotten von dir mitnehmen konntest.«

Sie war jetzt fast so groß, dass ich Angst hatte, sie würde Hunderte von Lichterketten mit ihrem hohen Zopf herunterreißen.

»Ja, du hast mich. Ich bin neidisch auf deine Stiefel.« Ich rieb mir die Stelle zwischen den Augen. »Aber zu welchem Anlass hast du gedacht, Over-Knee-Stiefel zu brauchen?«

»Man braucht immer ein paar Over-Knee-Stiefel«, flüsterte sie und schnippte mit ihren Fingern vor meinem Gesicht herum.

Modellike klackerte sie aus der Tür. Sonnenschein drang herein. Ich verstand ihr Faible für große Auftritte, aber ich war mir sicher, dass Hunter nicht das gemeint hatte, als er sagte: *Benehmt euch unauffällig.*

Mir blieb nichts anderes übrig, als ihr zu folgen.

Draußen saß Fabienne bereits an der Treppe und schniefte.

»Hast du dir jetzt den Knöchel gezerrt oder was?« Ich nahm neben ihr Platz.

»Sieh dir meinen fetten Oberschenkel an, der über den Stiefel quillt. Was redet ihr mir alle für einen Mist ein. Ich brauche eine Diät!«, quengelte sie und wischte sich aggressiv eine Träne von ihrer Nasenspitze. »Sieh dir diesen Rick an. Der ist ein Junge. Selbst dem würden meine Stiefel besser stehen. Mal ehrlich, was hat der für Beine!«

Ich wusste nicht richtig, wie ich reagieren sollte. Am liebsten hätte ich sie angeschrien, aber dann würde sie sich wohl noch mehr verschließen.

Diese Rückschläge hatte sie oftmals im Schlafsaal. Natürlich ging das alles nicht von heute auf morgen weg, aber warum gerade jetzt? Für Noelle hatten wir auch keine Zeit mehr.

Ich legte meine Hand auf ihren Oberschenkel. Der null Komma null zu dick für den Stiefel war.

»Soll ich dir etwas sagen?«

»Du bist eine Lesbe?«, fragte sie, zog die Nase hoch und starrte meine Hand auf ihrem Oberschenkel an.

»Idiotin. Nein, ich verstehe dich.« Sie schaute mich verwundert aus ihren braunen Rehaugen an. »Es ist scheiße schwer heutzutage, als junge Frau zu bestehen. Du hast es mit deinem Modelwunsch noch schwieriger und bist quasi dazu gezwungen, dich zu messen. Durch mein ständiges Zuhausesein und Klamottenschneidern habe ich selbst oft an mir und meinem Aussehen gezweifelt«, erzählte ich ihr.

»Du machst Klamotten selbst?«

»Jup!«

»Und wie kommst du gegen diese Gedanken an?«

»Ich denke mir jedes Mal, dass niemals jemand an mein Sterbebett gekrochen kommen und sagen wird: *Danke, liebe Fleur, dass du dich immer unseren Schönheitsidealen gebeugt hast.* Nein, es werden die da sein, die mich ständig geliebt haben, wie ich gewesen bin.« Fabienne schaute zu Boden. Spielte mit einem abstehenden Holzstück vom Geländer. »Ich weiß, dass dir das nichts bringt, wenn du in deinen Gedanken gefangen bist, aber meinst du, es beruhigt dich zumindest für heute?«, hakte ich nach und setzte mich nun vor sie.

Ohne mich anzusehen, nickte Fabienne. Sie unterdrückte ihre Tränen so lange, bis eine ihre Wange hinunterrollte, als sie zu sprechen begann. »Ich fühle mich oft wie ein Clown. Lächle, bin gut geschminkt und ein Sonnenschein. Doch in mir drin, hinter der Maske, dreht sich alles nur darum, was andere von mir halten.« Das sah nicht jeder und das war vorerst gut so. Für Verletzlichkeit bezahlte frau einen hohen Preis.

»Wir schaffen das gemeinsam, okay? Vor mir kannst du dich immer ungeschminkt zeigen«, redete ich ihr gut zu und zog sie hoch.

»Danke, Bailey.«

»Nichts zu danken, jetzt komm!«

Während wir uns zu Hunter aufmachten, musste ich an den Brief meiner Eltern denken, den ich jeden Morgen las. Sie kannten noch die Fleur, die vor allem beschützt werden musste. Und jetzt war ich plötzlich diejenige, die Leute aufbaute und drängte zu handeln.

»Da sind sie!«, tönte Fabienne.

Sie?

»Wen meinst ...«

Da stach es mir schon selbst ins Auge. Hunter und neben ihm stand ...

»Theo«, hauchte ich seinen Namen, weil ich befürchtete, er könnte sonst verschwinden wie ein Phantom.

Es fiel mir schwer, mich neben Hunter zusammenzureißen. Theo schien es mir anzumerken und schüttelte unbemerkt den Kopf. Er wollte es auch nicht.

»Dir geht es wieder besser?«, sagte ich stattdessen gespielt lässig.

»Alles in Ordnung. Was ein bisschen Schlaf ausmachen kann.«

Ich wollte seine Haut auf meiner spüren.

»Cool.«

»Cool.«

»Was ist denn mit euch los?«, kam es von Hunter.

»Nervös wegen ... des Plans«, grätschte Fabienne dazwischen, ehe ich mich verplappert hätte.

»Theo ist eingeweiht.«

Hunter vertraute ihm. Er vertraute mir und Fabienne. Ich fühlte mich schlecht, ihn wegen Theo und mir zu hintergehen.

»Wir beginnen, wie geplant. Ihr beide nehmt euch James vor. Er lernt jetzt wie immer nach dem Training. Wir treffen uns in Kräuterkunde, da sind wir sowieso alle zusammen und niemand fragt nach. Die Änderung: Ich übernehme mit Theo Harry.«

Verschwörerisch standen wir auffällig in einem Kreis. Glücklicherweise kam niemand vorbei. Mein Herz schlug bei jedem Wort seines Plans schneller. Raste beim Anblick von Theo. Es fiel mir unsagbar schwer, diese Gefühle auszublenden, da es mein erster Freund war. Mein erstes richtiges Verliebtsein. Was bestimmt nicht an meiner Prüderie lag, sondern an meinen Eltern, die bisher alles torpediert hatten.

»Auf in die Schlacht!«, rief Hunter.

Kurz vor Schluss

»Also, das habe ich noch nicht verstanden. Warum mögen Gestaltwandler keine Bachblüten in Verbindung mit Lavendel und Menschenblut?«, fragte ich ihn.

Fabienne rollte mit den Augen bei meiner Frage. Nur wollte mir partout keine bessere Idee einfallen, wie ich James noch hinhalten konnte. Er ging auf nichts ein.

»Bachblüten und Lavendel«, sprach er, »machen müde und das Menschenblut weckt ihre tierischen Instinkte. Träufelt man es ihnen ein, zwingt man sie in ihre Tierform, wodurch das natürliche Schlafmittel sich verstärkt und sie ohnmächtig werden«, und seufzte. »Was verstehst du daran nicht?«

Ich checkte alles. Nur hatte ich bereits jedes Detail der letzten Kräuterkundestunden aus ihm herausgequetscht. Fabienne wurde zusehends unruhiger. Drehte fast durch. Zumindest hatte ich das Gefühl. Die Stimmung war zum Zerreißen gespannt.

»Weißt du, was ich hasse? Enchanter. Wir sollten mit den Gestaltwandlern kooperieren«, platzte es genervt aus Fabienne heraus.

James und ich schauten sie entgeistert an. Die Sonne schien direkt auf Fabienne. Sie stand im Rampenlicht. Die Lavendelöllampe, die James beim Lernen half, brannte in meinen Augen. Wie konnte sie nur so mit der Tür ins Haus fallen?

Der Stuhl ratterte über die Holzdielen, als James aufstand und das Buch zuschlug. Ich rümpfte die Nase, der Duft der Lampe war so penetrant.

»Ich weiß nicht, was dein Problem ist, Fabienne. Da du mich im Wald mit beschützt hast, gehe ich nicht zu Piper.« Seine Fingernägel bohrten sich in seine Handfläche.

Er sprach ruhig, riss sich dennoch zusammen. Was störte ihn? Dass er Fabienne nicht beipflichten konnte, weil er sonst aufflog?

Fabienne umschmeichelte sein Bein mit ihrem vom Over-Knee verschlungenen Bein.

»Stell dich nicht so an. Wir sind unter uns. Schlagen wir uns doch zu dritt auf ihre Seite.«

»Siehst du das auch so, Fleur?«, wollte James wissen.

»Ähh.« Verlegen schaute ich auf seinen Schreibtisch. Da fiel es mir wie Schuppen von den Augen. Besser gesagt, wie Pollen aus der Nase. »Fabienne!«, zischte ich so unauffällig wie möglich. Ich fuchtelte hinter James herum, bat sie, aufzuhören und zu gehen.

»Das fasse ich nicht!«, schnauzte er uns mit wutentbrannter Miene an. »Ihr meint das echt ernst, oder? Die Gestaltwandler haben meine Schwester bei ihrem ersten Einsatz nach dem Camp regelrecht ausgeweidet! Ich saß im Auto nach dem Herbstball. Ihr Kleid, vorher weiß, danach rot, war beinahe das Einzige, das übrig blieb von ihr!«, schnauzte er uns mit wutentbrannter Miene an.

»James, ich …« Er schnitt Fabienne das Wort ab.

»Wie könnt ihr das nach Preston nur aussprechen!«

»Es war ein Test!«, platzte die Wahrheit aus mir heraus.

Ich konnte ihn nicht in diesem Glauben lassen. Er tat mir unendlich leid.

»Wie bitte?« Er schnäuzte sich in sein Stofftaschentuch.

»Piper denkt, es gibt einen Maulwurf. Sonst hätten die Wandler nicht die Nähe des Camps gesucht. Wir dachten …«

Weiter musste ich nicht ausholen. James riss die Brauen nach oben und starrte uns schockiert an. »Ich war einer der Verdächtigen?«

»Es tut uns leid.« Fabienne wollte ihm auf die Schulter fassen, doch er schlug ihre Hand weg.

»Verschwindet!«

»James, Fabienne und ich …«

»Verschwindet!«

***

In Kräuterkunde rutschte ich auf dem Baumstamm hin und her. Konnten die Spellmaker nicht etwas Bequemeres herbeizaubern? Ich hasste diese harten Dinger. James blickte zu mir. Ich winkte ihm zu und er drehte den Kopf weg.

Toll hatten wir das gemacht. Ich wollte Fabienne aufhalten. Spätestens, als ich das Ölfläschchen bemerkt hatte. Lavendel, Bachblütenöl.

Falls er den Gestaltwandlern geholfen hätte, wäre er nicht mit den beiden Kräutern, die sie hassten, bei ihnen aufgetaucht. Schließlich war mir immer öfter aufgefallen, wie ängstlich er reagierte, sobald es um den praktischen Teil ging. Vermutlich wollte er sich nur zusätzlich schützen.

Fabienne und ich hatten das gründlich in den Sand gesetzt. Hunter und Theo machten uns keine Vorwürfe. Sie hatten selbst versagt. In Harrys Hütte hatte es keine Anzeichen gegeben. Sie vermuteten eher, dass es bei James und Harrys Deal um ausgestopfte Tiere für seine Hütte ging. Laut einer Rechnung in Harrys Schreibtisch lieferte James' Vater sie an.

Wir standen wieder am Anfang. Genauso wie Seth, der mager wie eh und je die Kräuter von der ersten Stunde wiederholte. Ingwersaft mit Pfefferpuder, um sie den Wandlern ins Auge zu spritzen.

Leyla zauberte mit einem kurzen Reim einen Pavillon über unsere Köpfe herbei, da die Sonne herunterbrannte, als wollte sie uns grillen und den Wandlern zum Fraß vorwerfen.

Die ganze Lage wurde von Tag zu Tag verzwickter.

Vor meinen Augen zerfloss alles und wurde zum Stummfilm. Seths Worte blendeten mein Gehirn aus. Auch das Gemurmel der anderen rückte in weite Ferne.

Eine Hand legte sich auf meinen Rücken. Elektrisierte mich. Theo. Natürlich. Er rutschte die Wirbelsäule entlang bis zu meinem Hintern. Unter seinen Berührungen richtete ich mich auf. Unterdrückte ein wohliges Stöhnen. So entspannt fühlte ich mich.

Da mir alles über den Kopf wuchs, hätte ich nichts lieber getan, als ihm in den Arm zu fallen und mich auszuheulen.

Als ich Hunter ansah, sprang ich hoch. Hatte er etwas gesehen?

»Fleur?«

Seth! Oh, nein! Ich war noch im Unterricht. Der ganze Lärm drang lauter als zuvor in meine Wirklichkeit. Ich grinste dämlich.

»Du meldest dich freiwillig?«, wollte er wissen.

Ja, für die Hungerspiele und ich opfere mich als Erste.

»Ich, also.«

Ich schaute zu Fabienne, die mit den Schultern zuckte. Theo musste ich nicht angucken, ich hörte sein gönnerhaftes Kichern auch so.

»Klar. Warum nicht.«

Seth bedeutete mir, neben ihn zu kommen. Neben seinem improvisierten Tisch fand ich einige Säfte wie im Chemielabor eines verrückten Professors.

»Im Grunde musst du nur nachmachen, was ich gerade gemacht habe«, erklärte er mir mit einem gequälten Lächeln. Der Tod seines Bruders stand ihm noch ins Gesicht geschrieben.

Wenn ich nur den blassesten Schimmer gehabt hätte, was er zusammengemischt hatte, wäre mir diese Aufgabe leichter gefallen.

Schweißperlen sammelten sich auf meiner Stirn und feierten meine Nervosität. Ich schnalzte mit der Zunge. Warum auch immer. Alles war mir recht, solange es mir Zeit verschaffte.

»Du hast keine Ahnung, richtig?«, bohrte er nach.

»Gar keine Ahnung«, bestätigte ich Seths Vermutung.

Die meisten anderen Enchanter in Ausbildung lachten auf und selbst Seth stimmte ein.

Er hielt inne, als er das selbst bemerkte. Fragte er sich, ob er lachen durfte, obwohl sein Bruder gestorben war? Was auch immer er dachte, seine Miene verfinsterte sich wieder.

»Dann setz dich und ich zeige euch noch mal, wie der Sprengstoff funktioniert.«

Das Gelächter verstummte. Ich setzte mich in die vorderste Reihe von den Baumstämmen die halbrund um Seths Tisch angeordnet waren.

In der dritten und letzten saß Theo und der durfte mich nicht wieder ablenken.

»Vom Neuen zurück zum Anfang, auch wenn es nicht oft findet Anklang«, reimte Seth und der Tisch sah aus wie zu Beginn des Unterrichts.

Ich fragte mich, ob er mit diesem Spruch nicht auch Preston meinte. Seth wirkte wie ertränkt in einem Meer aus Trauer und Verständnislosigkeit. Verloren in sich selbst.

Dieses Mal lauschte ich seinen Anweisungen genau. Wenn er sich zusammenriss und trotz seines Verlustes unterrichtete, konnte ich ihm auch Aufmerksamkeit schenken.

Außerdem verhalf es mir zu verdrängen, dass nach Kräuterkunde das Krisengespräch mit Hunter stattfand. Und ich fühlte seinen Blick auf meinem Hinterkopf. Irgendetwas stimmte ganz und gar nicht.

Zwischen den Stühlen

»Kannst du noch kurz bleiben, Fleur?«

Ich schaute zu Theo, dann zu Hunter.

»Klar.«

Fabienne und mein So-gut-wie-Freund verließen die Hütte. Wehmütig schaute ich ihnen hinterher, bis die Tür, die ins Schloss fiel, meine Verbindung unterbrach. Dabei hatte ich mich gefreut, mit Theo den Abend zu verbringen.

»Was gibts, Hunter?«

»Danke, dass du mir vertraust und diesen Plan durchziehst. Du glaubst mir und stellst kaum Fragen«, fiel er sofort mit der Tür ins Haus.

»Natürlich, Hunter. Du warst einer der Ersten, die zu mir gehalten haben. Jetzt bin ich in deiner Schuld«, erklärte ich mich.

Der Abstand zwischen uns wurde geringer. Wir atmeten die Luft des anderen. Die Hütte verwandelte sich in einen Heizkörper.

»Bei dir kann ich so sein, wie ich bin. Muss mich nicht verstecken. Ich kann dir von meinen Problemen als Cura erzählen und trotzdem magst du mich.«

Er tat den nächsten Schritt. Ich ging zurück. Stieß gegen einen Schrank. Laut schluckend, überlegte ich fieberhaft, wie ich die Katastrophe abwenden sollte. Bis mir der Gedanke kam: Wollte ich das überhaupt?

Auch ich mochte Hunter. Aber Theo war wie Magie. Und Hunter, argh! Ich konnte keinen klaren Gedanken mehr fassen.

Seine sanften Hände fanden ihren Weg zu meiner Wange. Ich wehrte mich nicht. Es fühlte sich so vertraut und sicher an. Theos Bild schwappte in meine Gedanken.

Es war zu spät. Hunter näherte sich meinem Gesicht. Ich schaute hin. Er schloss die Augen. Meine Gefühle verwirrten mich. Ich wollte Theo, aber ich fühlte mich auch hier bei Hunter kurz vor dem Kuss nicht unwohl.

Nein, so durfte ich das nicht enden oder beginnen lassen. Ich beschloss, es zu stoppen. Ich öffnete meinen Mund. Entschlossen, Hunter zum Aufhören zu bewegen, als die Fensterscheibe eingeschlagen wurde.

Wie ein Harfenspiel klimperten die kleinen Glasstücke zu Boden. Hunter machte auf der Stelle kehrt.

Ich erschrak bei dem Anblick. »Theo!«

»*Theo?*« Schneller, als er gekommen war, rannte er davon.

»Mag er dich etwa?«, wollte Hunter viel zu spät wissen.

Das wurde mir zu viel.

»Wenn ich das gewusst hätte. Er ist mein bester Freund«, stammelte er.

»Ich erledige das. Warte hier, Hunter!«

Die anderen im Camp schauten Theo hinterher, als er am Lagerfeuerplatz vorbeieilte. Das Gleiche taten sie bei mir. Ich grinste alle freundlich an, damit sie sich keine Sorgen machten. Dabei merkte vermutlich jeder, dass hier irgendwas nicht stimmte.

Mitten im Spielfeld wischte ich mit meiner Hand von links nach rechts und brachte ihn ruckartig zu Fall. Er drehte sich, wollte hochspringen. Ich sprang auf ihn. Saß auf seiner Hüfte. An anderer Stelle, unter anderen Bedingungen wäre mir das lieber gewesen.

»Du spielst nur mit mir! Du bist nicht besser!«, spie er mir hasserfüllt entgegen.

»Theo! Nein! Hör mir zu, verdammte Scheiße!«, schrie ich.

Hier lagen wir bei Einbruch der Dunkelheit und ich hatte Angst, meinen ersten Freund zu verlieren, bevor er es überhaupt offiziell wäre. »Ich war überrumpelt. Hunter kam plötzlich näher und natürlich mag ich ihn. Er erzählte, warum er mich mochte, drängte mich zurück. Du wolltest selbst nicht, dass er etwas weiß. Schon gar nicht von mir. Also«, ich breitete meine Arme aus, »was willst du noch von mir wissen?«

Theo ließ nicht von mir ab. Er untersuchte, ob ich die Wahrheit sprach.

»Was *wissen*?«, fragte jemand.

Theos und meine Augen weiteten sich. Ich blickte zurück. Das halbe Camp stand am Rande der Hütten, vor dem Spielfeld. Hunter unweit vor ihnen, hinter uns. Das Feuer des Lagerfeuers hinterlegte ihn mit einem dramatischen Rot.

»Lass mich«, sagte Theo.

Wir standen beide auf.

»Hey, Hunt«, begrüßte mein Freund seinen.

»Theo. Was ist hier los? Warum hast du die Scheibe eingeschlagen?«

Ich schaute zu Piper. Sie sog scharf die Luft ein, als sie das mit der Scheibe erfuhr. Fabienne wirkte schuldig, weil sie Hunter nicht hatte aufhalten können. Es war nicht ihre Schuld gewesen, sondern meine. Die Aufgabe, Hunter nicht hinzuhalten, war an uns gewesen. Jetzt mussten wir mit den Konsequenzen leben.

»Fleur und ich, wir …« Theo brachte kein Wort heraus.

Eigentlich reichten diese vier Worte bereits. Das merkte ich auch, als Hunter das Gesicht der Erkenntnis aufsetzte. Es fiel mehr als nur ein Groschen bei ihm.

Sofort näherte er sich einige Schritte und taumelte dann wieder zwei zurück.

»Ihr habt mich verarscht?«, informierte er sich, als wollte er es nicht glauben. Er blinzelte nicht. Legte seine Stirn in Falten.

»Wir dachten, du magst Fleur. Und du und ich sind beste Freunde. Au…«

»Waren. Wir waren *beste Freunde*.«

»Hunt!«

Ich fühlte mich wie vor einem Fernseher. Als gehörte ich nicht in die Szene. Hatte nichts zu sagen und doch so viel loszuwerden.

Wie eine stetig näherkommende Herde von Pferden wurde das Geplapper im Hintergrund lauter. Die anderen Enchanter kicherten, tratschten oder verbreiteten wahrscheinlich jetzt schon die wildesten Gerüchte.

»Habt ihr euch auch über den dummen Hunter amüsiert?« In seiner Stimme lag ein Universum voller Kummer.

»Nein!« Endlich brachte ich auch etwas hervor.

»Ich will nichts mehr von euch hören!«, schrie er uns beide an, dann drehte er sich um und stockte.

Bemerkte er jetzt erst die anderen? Die absolute Demütigung war gelungen. Hastig stürmte er davon, als jagte ihn ein Gestaltwandler.

Piper trat hervor und sauste schnellen Schrittes zu uns. Ihre weite Robe schwang mit. Die anderen Camper zogen sich zurück. Was wollte sie von uns?

»Ihr beide?« Mit ihrem mageren Zeigefinger deutete sie auf Theo, dann auf mich.

»Äh, ja«, würgte ich nervös hervor.

Von einem Augenblick auf den anderen verwandelte sich ihr bitterer Gesichtsausdruck, der einem Säureregen glich, in den hellsten Sonnenschein.

»Wunderbar!«, sang sie.

Ich traute mich nicht meinen – jetzt war es ja offiziell – Freund anzuschauen. Bis ich ihn im Augenwinkel anblickte und er mich. Anscheinend hatten wir beide dasselbe verstanden. Perplex nahm ich Theos Hand wie einen Rettungsanker.

»Hä?«, kam es von Theo. Wenigstens irgendeine Reaktion.

»Na, ich plädiere schon immer dafür, dass wir in den Camps Pärchen bilden. So ist nicht nur der magische Nachwuchs gesichert.«

Beim Wort *Nachwuchs* spürte ich meine schmerzenden, wachsenden Brüste.

»Sondern auch, dass die Blutlinie rein bleibt!«

Sie klatschte entzückt, drehte sich um und verschwand. Fehlte nur noch ein Luftsprung.

Abgesehen von ihrer Freude über unsere Beziehung, teilte ich keine ihrer schrecklichen Ansichten.

Reine Blutlinie, magischer Nachwuchs. Was ging in dieser diktatorischen Frau nur vor? Das Camp entwickelte sich von einem *Happy-Peppy*-Ferienlager in eine grauenhafte Ausbildungsstätte für Pipers Armee.

»Hä?« Ich schlug Theo auf den Oberarm. »Sorry, aber bei der stimmt doch irgendwas nicht. Die labert nur Müll.« Sein verwirrtes Kratzen am Hinterkopf riss mich von Piper los, der ich noch hinterhergeblickt hatte. Es erleichterte mich, dass zumindest hier nicht jeder Piper zujubelte wie damals bei

Prestons magischer Beerdigung. »Hunter tut mir so leid. Haben wir einen Fehler gemacht, Theo?«

Er nahm meine Hände in seine. »Es fühlt sich nicht wie einer an.«

Hier zu stehen, mitten am Sportplatz, ohne Angst, entdeckt zu werden, löste noch Unbehagen in mir aus.

»Soll ich versuchen mit ihm zu sprechen?«

Natürlich war es löblich von Theo, dass er das vorschlug, allerdings glaubte ich nicht, dass Hunter heute mit jemandem sprechen wollte.

»Morgen.«

»Und was machen wir jetzt?«

Ich zog ihn harsch zu mir und legte meine Arme um ihn. Mittlerweile überschattete die Nacht den Tag. Vereinzelt erkannte ich Sterne.

»Mir fallen da schon ein oder zwei Sachen ein, die wir machen könnten«, säuselte ich und zwinkerte ihm zu.

Der Schalk saß Theo im Nacken, als er mich verstand.

»Ach so? Was denn? Beschreib doch mal.«

Ja, ja. Stelle dich nur dumm!

»Ich sollte dir das besser zeigen. Beschreiben liegt mir nicht so.«

Ich stellte mich auf die Zehenspitzen, riss Theo an mich und küsste ihn. Ungeniert, offen und wohlwissend, dass einige zusahen.

Diesen Moment genoss ich. Der erste Kuss mit meinem Freund. Ich schlang meine Finger durch sein festes Haar. Er bekam ebenso wenig genug von mir wie ich von ihm. Sein Geruch verfestigte sich allgegenwärtig. Die Form seines Körpers und wie er sich an meinem anfühlte, nahm meine gesamte Wahrnehmung ein.

»Wuhuuu! Fleo!«, jubelte Fabienne und riss uns mit ihrem zusätzlichen Klatschen aus unserem Moment.

Gleichzeitig prusteten wir los. Ich legte meine Stirn an sein Kinn und lachte weiter. Theo schob meinen Kopf an seine Brust und winkte ihr zu.

»Fleo?«, rief er.

»Euer Pärchenname!«

»Nicht Thleur?«, wandte ich ein.

»Das klingt blöd. Ich bin für mehr Gleichberechtigung. Bei euch steht der Name des Mädchens an erster Stelle. Nicht der des Jungen!«

Dieses ganze Pärchending war wie ein Balsam für meine Seele. Schon lange hatte ich mich nicht mehr so wohlgefühlt.

Mom, Dad, Greta, Josh und Dean schossen mir ins Gedächtnis. Wie gern hätte ich diesen Moment mit ihnen geteilt. Wenngleich meine Eltern Theo verteufelt hätten. Oder kastriert. Oder beides. Sie fehlten mir, egal, wie sehr ich es verdrängte.

»Ich lasse euch jetzt alleine. Gönnt es euch. Aber nicht zu sehr. Das mit dem Nachwuchs müsst ihr nicht sofort umsetzen. Aber wenn doch, will ich Patin werden. Danke, tschüss«, plapperte Fabienne und ging zurück zum Lagerfeuer.

»Scheint so, als würde sich alles zum Guten wenden. Und Hunter bekommen wir auch noch auf unsere Seite.«

Ich hätte Theo gerne geglaubt, wären da nicht die glühenden Augen, die uns vom Wald aus beobachteten. Und wir konnten weder fliehen noch kämpfen oder sie ignorieren.

Was, wenn jemand das Camp aufsuchte und von ihnen angegriffen wurde? Außerdem mussten wir irgendwann wieder von hier hinaus.

»Scheint so«, wiederholte ich.

Regen auf die guten Nachrichten

Meine Finger wirbelten hin und her. Tanzten wie winzige Schlangen umher. Mit ihnen bewegten sich kleine Steinchen, Blüten und Kirschen über mir und Theo. Wir lagen gemeinsam unter einem Schatten spendenden Baum.

»Wow, du kannst das alles klasse koordinieren, Fleur«, staunte er.

Dabei überraschte es mich selbst, wie gut ich mit meiner Gabe umgehen konnte. Als verknüpfte sich die Magie in mir mit positiven Emotionen, seitdem ich mit Theo offiziell zusammengekommen war.

»Steinchen, Blümchen und Früchtchen werdet zu Feuerwerk, sonst dreh ich durch wie ein Uhrwerk«, reimte Fabienne.

Ich hatte mit den Augen gerollt, bevor es passierte. Alles, was über uns herumgeschwebt war, verpuffte und kleine bunte Feuerwerke taten sich vor uns auf. Dennoch musste ich zugeben, dass es nicht nur beeindruckend war, sondern auch wunderschön aussah.

»Ihr habt euch beide extrem verbessert.« Fabienne nahm Theos Kompliment an und machte einen Knicks, dann setzte sie sich neben mich. »Ihr Turteltauben seid widerlich.«

»Du bist nur neidisch.« Ich streckte ihr die Zunge entgegen.

»Wie wahr, Bailey.«

Jemand bog um die Ecke der Hütte vor dem Sportplatz.

»Hunt!«, rief Theo.

Erst hob er die Hand, bis er uns erkannte, dann machte er blitzschnell kehrt und eilte zurück.

»Wir müssen mit ihm reden«, schlug Fabienne vor.

Theo und ich nickten. Es musste getan werden. Wir wollten ihn beide nicht verlieren. Schnell standen wir auf.

»Nicht so eilig, ihr drei.« Ich hasste seine Stimme.

»Was gibts, Harry?« Fabienne stemmte ihre Arme in die Hüfte.

»Wir machen noch ein zusätzliches Training wie in der Prüfung«, erklärte er.

»Mit den Blättern des Baumes, aus dem Seth Monster erschafft?«, hakte Theo nach.

»Ganz genau.«

Ich wettete, dass Harry uns die Bestürzung ansah. Was hatte das zu bedeuten? Wollten sie wissen, ob wir bereit waren, hinauszugehen und zu kämpfen? Dieses Mal würde die Belohnung keine Wanderung, sondern ein Kampf auf Leben und Tod sein.

»Wir sehen uns in fünf Minuten vor der Tribüne«, sagte Harry und zwinkerte mir zu.

Theo wollte vorpreschen, doch ich drückte ihn mit meiner Gabe zurück.

»Hey! Das ist unfair, mich so unter Kontrolle zu bringen«, meckerte er.

»Was ist schon fair«, sagte ich, wobei dies eher Harrys, Pipers und Seths Vorgehen galt. Sie spielten mit uns wie Schachfiguren.

»Das kriegen wir schon hin«, versuchte Fabienne uns aufzuheitern.

»Ich habe mehr Angst davor, dass wir es schaffen«, entgegnete ich. Mein Freund und Fabienne schienen nicht zu ahnen, worauf ich hinauswollte. »Sie testen, ob wir bereit sind hinauszugehen!«

Vor der Tribüne hatten sich alle versammelt, doch die Leitung fehlte. Zusätzlich dazu standen wir alle vor einem Vorhang, den Seth vermutlich hergezaubert hatte. Was ging hier vor sich?

»Vielleicht doch keine Prüfung, sondern eine Theatervorstellung?«

»Was würde ich für deinen Optimismus geben, Fabienne.«

»Was würde ich für deinen Freund geben, Bailey.«

Ich beugte mich kichernd zu ihr und rempelte sie leicht an.

»Witzig.«

»Ich weiß.«

»Worüber sprecht ihr?«, schaltete sich Theo ein.

»Über die Größe deines P...«

»Fabienne!«

»Was? Wir haben doch noch gar nicht«, stotterte er verzweifelt. Zum Glück behielt er es für sich.

»Aha! Ihr habt noch immer nicht! Miss Roux findet alles heraus. Nennt meine Biografie: *Die Enkelin der Miss Marple.*« Heute kam sie wieder auf Hochtouren.

Wenn sie wüsste …

Ich hängte mich bei Theo ein, was mich an Hunter erinnerte. Ein Blick zu ihm genügte und ich erkannte, dass er krampfhaft versuchte, nicht in unsere Richtung zu schauen. Sein verletzter Stolz ließ ihn vermutlich doppelt leiden. Hunters Ehre war ihm sehr wichtig und die hatten wir verletzt.

Der Vorhang fiel und es erschien vor unseren Augen ein Käfig. Darauf saß Piper. Davor stand Harry und daneben Seth.

»Warum haben sie das Biest schon vorher hergezaubert und es in einen Käfig gesteckt?«, flüsterte Fabienne mir ins Ohr.

Es war komisch. Irgendwas stimmte nicht. Die Illusion des Gestaltwandlers in Form eines Braunwolfes, wie der neben dem Picknick, ging darin im Kreis.

»Wir haben hier aus mehreren Blättern einen etwas stärkeren Gestaltwandler erschaffen. Gegen den müssen ein paar von euch antreten.« Was meinte Piper mit *ein paar von uns*?

Der Wolf knurrte und biss in die Käfigstange vor ihm. Es klang wie zwei Schwerter, deren Klingen aufeinanderschlugen.

»James, Hunter, Fabienne, Leyla, Paula und«, Seth schaute zu mir, »Friedegunde«, und schien wieder der Alte zu sein. Zumindest gab er mir wieder falsche Frauennamen mit F.

Neben mir grunzte jemand belustigt. Ohne hinzusehen, trat ich wie die anderen vor.

»Kommt zu uns neben den Käfig.« Ich hasste Harrys verschleimte, böse Stimme.

»*Friedegunde?* Ernsthaft?«, zischte ich Seth beim Vorbeigehen leise ins Ohr.

»Ihr sechs«, vernahm ich Pipers Stimme, »dürft gegen unser Monster antreten. Eigentlich sollte es kein Problem für euch darstellen. Bei einem richtigen Angriff dürfte es nicht sechs Enchanter brauchen, um gegen ein Vieh anzukommen.« Abfällig schleuderte Piper den Wandler in die andere Ecke des Käfigs. »Stinken die Dinger!«, warf sie naserümpfend in die Runde.

Obwohl es nur eine Illusion war, tat er-sie-es mir leid. Gab es für das alles hier wirklich keine bessere Lösung? Ich verdrängte meine Gedanken.

»Mögen die Spiele beginnen«, verkündete Seth und ging vom Platz.

Harry stampfte wortlos davon und Piper machte ebenfalls einen Abgang, nachdem sie den Riegel des Käfigs aufgezaubert hatte.

Wie ferngesteuert, wandten wir unsere Formationen an. Kreisten den Wolf ein. Außer sich vor Wut stellte er sich auf zwei Beine und brüllte. Hunter und James machten sich kurz unsichtbar und tauchten andernorts auf. Verwirrt ging er wieder auf alle viere und drehte sich um.

»Ein Tuch, undurchdringbar wie ein Fluch«, kam es von Leyla, wodurch sie bezweckte, dass eine schwarze Decke auf dem Gesicht des Tieres landete.

»Fabienne!«, brüllte Hunter.

Sie zögerte. Blickte um sich, als hoffte sie, jemand ganz Bestimmtes würde sie nicht beobachten.

»Ein Lasso ums Bein, dass solls sein«, lautete ihr Zauberspruch.

Als der Wolf das Tuch abbekam, schnürten sich zwei Seile um seine Beine. Ein Knall begleitete seinen Fall auf den Boden. Verstört zappelte die Illusion wie ein Fisch auf dem Trockenen.

Paula hob die Arme und damit auch den Wandler in die Luft. Bald war mein Zug an der Reihe.

»Für dein Herz ein Messer«, begann Leyla.

»Dass, äh …« Fabienne schluckte.

»Das steht dir besser««, fügte sie noch hinzu.

Vor mir tat sich ein Dolch auf. Unweit davon entfernt schwebte der Braunwolf in der Luft.

Es lag an mir. Ich zitterte. Die Augen der Illusion trafen mich. Winselten still. Sie hypnotisierten mich. Ließen mich nicht los.

Ich konnte es nicht. Ich hatte bereits getötet, aber im Wald war alles so schnell geschehen und unser Leben war bedroht gewesen. Selbst die letzte Prüfung wirkte unrealistischer als das hier. Dieser Wolf hatte uns doch nichts getan.

»Fleur!«, sprach Hunter verbittert, als entlüde er damit einen Teil seiner Aggressionen.

Mit der linken Hand fokussierte das magische Auge meiner Telekinese das Messer. Mit der rechten den Wolf. Wie ein drittes und viertes Auge, das mir meine Gabe zur Verfügung stellte. Die Telekinese knisterte in meinen Fingern, bereit, eingesetzt zu werden. Bereit, den Test zu beenden.

Genau, es ist nur ein Test. Du musst dich zusammenreißen!

Ich zwang mich, es durchzuziehen. Außerdem erdrückten mich die Erwartungen der anderen. Also gab ich nach.

Ehe das Messer den Wolf erreicht hatte, geschah etwas Unvermutetes. Das Tier wurde zum Menschen. Ich erstarrte wie eine Eisskulptur. Mir war bewusst gewesen, dass Gestaltwandler genau das ausmachte. Menschen, die zu Tieren wurden. Bisher hatte ich es nur nie mit eigenen Augen erlebt. Vor mir hing eine junge Frau in der Luft. Ich stockte.

»Fleur, verdammte Scheiße!« Paula war vermutlich am Ende ihrer Kräfte angelangt.

»Bitte«, wimmerte das Mädchen.

»Das ist ein Trick. Töte sie!«, spie Piper mir entgegen.

Ich schaute zu Theo, aber er war weg.

»Theo«, flehte das Mädchen.

Theo? Hatte sie gerade *Theo* gesagt?

»Die Illusionen kennen eure Namen«, kam es wieder von Piper.

Das brachte das Fass zum Überlaufen. Ich konnte es nicht tun.

»Du Nichtsnutz! Alles muss man selbst machen«, schimpfte Piper und schlug die Hände für ein lautes Klatschen zusammen.

Der Dolch bohrte sich wie ein Dartpfeil in die perfekte Mitte: das Herz des Mädchens.

Jegliche Anspannung löste sich. Ihr Gesicht verzog sich zu einer leeren Fratze.

Ich wartete auf das erlösende Verpuffen der Illusion. Sie blieb aus. Das Mädchen verschwand nicht! Stattdessen tropfte Blut und färbte das grüne Gras rot.

Bittersweet

Hektik erfüllte die Atmosphäre. Sie legte sich mir wie eine Schlinge um den Hals und zog sich erbarmungslos zu.

»Was wird hier gespielt?«, fragte Paula.

»Herzlichen Glückwunsch! Wir haben zu dritt einen Gestaltwandler für euch gefangen und ihr habt ihn getötet! Ein Biest weniger«, jubelte Piper.

Wie süß ihr die Lüge von der Zunge ging. Wie bitter die Bedeutung dahinter in meinem Hals schmeckte.

»Wie konnten sie uns das an…« Niemand Bestimmtes unterbrach mich. Alle taten sie es.

Jeder meiner Mitcamper klatschte und freute sich. Schlugen sich auf die Schulter, weil sie einen Feind erlegt hatten. Das Wort *Rache* tauchte des Öfteren auf. Ich hätte erwartet, alle wären außer sich und wütend wie ich. Dabei feierten sie dieses grauenhafte Ergebnis.

Bis auf Fabienne, die verstört abseitsstand. Viel beunruhigender fand ich die Tatsache, dass Theo wie vom Erdboden verschluckt war.

Mein Instinkt sagte mir, mich auf meinen Freund zu konzentrieren, weswegen ich Fabienne erst mal zurückließ. Angewidert quetschte ich mich durch die Menge, die den Tod einer jungen Frau feierte.

Sie hatte unendlich verängstigt und traurig gewirkt. Es konnten doch niemals *alle* böse sein.

Jeden töten, auch die, die uns gar nichts taten? Das entsprach so gar nicht meinen Moralvorstellungen.

Die anderen konnten sie mit diesem *Es liegt in ihren Genen, böse zu sein. Wir müssen sie töten!* beeinflussen, aber nicht mich.

»Theo?«, rief ich.

»Fleur!«

Ich bog rechts ab und rannte los. Dort fand ich nicht Theo.

»Hunter. Alles in Ordnung? Geht es dir gut?«

»Ich? Bist du verletzt oder soll ich dich heilen?«

Nach seinen Fragen musterte ich mich rasch, stellte aber keine Blessuren fest.

Hier zwischen zwei Hütten mit Hunter zu quatschen, brachte Erinnerungen hervor. Ich wollte meinen guten Freund Hunter zurück.

»Nein.«

»Wieso bist du dann abgehauen?«

Weil ich meinen Freund suche, den ich dir vorgezogen habe.

»Ein Lebewesen zu töten, das mich nicht angegriffen hat, ist für mich kein Grund, eine Party zu feiern.« Zumindest log ich nicht.

»Fleur. Wir haben das Hunderte Male durchgekaut.«

Ich lachte bitter auf.

»Und auch beim hundertundersten Mal werde ich es nicht richtig finden.«

»Aber sie töten unschuldige Menschen in den Städten!« Er wurde lauter.

»Die Menschen sollen lieber den Kopf aus den Arsch ziehen und erkennen, dass es auch andere Lebewesen auf der Welt gibt. Wir sitzen mit ihnen an einem großen Tisch voller Essen und schmeißen den Gestaltwandlern kleine Brotkrumen zu, womit sie sich begnügen müssen«, redete ich mir meinen Unmut von der Seele und es tat so gut.

»Was willst du damit sagen?«

»Dass ich es verstehe, wenn sie es satthaben, in Wäldern und Höhlen zu hausen. Klar, ihre Art, wie sie es ändern wollen, ist scheiße. Aber würden die Menschen damit klarkommen und keine Angst davor haben, wenn sich ein Kind in der Schule neben ihnen kurz in einen Raben verwandelt und dann normal mit ihnen weiterlernt, würden wir all diese Probleme nicht haben.«

Hunter versperrte sich völlig für meine Worte, das merkte ich an seiner Mimik. Er wollte es nicht hören.

»Wir sind die Beschützer der Menschen!« Er zeigte auf sich selbst, als wäre er ein Ritter in strahlender Rüstung.

»Ach komm, Hunter. Das tun wir doch nur, um unseren Platz in der Gesellschaft zu behalten und nichts abgeben zu müssen. Würden die Menschen über uns Bescheid wissen, würden sie Atombomben auf uns werfen.«

Ich war erstaunt darüber, wie ich mich mittlerweile selbst von den Menschen abgrenzte. Dieses Schubladendenken von Piper und ihre Reden schlugen selbst bei mir unterbewusst an.

»Wie kannst du das sagen? Hörst du dich selbst eigentlich reden? Heißt du Prestons Tod etwa gut?«, hakte Hunter schockiert nach.

Er verdrehte alles, was ich sagte, weil er keine Argumente mehr hatte. Ich wurde wahnsinnig.

»Nein!« Entrüstet warf ich die Arme in die Luft.

Hunter schüttelte verständnislos den Kopf. Aber hier merkte ich erst, wie wahr der Rat meiner Mutter damals im Auto gewesen war: *Lass die Leute denken, du seist naiv.*

»Gibt es Probleme?«

Diese Stimme konnte mich nicht täuschen. Theo kam um die Ecke. Angeschlagen, aber wohlauf.

»Theo.«

»Hunt.«

»Fabienne«, sagte Fabienne selbst, als sie ebenfalls zu uns stieß. Wahrscheinlich hatte sie mich weggehen sehen und war mir gefolgt.

Sie schaffte es, jede Situation ins Lächerliche zu ziehen. Da waren wir wieder. Ob wir endlich alles aus der Welt schaffen konnten?

»Wir sollten endlich reden. So kann das nicht weitergehen«, schlug ich vor.

»Ich weiß nicht, ob ich das bei deinen Ansichten will. Solange du nicht einsiehst, dass ich recht habe, wirkst du auf mich nur dumm und naiv, Fleur.«

Weil ich seine Ansichten nicht teile? Alles klar, Hunter!

Ich reckte mein Kinn vor und hob skeptisch eine Augenbraue. Dennoch verkniff ich mir meinen Kommentar darauf. Darum ging es jetzt nicht. Außerdem hatte ich Angst, dass Theo und Fabienne zu ihm hielten.

»Was meint Hunter?«, fragte Theo an mich gewandt.

»Klärt das bitte. Ich hasse es, zwischen den Stühlen zu sitzen.« Plötzlich wirkte Fabienne wieder panisch. Kam ihre Krankheit hervor? Warum jetzt? Sie machte kehrt und verließ uns hastig.

»Fleur?« Theo kam näher.

Hunter rollte mit den Augen.

»Gehen wir in das Haupthaus und reden, okay?«, schlug ich vor.

Die beiden Jungs waren einverstanden.

***

»Es tut uns leid, Hunter. Wir wollten dich nicht hintergehen. Was soll ich machen? Ich kann nichts dafür, dass ich mich in Fleur verliebt habe.«

Das aus Theos Mund zu hören, jagte mir einen wohligen Schauer über den Rücken. Ein Junge verteidigte mich, weil er in mich verliebt war. Was könnte es für ein besseres Gefühl geben? Es war wie ein sanftes Klavierspiel, das dein Herz berührt, aber niemals endet.

»Ich fühle mich dumm. Meine Familie habe ich enttäuscht und das Mädchen, das ich mag, gehört meinem besten Freund.« Hunter setzte sich unter den Baum der Ewigkeit. Die Lichterkette über ihm ließ sein Haar heller wirken.

»Du bist nicht dumm, Hunter«, meldete ich mich zu Wort und kniete mich zu ihm.

Als ich seine Hand nehmen wollte, riss er sie von mir weg. Das musste ich akzeptieren. Ich stand wieder auf.

»Wir lieben dich. Theo und ich. Wir wollen dich nicht als Freund verlieren.«

»Kannst du dir nicht vorstellen, nach einer gewissen Zeit, wieder unser Freund zu werden?« Theos Sanftmütigkeit zeigte mir eine neue Seite, die mir umso mehr bestätigte, dass ich die richtige Wahl getroffen hatte.

»Ich werde es versuchen«, gestand Hunter sich ein.

»Wir wollen dich wirklich nicht verlieren. Trotz deiner *komischen* Ansichten«, neckte ich Hunter.

»Will mich jemand aufklären? Mal wieder?« Theo tappte *mal wieder* im Dunkeln.

»Fleur denkt, dass nicht alle Gestaltwandler böse sind. Sie versteht sie und will Verhandlungen mit ihnen führen. Und dass die Menschen selbst schuld sind, sollen sie doch einfach akzeptieren, dass es Übernatürliches gibt«, fasste Hunter meine Version kurz zusammen. Selbstverständlich durfte ein fieser Unterton nicht fehlen.

»Egal, welche Meinung sie vertritt, es gehört zu ihrem Charakter und deshalb habe ich mich in sie verliebt«, sagte Theo plötzlich und wirkte selbst erschrocken über seine Direktheit.

Mir verschlug es den Atem. Kurz guckte ich zu Theo. In seinem Blick lag noch so viel Liebe, die darauf wartete, von mir entfesselt zu werden. Ich wurde gemocht, weil ich die war, die ich nun mal war. Was gab es Besseres? Doch ich wollte mir vor Hunter nichts anmerken lassen, der wegen dieser Aussage schon bedrückt genug wirkte.

»Siehst du das trotzdem tatsächlich so wie Hunter?«, fragte er dann doch nach.

Es fiel mir schwer, aus Theos Gesicht zu lesen. Konnte er tatsächlich damit leben, wenn ich nicht so dachte wie er? War ich in seinen Augen deshalb auch dumm?

Leider kannte ich ja seine extremen Ansichten, die er mit Piper und Hunter teilte, nur zu gut.

Erst als ich meine Hand auf seine Brust gelegt hatte, dachte ich an Hunter, der das mit ansehen musste. Theos Herz raste vermutlich vor Nervosität.

»Ich …«

Plötzlich roch ich Rauch. Ich blickte um mich, als auch Hunter und Theo merkten, dass etwas nicht stimmte. Die Wolke wurde größer, verschleierte unsere Sicht. Woher kam die so unerwartet?

»Der Baum!«, hatte ich geschrien, bevor ich es selbst registrierte.

Der Baum der Ewigkeit! Er brannte lichterloh!

Zauberregen

Ich fühlte mich wie ein Geist. Nicht unsichtbar, sondern tot. Völlig leer starrte ich auf den Feuerbaum. Die Arme meines Freundes schlängelten sich um mich. Hunter sprang mir entgegen. Wie konnte das passieren?

Ein brennender Ast sauste zu Boden. Theo riss mich zurück. Zu spät. Die Flamme färbte sich blau, als hätte sie die Magie des Baumes in sich aufgenommen. Sie verzehrte sich nach mehr. Umwirbelte meine Arme und versengte meine Haut.

Dieser Schmerz holte mich zurück. Mit der bloßen Kraft meiner Augen schleuderte ich das lebendige Feuer von mir.

»Raus hier!«, brüllte Hunter.

Er hielt uns die Tür auf. Die Qualen dieser Verbrennung bohrten sich tief in meine Seele. Langsam wurde der Name des Camps – *Agony Grove* – zu einem wahren Albtraum.

Die blauen Funken der brennenden Magie fraßen meine Haut weiter auf. Es war, als schnitt jemand mit einem Glassplitter quer durch mich hindurch und würzte mich mit Salz und Tod.

Kalter Schweiß floss sturzbachartig von meiner Stirn. Zuerst dachte ich, jemand schüttelte mich, dabei lag ich doch am Boden. Den Kopf auf Theos Oberschenkel gestützt.

»Heile sie, ich hole die anderen«, sagte Hunter und sprintete los.

Weit musste er nicht gehen. Ich hörte bereits alle zu uns laufen. Schwindel überfiel mich wie ein Dieb, der mir mein Leben stehlen wollte.

»Theo«, krächzte ich, »heile mich.«

Tränen füllten seine Augen. Er verneinte.

»Ich … ich kann das nicht.«

Das wurde mir zu viel. Die Schmerzen, die mich durchdrehen ließen. Der Baum. Theos Verhalten.

All das Elend, das ich verspürte, verwandelte sich in Wut. Ich hörte auf, die Strapazen hinunterzuschlucken, indem ich mir auf die Lippen bis. Mit einem lauten Schrei hievte ich mich selbst hoch. Theo unternahm weiterhin nichts.

Ich war hin- und hergerissen zwischen Entrüstung und Hass. Als ich James erspähte, nahm ich ihn mit meiner Gabe ins Visier und bewegte ihn zu mir. Wie von einem Katapult abgeschossen, flog er direkt vor meine Füße.

»Heil mich, verdammte noch mal!«, schrie ich ihn an.

Ich konnte nicht mehr wahrnehmen, ob ich schrie, weinte oder jammerte. Was ich spürte, war der Geschmack von Tränen, Schweiß und Schleim in meinem Mund. Als ich meine Nase hochzog, roch ich nichts.

James schaute mich erst verdutzt an. Das änderte sich, als er meinen Arm sah. James rief andere Leute zu sich.

Sie umringten mich, als würden sie mich auffressen wollen. Helles Licht stach mir in die Augen, nur um ein Blinzeln später zu verschwinden. Binnen Sekunden ertranken die Schmerzen in der heilenden Magie der Curas.

Es dauerte kurz, bis ich realisierte, dass es mir wieder gut ging. Dann fiel mir Theo ein. Ich drehte mich zu ihm.

»Warum hast du mich nicht …?«

Theo war verschwunden! Weg! Überall um mich herum wuselten die anderen Enchanter. Zauberten Wassereimer aus dem Nichts, holten es mithilfe von Telekinese aus dem Brunnen, heilten die Brandopfer, die sich zum Baum begeben hatten, oder blickten versteinert auf das Chaos. Die Quelle unserer Magie stand in Flammen. Kein Spellmaker konnte die Flammen zum Erlöschen bringen. Zu sehr sogen sie bereits die Magie an und wurden immun gegen unsere.

»Fabienne?« Ich drehte mich hastig im Kreis.

»Hunter?«

»Fleur!«

Ohne sich um die andere zu kümmern, eilte James zu mir.

»Wo sind Hunter und Fabienne?«

Er öffnete den Mund, doch es kamen keine Worte heraus.

»Die Barriere!«, kreischte Dilara plötzlich aus vollem Halse.

Ihre Panik trieb mich dazu, meinen Kopf in den Nacken zu legen. Es regnete. Kein Wasser, sondern Magie. Der Schutzschild, der uns von den Gestaltwandlern trennte, bröckelte. Wie Scherben eines gebrochenen Spiegels fiel die Mauer in sich zusammen. Wäre es nicht so tragisch gewesen, hätte es wunderschön ausgesehen.

Sachte fing ich einen Magiesplitter, der sich ohne Umschweife auflöste. Ich schloss die Hand.

Hunter packte mich am Unterarm und lief mit mir zum anderen Ende des Camps. Dort, wo wir damals Preston verloren hatten.

Piper und Seth versuchten die magische Kuppel, die sich, von oben beginnend, langsam zerstörte, aufrechtzuerhalten. Sie schafften es nicht. Zögerten es höchstens um ein paar Minuten hinaus.

Die pure Katastrophe war ausgebrochen. Während ich mich um meine eigene Achse schwang, hatte ich keine Ahnung, wo ich helfen sollte. Hinter mir verbrannte der Baum der Ewigkeit, der die Barriere aufrechterhalten hatte. Vor mir zerbröselte unsere Schutzwand. Theo und Fabienne waren spurlos verschwunden. Und wo war eigentlich Harry?

Und dann kamen sie. Als entfesselte der Zusammenbruch der Kuppel unseren Geruch.

Die Gestaltwandler witterten ihre Chance. Zuerst nahm ich ihre Augen wahr wie Scheinwerfer. Nach und nach tauchten sie aus dem Gebüsch auf und traten hinter den Bäumen hervor.

Ich wettete, dass es genauso auch andernorts aussah. Wir waren höchstwahrscheinlich umzingelt.

»Spirits!«, rief ich und lief zu Piper.

So gut es ging, hielt ich die letzten Stücke der Kuppel davon ab zu brechen. Klammerte mich an unsere einzige Hoffnung.

Hunter bemerkte, was ich vorhatte, trommelte die anderen zusammen und teilte sie um die Kuppel auf.

»Wir brauchen einen Plan.«

»Du bist doch die Leiterin, Piper!«

»Wir werden kämpfen müssen.«

»Ich weiß.«

»Wie viel Zeit bleibt uns noch?« Seth wirkte völlig ruhig. Dabei hatte ich erwartet, er fühlte sich zurückversetzt in die Nacht, in der sein Bruder gestorben war.

Ehe Piper antworten hätte können, war das nächste Chaos ausgebrochen. Die Panik, die in der Luft lag, drückte uns zu Boden.

»Vögel!« Keine Ahnung, wer sprach, aber ich blickte erneut dem Himmel entgegen. Selbst der Tag verabschiedete sich, wollte nicht zusehen und entließ langsam die Nacht über uns.

»Diese Mistviecher!«, fluchte Hunter, der hinter mir auftauchte.

Mindestens zwei Dutzend Vögel nutzten ihre Chance, flogen über die geöffnete Kuppel hinein in das Camp und griffen die Spirits an.

»Hilf ihnen! Ich halte das hier alleine, die anderen sind schwächer«, wies Piper mich an und ich gehorchte.

Hunter schnappte sich einen brennenden Ast und zusammen stellten wir uns den Vögeln.

»Für den Vogel gibt es keine Erholung, nur eine Tötung«, reimte jemand hinter mir.

Ein Vogel, der sturzflugartig auf mich zugerast war, zerfiel in tausend Stücke. Federn schwebten herab wie von einem geplatzten Kissen.

»Danke, Finch.«

»Keine Ursache. Solange ich da bin, wird niemand mehr sterben! Das wird sich nicht wiederholen.«

Diese Bürde konnte er sich nicht aufhalsen, aber ich nickte lediglich, anstatt ihn zu entmutigen, es dennoch zu versuchen.

Immer wieder schleuderte ich meine Arme von links nach rechts, als versuchte ich einen Schwarm Bienen zu verscheuchen. Dabei schmetterte ich die Wandlervögel gegen alles Mögliche. Die Reste der Barriere, Hütten, Fässer oder gegen einen anderen Vogel.

Überall brannte etwas. Ständig wurde jeder Schritt von weinenden Geräuschen eines Jugendlichen begleitet. Alles drehte sich und wuchs mir über den Kopf.

»Fleur.« Hunter umklammerte mich und starrte mir in die Augen. Sein Man Bun löste sich und seine Haare fielen über die rasierten Stellen. »Reiß dich zusammen.«

»Ja.«

»Die Mauer fällt!« Das war Finch. Seine schrille Stimme erkannte ich überall.

Wir wollten zu Hilfe eilen, als die restlichen Teile der Barriere wie eine gigantische Staubwolke verpufften. Glitzernder, magischer Staub zog sich wellenartig durch das Camp und regnete dann entgegen allen physikalischen Gesetzen empor zum Nachthimmel.

Die Gestaltwandler hatten freie Bahn. Wie abgesprochen, stand alles still. Niemand bewegte sich. Jeder hielt den Atem an. Mein Blick kreuzte sich mit dem unzähliger anderer.

Dann fiel der Startschuss.

»Attacke!«

Die Gestaltwandler stürmten los und wir ihnen entgegen. Der Krieg hatte begonnen.

Dunkle Helden

Umzingelt von Wesen, die ich vor wenigen Wochen nicht mal aus meinen Träumen gekannt hatte, betete ich, meine Eltern würden über meinen Tod hinwegkommen. Denn diese Nacht würde wohl keiner von uns überleben.

Hunter, Finch und ich versammelten uns an der Lagerfeuerstelle. Piper und Seth stießen zu uns. Stillschweigend schlossen wir das Abkommen, nicht aufzugeben. Schwarze Schatten rannten um uns herum. Angst schnürte mir die Kehle zu. Das Pochen meines Herzens versperrte mir das Gehör.

»Licht um die Tiere, die warten, auf alle viere«, zauberte Seth.

Die Schatten wurden zur Realität. Kleine Lichtkegel bildeten sich um drei Tiere, die sich um uns scharrten.

»Los!«, feuerte Hunter uns an.

Piper schäumte fast vor Wut. Ihr Blick zeigte ihre Entschlossenheit. Handrücken an Handrücken entfernte sie ihre Arme voneinander, als schöbe sie eine Aufzugstür auf.

Knochen knackten. Animalische Todesschreie, wie ich sie nie zuvor gehört hatte, drangen in meine Ohren und brannten sich in mein Langzeitgedächtnis.

Der Fuchs verwandelte sich in einen nackten Mann. Genau in dem Moment, in dem er entzweigerissen wurde. All die Sachen aus dem menschlichen Körper, die ich niemals zu Gesicht bekommen wollte, hingen aus ihm heraus. Ich blinzelte. Er schlug am Boden auf.

Ein Zoo wäre ein Witz gegen dieses Spektakel gewesen. Viele verschiedene Tierarten liefen hier umher, deren natürliches Umfeld gewiss nicht die griechischen Täler gewesen waren. So schnappte gerade ein Krokodil nach Finch.

»Explodier vor mir, du Tier!«

Es geschah nichts.

»Er ist zu schwach, so ein großes Tier explodieren zu lassen«, kam es von Seth, der sich mit Piper um zwei andere Tiere kümmerte.

Ein Wolf stand vor mir. Das Krokodil schnappte nach Finch. Der Parole *Jeder achtet auf sich selbst* zu folgen, fiel mir schwer. Und als es noch mal nach ihm schnappte und beinahe sein Bein erwischt hätte, brach ich diese Regel.

Mit beiden Händen tat ich so, als drückte ich das Maul des Krokodils auf. Dank meiner Gabe geschah das auch. Finch sprang über den Baumstamm hinter ihm.

»Dank...« Er erstarrte.

»Fleur, der Wolf!«

Ich ließ vom Krokodil ab. Es bohrte seine Zähne in den Baumstamm. Zu spät richtete ich meine Aufmerksamkeit auf das andere Tier. Dieser setzte zum Sprung auf mich an. Ich blickte in sein Maul und wartete auf den Schmerz. Genau in diesem Moment traf meine Rettung ein.

»Fleur, nein!«

»Theo!«

Er rannte auf mich zu. Ich suchte eine Waffe in seinen Händen, doch ich fand keine. Schaffte er es, sich unsichtbar zu machen und den Wolf wegzustoßen? Er wollte mich beschützen. Es war mein Freund, der nicht zulassen wollte, dass mir etwas passierte.

Meine Liebe zu ihm loderte auf. Der Wolf blieb stehen. Abgelenkt von Theo, hielt er inne. Ich grinste, auch wenn es unpassend war.

Umso näher Theo kam, desto mehr erlosch mein Lächeln. Theo hechtete zu uns. Fiel auf alle viere und rannte schneller als zuvor. Seine Augenfarbe änderte sich. Leuchtete hellgrün. Meine Sicht wurde glasig. Mein Körper verstand es vor mir. Der Körper meines Freundes wurde länger, breiter, muskulöser. Die Klamotten rissen auf, landeten am Boden. Haare sprossen aus jeder Pore.

Als er sich auf den Wolf stürzte, war es nicht mehr Theo, sondern ein Puma. *Der* Silberpuma. Mit *den* grünen Augen. Es waren seine Augen. Theos Augen! Und er war damals auch im Wald gewesen. Ich konnte es nicht fassen.

Der Wolf und der Puma kämpften. Sein Fell leuchtete heller als die Sterne. Als wäre jedes Härchen aus Sternenstaub gewoben und ihm eingepflanzt worden. An Theos linkem Ohr erkannte ich den kleinen Knick.

Finch riss mich zurück. Bei ihm waren Hunter, Piper und Seth. Tränen liefen mir über das Gesicht.

Theo gehörte zu ihnen. Mein Freund hatte mich verarscht und ausgenutzt. Ich diente nur seiner Tarnung. Kein Wunder, dass er seine Kräfte nicht einsetzen konnte.

Er hatte gar keine.

Aber wie kam er in das Camp?

Theos Verwandlung schockte uns alle so sehr, dass wir die zweite wichtige Regel missachteten: *Drehe deinem Gegner niemals den Rücken zu.* Daran erinnerte uns das schmerzliche Wimmern von Hunter.

»Was … Hunter?«, lärmte Seth.

Es fiel mir schwer, den Blick von Theo, nein, dem Puma abzuwenden. Und als ich Hunters Blut aus seinem Mund laufen sah, bereute ich es. Weiter unten blickte ich auf einen Holzpfeiler, der sich von hinten durch seinen Rücken und Bauch gebohrt hatte. Mein Verstand fasste das alles noch nicht. Ein Blick über Hunters Schulter zeigte mir die Ursache.

»Harry«, sagte Piper, tief enttäuscht von ihrem Verbündeten.

»Du?«, fügte sie schwer schluckend hinzu.

»Ich habe nur Theo eingeschleust. Wer das mit dem Baum war, weiß ich nicht. Ich weiß nur so viel: Dass ihr hier keinen Cura in der Nähe habt, abgesehen von mir«, verkündete er gönnerhaft.

Ein Holzfass platzte, als sich der Wolf darauf stürzte. Wasser trat aus. Ein Rinnsal zog sich bis zu mir.

Ich folgte dem Wasser und kam bei den grünen Augen des Pumas an. »Es war herrlich, dir zuzusehen, wie du ausgenutzt wirst. Das hat alles relativiert, was ich zurückhalten musste, du Idiotin.« Ich presste meine Zunge gegen den Gaumen und lachte bitter auf. »Witzig. Dasselbe dachte ich mir auch gerade. Was deine Kinder dazu sagen werden?« Seine Mimik entglitt ihm. Damit hatte er nicht gerechnet. Dennoch äußerte er sich nicht dazu. Wahrscheinlich wünschte er sich, dass es niemand verstanden hatte. Seiner Reaktion nach zu urteilen, handelte es sich bei den Fußabdrücken tatsächlich um seine eigenen Kinder. »Ja, ich weiß es«, fügte ich hinzu. Doch er blieb dabei, nicht darauf zu reagieren.

Immer mehr Enchanter drängelten sich zur Lagerfeuerstelle. Manche einzeln. Verletzt. Viele kämpfend gegen einen Gestaltwandler. Im Moment konnte ich nicht ausmachen, ob jemand fehlte beziehungsweise tot war.

Hunter spuckte gurgelndes Blut aus dem Mund. Ich ging zu ihm auf die Knie.

Dieses ganze Szenario. Hunter, Theo, Harry und das Camp. Es zerstörte mich. Es war mir unmöglich zu heulen, zu schluchzen, geschweige denn zu schreien. Nur die laufenden Tränen zeigten mir, dass ich etwas fühlte, das ich nicht zuließ.

»Hunter, hey. Wir schaffen das, okay?«

Er sagte nichts.

»James?«, brüllte ich.

Harry, der Sumoringer, lachte und hielt sich den Bauch. Seth strich sich durch seine roten Haare und wirkte betrübt. Er ahnte, dass das kein gutes Ende nehmen würde. Ebenso wie damals für seinen Bruder Preston.

Mittlerweile versammelten sich die Enchanter um Piper. Die Wandler hinter Harry. Puma Theo musste noch hinter mir sein. Ich konnte ihn nicht ausmachen. Doch der Wolf thronte hinter Harry auf dem Dach des Brunnens.

Ein Bär verwandelte sich zurück. Nackt griff er nach einer Decke, die noch vor dem Lagerfeuer lag, und schwang sie sich um.

»Viola.« Seine Stimme war tief.

Die riesige Spinne von letztens tänzelte hervor, schoss einen Spinnfaden zu dem Typen. Direkt auf seine Handfläche.

»James!«

Endlich fand ich ihn.

»Ah, ah, ah!« Der Bärmann wedelte mit dem Finger. »Niemand wird hier geheilt.«

Konnte ich als Enchanter auch jeden Gestaltwandler verstehen oder sprach er einfach meine Sprache?

Der Nachtwind ließ mich frösteln. Ich schlang die Arme um mich. Dass er das Wort an mich gerichtet hatte, hasste ich. Ich fühlte mich schmutzig.

Er pellte den Faden ab und darunter erstrahlte ein knallrotes Juwel. Piper und Seth sogen tief die Luft ein.

Fabienne, wo bist du? Sei nicht tot!

»Ihr Schweine habt meinen Bruder getötet«, zischte Finch.

»Und er hat wirklich gemundet. Normalerweise meide ich Ginger«, sagte er darauf.

Mein Unterkiefer klappte herunter. Er war Piper in männlich. Stünden sie auf der gleichen Seite, würden sie perfekt zueinanderpassen.

»Klebe!«, zischte Seth.

Abermals schaffte er es, dass er nur mit einem einzigen Wort Finch verzauberte und ihn zwang, auf der Stelle festzukleben. Seths Kräfte waren unglaublich!

Innerlich zerrissen, bemühte ich mich unter Qualen, Piper anzuschauen. In der Hoffnung, sie könnte uns retten. Im selben Atemzug verbot ich mir, zu Hunter zu gucken. Sein Anblick würde mich aus der Haut fahren lassen.

Die Gestaltwandler um uns verunsicherten mich. Wie sollten wir aus dieser Lage herauskommen? Allmählich begann mein Verstand mich darauf vorzubereiten, dass meine letzten Minuten angelaufen waren.

Dieser Tag würde über die Zukunft entscheiden. Es würde eines dieser Ereignisse sein, das in die Geschichte eingehen würde. Die schlimmstmöglichen Horrorszenarien meiner Eltern waren eingetroffen. Wobei ich mir durchaus vorstellen konnte, dass dieser Albtraum ihre Ängste noch bei Weitem übertrumpfte.

Behutsam stampfte Piper auf. Die Erde war matschig vom Wasser, das geholt worden war, um den Baum der Ewigkeit zu retten. Das schmatzende Geräusch verschaffte ihr die gewünschte Aufmerksamkeit.

»Wer ist noch auf eurer Seite?«, fragte Piper. Aus ihr sprach Enttäuschung über Harrys Verrat. »Und sag mir die Wahrheit!«, drohte sie ihm.

»Oh, stimmt! Das Beste kommt ja erst«, sang der, um den es ging, fröhlich und klatschte in die Hände.

Fort Knox

»Bringt unseren Helden!«, wies er an.

Seine langen, glatten Haare versanken beinahe im Dunklen der Nacht. Die Tiere gingen zur Seite und bildeten eine Gasse.

»Ich bin übrigens Hector. Entschuldigt meine Manieren«, stellte er sich vor.

Der letzte Verräter trat aus dem Schatten. Das Feuer erhellte das Gesicht.

»Nein. Das kann doch alles nicht mehr wahr sein!«, jammerte ich. Es musste raus. Diesen Gedanken konnte ich mir nicht mehr verkneifen. »Sag, dass das nicht wahr ist, Fabienne. Du gehörst zu ihnen?« Ich lief vor. Ein Stier versperrte mir den Weg und schnaufte bedrohlich. »Ach, halt die Klappe, Tauros!«, fauchte ich ihn an. Sowohl der Stier als auch Hector legten den Kopf schief. Sie kannten wohl das Pokémon Tauros nicht. »Sag es, Fabienne. Sag, dass es nicht wahr ist!«, fuhr ich sie an.

Fabiennes Blick jedoch blieb stur auf den Boden gerichtet. Niemand konnte ihr in die Augen sehen.

Mein Magen verkrampfte sich, ich bohrte meine Fingernägel in die Haut, bis ich Blut spürte. Ich tat alles, damit mir meine Gesichtszüge nicht englitten, doch es gelang mir nicht. Hysterisch begann ich zu hyperventilieren und taumelte zurück.

Meine neue beste Freundin eine Verräterin, die mich ausgenutzt hatte. Mein Freund ein Gestaltwandler, der mit mir gespielt hatte. Womöglich trachteten mir beide auch noch nach dem Leben. Und mein neuer bester Freund lag schneeweiß sowie regungslos unter mir und starb vor sich hin.

Schwindel überkam mich. Mein Kinn zuckte. Ich wollte heulen, schreien, aber nichts passierte. Selbst meine Tränen versiegten. Ganz tief in mir spürte ich, dass ich platzte. Ich brauchte ein Ventil, um all die aufgestauten Emotionen zu entlassen.

»Als ich hörte«, mischte sich Hector wieder ein, »dass Fabienne eine beste Freundin im Camp gefunden hat, fand ich es wunderbar, dass mein Plan aufging. Aber jetzt zu sehen, dass besagte Freundin auch noch das Mädchen ist, das mein Sohn vor seinem Bruder beschützen will, ist mehr, als ich erreichen wollte.«

Ich legte meine Hände an die Wangen. Sie rutschten ab. Hatten das Blut über meinem Gesicht verschmiert, ehe sie hinunterfielen, da ich keine Kraft mehr besaß, sie oben zu halten.

»*Sohn?*«, hakte Piper nach. Sie wollte sich bestimmt verhört haben wie ich.

»Fleur, ich kann dir das erklären.« Theos Stimme gab mir den Rest.

Seine Anwesenheit, seine Worte, einfach alles war wie eine Giftspitze, die in meinen Rücken stach. Ich konnte mich nicht umdrehen. Abgesehen davon musste er nackt sein.

Hector teilte seine Decke entzwei und warf sie zu seinem Sohn. »Ich habe dir nicht erlaubt, dich in einen Menschen zurückzuverwandeln, Theo. Andererseits habe ich dir auch nicht gestattet, deinen Bruder anzugreifen.«

Die Erde knatschte unter Theos Bewegung. Alles in mir spannte sich an.

»Ich … ich wollte Fleur töten. Schließlich habe ich sie bearbeitet wie eine … Kirsche.« Jegliche Wärme war aus Theos Stimme verschwunden. Noch schmerzlicher jedoch waren seine Worte.

Bearbeitet. Bearbeitet. Bearbeitet. Bearbeitet.

Dieses Wort hatte sich in meine Gedanken geschlichen und überlagerte alles andere.

Er hat mich bearbeitet. Wie eine Kirsche! Er verhöhnt mich auch noch für unser Date!

Die Blöße, die mir Theo und Fabienne aufgebürdet hatten, lastete schwer auf mir. Ich tat alles Menschenmögliche, um stark zu sein. Ich schaffte es nicht. Anscheinend fand ich eine neue Quelle der Traurigkeit in mir und sie sprudelte, als wäre man auf Erdöl gestoßen. Diese Tränen waren die bisher bittersten meines Lebens.

»Ihr Monster, euch soll …« Eine nackte Frau tauchte hinter Seth auf, drückte seine Arme mit einer Hand auf den Rücken und hielt ihm den Mund zu.

»Jeder Spellmaker, der noch ein Wort sagt, verreckt. Ich falle nicht drauf rein, dass ihr mich beschimpft und daraus einen Reim macht.«

Hector wusste über alles Bescheid. Seine Taktik ging auf und er hatte alles bis ins kleinste Detail geplant.

»Und die Spirits halten ihre Arme im Zaum!«

Hector hob das Juwel hoch und hielt es zwischen Zeigefinger und Daumen.

»Es tut mir leid, Theo. Wer sich meinen Befehlen widersetzt, dem kann ich nicht vertrauen. Das gilt auch für meinen Sohn.«

»Vater, ich bitte dich!«, donnerte er ihm entgegen.

Was war so schlimm daran?

»Viola.«

Die Spinne schoss einen Faden auf mich. Ich schloss die Augen. Ich fühlte nichts. War ich tot? Ich öffnete ein Auge. Nein. Dann erst erkannte ich den Spinnfaden, wie er neben mir spannte, und erst jetzt drehte ich mich um.

Theo klebte an der Wand einer Hütte. Seine Augen panisch aufgerissen. Leidend, als er mich fand. Eine winzige Stimme zischelte in mir, dass er mir etwas sagen wollte. Ich verdrängte sie und schenkte ihr keine Beachtung mehr. Ebenso Theo.

Verliebtheit konnte man zwar nicht ausknipsen wie mit einem Lichtschalter, weswegen mir sein Verrat noch mehr zusetzte. Dennoch wollte ich meine Gefühle für den Moment verdrängen.

»Es tut mir ehrlich weh, aber es ist, wie es ist. Es wird Zeit für dich zu gehen, Sohnemann. Und du weißt, das Grauen dieses Juwels ist sicherer als Fort Knox.«

Hector platzierte die Spitze des Juwels auf der Mitte seiner Handfläche. Dort schwebte es kurz über der Haut. Es leuchtete. Greller, immer heller. Übertrumpfte den Mond und die Sterne. Bis sich das Juwel entlud und ein Strahl, ähnlich wie ein Laser, herausschoss.

Ich folgte ihm bis zu Theo. Wie ein kaputter, flimmernder Fernseher wechselte sein Gesicht kurz zu dem seiner Pumagestalt. Nach einem quälenden Schrei war er ausgelöscht. Verpufft und verschwunden.

Hatte Hector gerade einfach so seinen eigenen Sohn umgebracht? Mein Verstand wusste, dass ich für Theo nur ein Spielzeug gewesen war. Doch diese Information war noch nicht bis zu meinem Herzen vorgedrungen. In mir spürte ich nur, dass meine erste große Liebe vor meinen Augen getötet worden war. Und das war das fehlende Ventil, das ich gebraucht hatte, um meinem Unmut Gestalt zu verleihen.

»Jetzt tötet die anderen!«, befahl Hector so belanglos, als hätte er aufgetragen, ihm ein Taschentuch zu bringen.

Die Gestaltwandler begaben sich in Angriffsposition. Die Camper, die bisher um das Geschehen gereiht gestanden und versteinert zugesehen hatten, ebenfalls.

Die Luft vibrierte. Der Kampf brodelte in jedem Molekül. Doch das war mir egal. Ich wollte, dass es aufhörte.

»Hector!«

»Bitte, Liebes?«

»Lass es.«

»Drohst du mir?«

»Ich bringe dich um, wenn du nicht gehst und dein Gefolge mitnimmst.«

»Ihr habt meine Tochter gefangen genommen und für Übungszwecke getötet. Ich soll euch verschonen?«

Ich verstummte. Die junge Frau. Es war seine Tochter gewesen. Theos Schwester. Um seine Deckung nicht aufzugeben, hatte er zugesehen, wie wir seine Schwester getötet hatten?

Willkürlich zuckte irgendein Körperteil von mir. Ich stand unter Strom und bald würde die gesamte Wut, die in mir schlummerte, aus mir herausplatzen.

»Tötet sie zuletzt«, sagte er und ging.

»Hector!«, brüllte ich.

Ich erwischte Fabiennes Blick.

»Ist es das, was du wolltest, Fabienne?«

»Bailey.«

»Bailey mich nicht! Dazu hast du kein Recht mehr!«, schrie ich sie an, bis meine Stimme schrill wie eine Schulglocke wurde und schließlich abbrach.

»Los!«, herrschte Hector seine Unterwürfigen an.

Von jeder Seite sprangen Gestaltwandler hervor. Schmissen sich auf die Jugendlichen.

»Hört auf«, nuschelte ich.

James stolperte zu Hunter.

»Ich heile ihn schnell.«

Er leuchtete auf. Gab Hunter Kraft. Bevor er den magischen Vorgang beenden konnte, war ein Panther auf ihn zugesprungen.

»James!«

Ich streckte die Hand aus. Die Magie strömte förmlich aus mir. Der Panther blieb wie erstarrt über James hängen. Als stoppte ich die Zeit. Nur um eine Sekunde später in zehnfacher Geschwindigkeit weggeschleudert zu werden. Ich schaute auf meine Finger. Woher kam diese Kraft?

Mitten im Gemetzel drehte ich mich, um einen Überblick zu bekommen. Doch egal, wo ich auch hinblickte, überall wartete nur noch mehr Verwirrung auf mich. Diese Nacht würde in einer Tragödie enden.

»Dilara!«, kreischte Leyla.

Zuerst fand ich die beiden nicht. Ich irrte umher, bis ich die Zwillinge entdeckte. Dilara lag auf Leylas Oberschenkel. Ohne Lebenszeichen. Verzweifelt suchte ich nach Curas. Und alles, was ich aufspürte, waren Jugendliche im Kampf oder am Boden.

Und dann explodierte ich.

Die Saat der Gaben

Die Nachtluft erbebte unter der Magie, die aus mir drang wie leuchtende Nebelschwaden. Geschichte war alles, was von dem Mädchen aus der Seifenblase übrig blieb.

In mir dröhnten nur noch Blut und Magie. So hörte ich kein Schreien mehr aus Leylas Kehle. Beobachtete lediglich ihren weit aufgerissenen Mund.

All der Schmerz, den meine Eltern von mir hatten fernhalten wollen, prasselte in geballter Ladung auf mich.

James, der Hunter schüttelte und nicht aufgab, ihn zu heilen. Er presste sich jedes Fünkchen Lebensenergie wie eine Zitrone aus dem Leib und schickte sie ihm.

Bepackt mit diesen Emotionen, kletterte ich hinauf zu meinem neuen Ich. Verließ die Ebene der passiven, behüteten Fleur und stieg auf das Podest der Kämpferin mit all den Qualen, die dazugehörten.

Seth hielt seinen Bruder Finch im Arm oder war es Finch, der Seth ungläubig nach Lebenszeichen absuchte?

Lügen können manchmal aus Gold gewonnen sein, so wertvoll wäre es für mich im Moment gewesen, nichts von alldem zu wissen.

Aus heiterem Himmel tauchte Fabienne vor mir auf. Redete auf mich ein, doch ich hörte nichts. Selbst, wenn ich ihr hätte zuhören wollen, gelang es mir nicht. Wie eine Unbeteiligte schaute ich dem Kampf zu wie einem Kinofilm auf einer großen Leinwand.

Die Magie brodelte wie der Sud in einem Hexenkessel. Sie drang nach oben. Blut tröpfelte in den Kessel, der bis zum Rand befüllt war.

Hinter Fabienne bewegte sich die Holzfassade der Hütte neben Leyla gallertartig. Erstaunt verfolgte ich das Geschehen, als aus der Wand eine riesige Echse wurde. Ein Chamäleon! Der Gestaltwandler schärfte seine Krallen, in denen sich der Mondschein brach.

Und das war der Tropfen, der den Kessel zum Überlaufen brachte.

»Hört auf!«, brüllte ich aus vollem Halse und ging dabei in die Knie.

So laut, dass Fabienne zurückgeworfen wurde und gegen den Brunnen schlug.

»Hört auf!«, wiederholte ich schreiend.

Alle Augenpaare richteten sich auf mich. Teilweise erstarrten sie mitten in ihrer Kampfposition.

Die Magie platzte zügellos aus mir. Ferngesteuert riss ich die Arme hoch. Die Spiritgabe erfasste alle Gestaltwandler auf einmal. Hectors glühender Blick störte mich nicht.

Alle Wandler hoben vom Boden ab. Gleichzeitig wie Marionetten. Schwungvoll vollführten meine Arme einen Kreis, rissen die gebändigten Tiere mit und ehe ich erkannte, was ich tat, hatte ich sie allesamt tief in das Talinnere geschleudert.

Damit war meine Arbeit jedoch noch nicht erledigt.

Meine Wut richtete sich nicht nur auf die Gestaltwandler, sondern auch auf die Enchanter. Problemlos wie ein sechster Sinn switchte meine Telekinesefähigkeit um und fokussierte sie.

Pipers Mimik erklärte mir, dass sie noch vor mir erkannte, was passieren würde. Und so kam es. Ich holte aus und katapultierte sie alle in den See vor dem Camp.

Meine Magie knipste sich aus wie ein Lichtschalter. Ich sackte zusammen und lag in den Trümmern meines neuen Lebens.

Um mich herum Rauchwolken, Feuer, Leichen, Blut und Scherben.

In dieser Stille fühlte ich mich geborgen und erleichtert. Mein Mund schmeckte nach Erde sowie Metall und als ich die Dunkelheit sah, beschloss ich, ihr zu folgen.

Bevor ich meine Augen schloss, hatte sich ein glitzernder

Funken vor mir erhoben. Wie ein diamantenes Glühwürmchen zog es seine Bahnen. Es sauste hin zum Baum der Ewigkeit, löschte sein Feuer und legte sich an seinem Platz schlafen.

Mit ihm ging auch ich schlafen.

ENDE von Band 1

Danksagung

Wahnsinn! Ich habe es also tatsächlich wieder zur Danksagung geschafft. Jedes Mal, wenn ich ein Buch beendet habe und die Danksagung an die Tür klopft, denke ich mir: *Ich habe tatsächlich ein Buch geschrieben.*

Für mich ist das immer wieder aufs Neue unfassbar. Vor allem, da dieses Buch Euch, die Ihr es gerade lest, erreichen wird. Von einem Verlag veröffentlicht. Dieses Gefühl zu beschreiben ist wie ein Cocktail aus Wunder, Stolz, Ungläubigkeit und Angst.

Wunder, weil es für mich etwas Besonderes ist, ein Buch erschaffen zu haben. Und dann liest es auch noch jemand! Ein Buch! Die Dinger aus Papier, die mich seit Jahrzehnten begleiten. Die mich durch so viele Lebensabschnitte begleitet und geleitet haben.

Stolz, weil ich – und viele von Euch kennen mich – nicht unbedingt der Master of Selbstsicherheit bin. Dann zu erkennen, dass ich dank Euch schon so viel erreicht habe, zeigt mir, dass ich wohl doch ganz okay bin.

Ungläubigkeit, weil: siehe Punkt *Wunder*!

Angst, weil es immer wieder eine Überwindung ist, sein Buch aus der Hand zu geben. Angst davor, was die TestleserInnen oder die tollen Leute aus den Lektoraten und Korrektoraten sagen werden. Angst davor, was IHR von meinem Buch halten werdet.

Doch genau das liebe ich auch. Den Austausch mit Euch und Eure Rezensionen, die mir wahnsinnig viel bedeuten.

Da kommen wir auch schon zum wichtigsten Punkt:

Ein Buch erblickt nur das Licht der Welt, weil unzählige Menschen daran mitarbeiten. Das ist niemals eine One-Man-Show. Und dafür muss ich mich bedanken.

Danke an Stavo, weil Du mich durch all die Zeiten in dieser verrückten Literaturwelt begleitest.

Ebenso Lisa, die sich alles anhört und liest. Jedes Jammern, jedes Gemecker und all die Zweifel.

Danke an meine TestleserInnen!

Bine: Deine Anmerkungen und Kommentare sind Gold wert! Du machst das alles so gewissenhaft und professionell, dass ich mich nur vor Dir verneigen kann.

Michelle: Ganz neu! Du hast dieses Buch testgelesen und somit zum ersten Mal als Testleserin fungiert. Du warst so schnell und Deine Kommentare haben mir sehr weitergeholfen. Danke!

Gordon: Danke, dass Du Dir die Idee angehört, mir bei der Namensfindung fürs Camp geholfen und das Buch auch zum Teil gelesen hast, um mir bei Zweifeln beizustehen.

Ein ultra, mega, plasma gigantisch großes Danke auch an Anna! Mit über zweihundert Minuten langen Sprachnachrichten pro Woche, die mir alles bedeutet haben in dieser Zeit! Danke!

Danke auch an all meine Leser und Leserinnen! Ihr begleitet mich nun schon seit zwei Jahren. Ihr verfolgt meinen Werdegang, unterstützt mich und zeigt mir, wofür ich arbeite. Ich freue mich über jede Meinung und jede Rezension, die mich erreicht, möge sie noch so kurz und knapp sein. Das bedeutet mir die Welt!

Danke auch an all meine Zuschauer und Zuschauerinnen, die mich als Blogger und BookTuber *brivido libro* seit über sage und schreibe fünf Jahren auf YouTube, Instagram und Co. begleiten. Ich kann es gar nicht fassen, was Ihr alles für mich getan habt. Ohne Euch gäbe es all das nicht. Deswegen ist das unser Erfolg. Unser aller Erfolg. Das soll keine Phrase sein, weil es einfach nur die Wahrheit ist, Leuddäähh!

Danke natürlich auch an meine Familie, die meistens zwar nicht versteht, wovon ich rede, wenn es um Bücher und diese verrückte Literaturwelt geht, aber trotzdem für mich da ist!

Wer darf noch nicht fehlen? Genau! All die mega engagierten BloggerInnen und BookTuberInnen, die sich immer so richtig tolle Aktionen einfallen lassen. Eure Kreativität kennt einfach keine Grenzen. Was Ihr schon alles für mich aus dem Hut gezaubert habt, verschlägt mir jedes Mal die Sprache – Danke!

Natürlich auch danke an meine Betreuerin Diana! Omg, Diana! Danke, dafür, dass es Dich gibt und Du stets ein offenes Ohr für mich hast. Pia! Danke! Du warst von Anfang an ein Fan der *Agony-Grove-Camp*-Idee und hast es mir ermöglicht, dass ich jetzt hier diese Danksagung überhaupt schreiben darf. Wie auch schon bei *Beauty Hawk*: Danke!

Danke auch an den Rest des Teams: Nicole, Anke, Ute und und und! Danke an meine Lektorin Asta für Deine harte und genaue Arbeit.

Okay, langsam wird's echt lang, aber es muss einfach gesagt oder besser gesagt geschrieben werden. Ich bin ein überaus dankbarer Mensch, der diese ganzen DANKES auch genauso meint, weil ich überglücklich bin, die Reise als Autor erleben zu dürfen.

Zum ersten Mal kann ich auch sagen: Wir sehen uns wieder in Teil 2! :D

Danke, omg, danke! <3

Euer, Andi aka *brivido libro,* Juni 2017

Camp-der-drei-Gaben-Playlist

Paloma Faith – Agony
Michelle Branch – Living a lie
Lykke Li – I follow rivers (the magician remix)
Whitney Houston – A Song for you
Sia – Space between
Sia – Alive
Nina Nesbitt – Peroxide
Lucy Spraggan – Fight for it
Juliet Simms – All or nothing
Alexz Johnson – Voodoo
Christina Aguilera – Tough Lover
Ashlee Simpson – Undiscovered
Lena – Lost in you
Lena – Neon
Lena – Beat to my melody
Fahrenhaidt – Frozen silence
Arden Cho – Better Off
Leslie Clio – I couldn't care less
Jamie Lee – Wild one
Britney Spears – Circus
Sam Tsui – Shadow
A Fine Frenzy – Almost Lover
Lena – The Girl

Impress
Tauch ein in romantische Geschichten.

Impress
Ein Imprint der CARLSEN Verlag GmbH
Februar 2018

Lektorat: Asta Hemmerlein
Umschlagbild: shutterstock.com / © pyrozhenka /© andreiuc88 /
© sergio34 / © Lithiumphoto / © Chaikom
Umschlaggestaltung: formlabor
Satz und Umsetzung: readbox publishing, Dortmund
Druck und Bindung: CPI Books GmbH, Birkach
ISBN 978-3-551-30085-0
Printed in Germany
www.carlsen.de/impress

Alle Bücher im Internet: www.carlsen.de